光文社文庫

文庫書下ろし／長編歴史小説

信長の遺影

安土山図屛風を追え!

近衛龍春

光 文 社

この作品は光文社文庫のために書下ろされました。

『信長の遺影（幻影）　安土山図屏風を追え！』

戦国期の激戦は『安土山図屏風』の争奪だった。
『安土山図屏風』を手に入れた者こそ
信長の跡継ぎとして天下に君臨できる。
『安土山図屏風』は正親町(おおぎまち)天皇でさえ
手にすることができなかった貴重な屏風。
これさえあれば安土城を再建することも可能なのだ。

登場人物の忍び

惟任（明智）光秀に仕える忍び（神山衆）

神山藤祐……官途を佐渡と名乗っている。

松吉……変装の名人。

杉蔵……怪力の持ち主。

竹雄……身軽。

梅次……声真似が得意。

於桑……盗みの手練。

於杏……小柄で少女のような容姿。

多羅尾衆

多羅尾光俊……多羅尾家の長。

光太……光俊の次男。当主。

羽柴秀吉に仕える多羅尾衆

多羅尾光久（光雅）……　光俊の三男。作兵衛。

夏夜……　光太の長女。光久の姪。十八歳。

雁介……　剛力。

於鶴……　偽言・私語の術に長ける。

鳩蔵……　手裏剣術。

鴇八……　火器が巧み。

徳川家康に仕える多羅尾衆

多羅尾光孝（光廣）……光俊の五男。
小夜……光太の次女。光久の姪。十七歳。
鵺七……小柄。目が離れ、小太り。
於鴿……長身、二十代半ば。
鶍助……長身だが猫背。
梟雄……割れ顎。三十歳ぐらい。
於綸……神山藤祐の娘。十九歳。

織田信孝に仕える多羅尾衆

多羅尾伊兵衛……光俊の四男。庶子。本能寺の変の真相を探る。
雁助……気殺に長ける。

六角承禎に仕える忍び……三雲衆

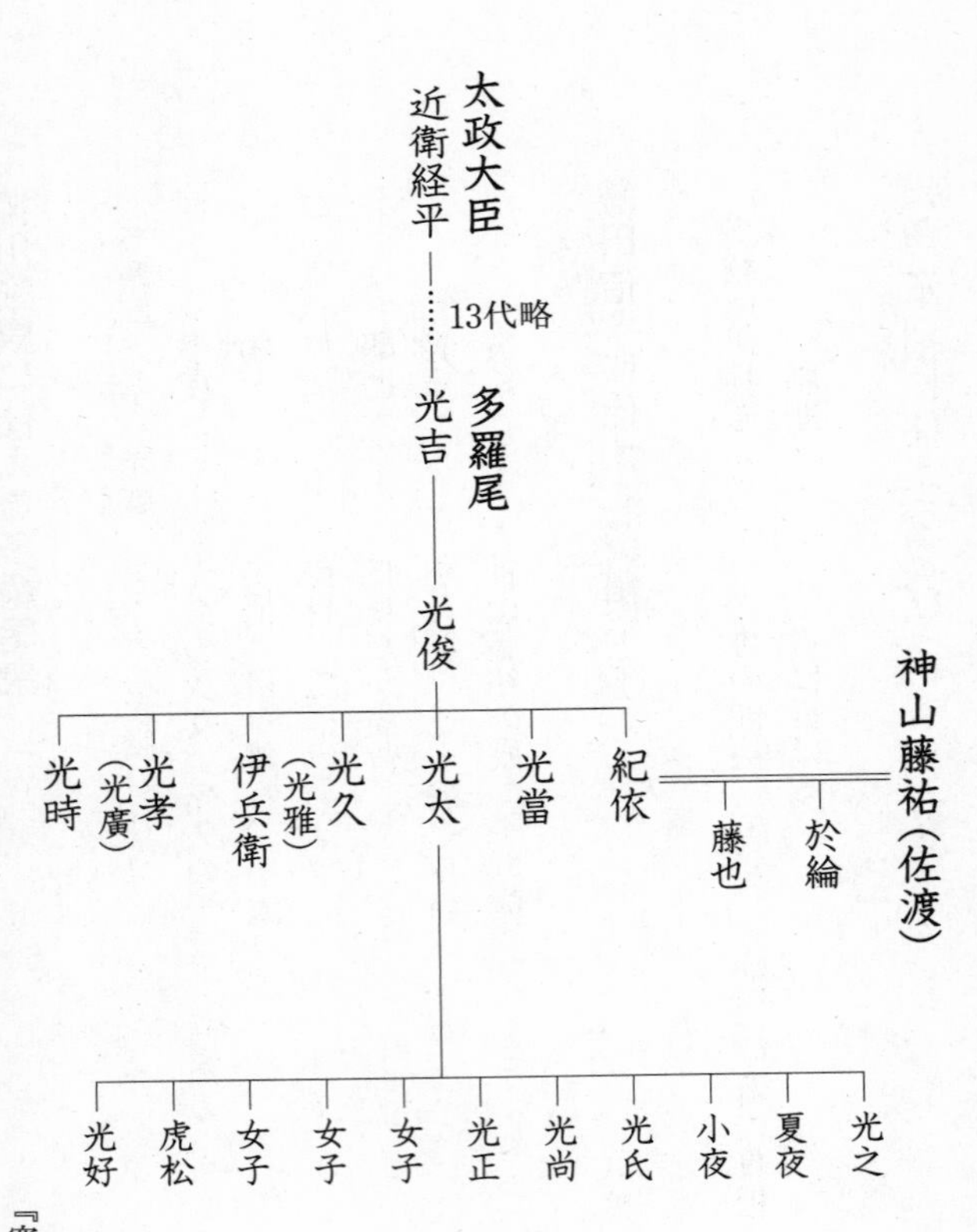
太政大臣
近衛経平
13代略
多羅尾
光吉
光俊
神山藤祐(佐渡)
紀依
光當
光太
光久
(光雅)
伊兵衛
光孝
(光廣)
光時
於綸
藤也
光之
夏夜
小夜
光氏
光尚
光正
女子
女子
女子
虎松
光好

『寛政重修諸家譜』等

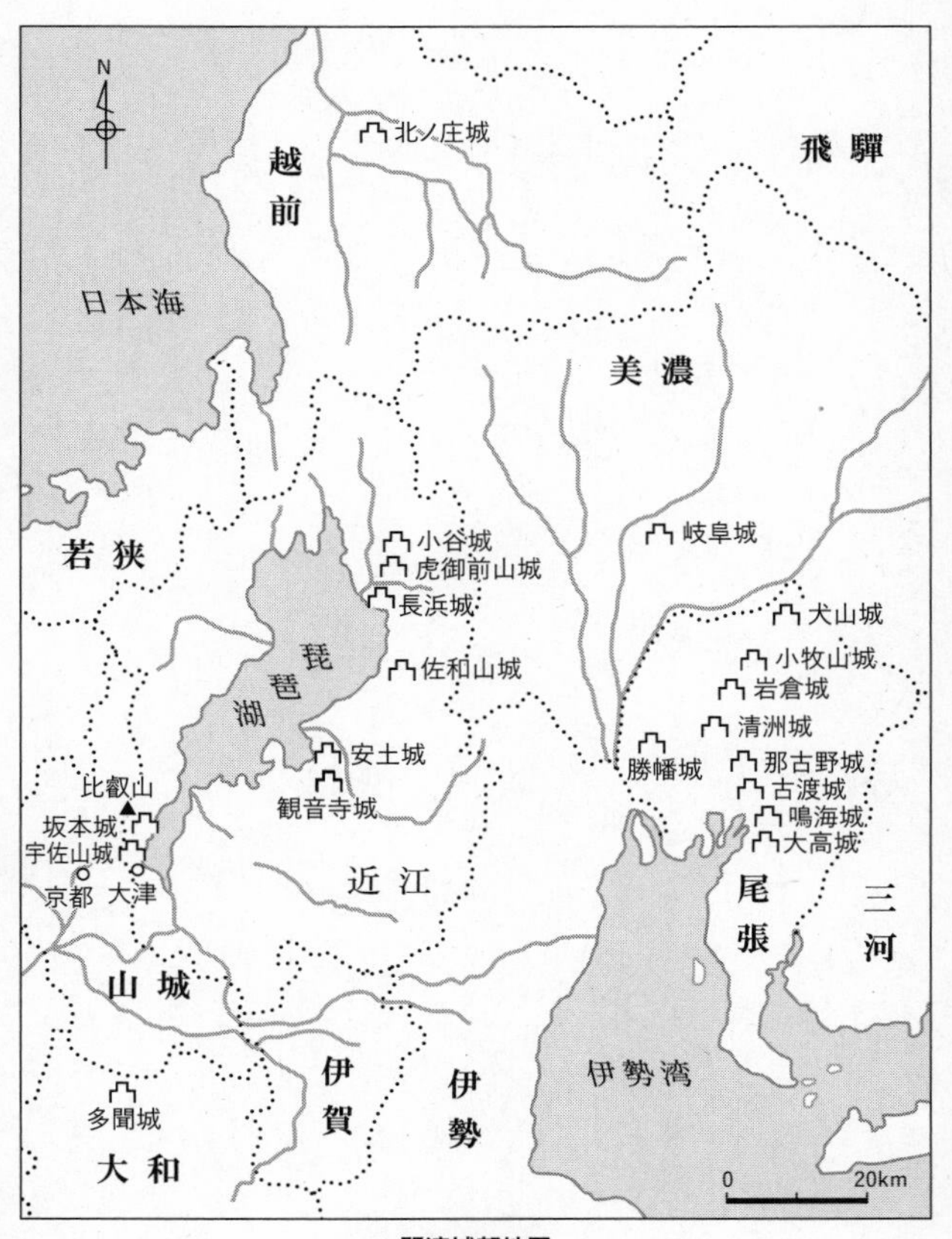
N
北ノ庄城
越前
飛驒
日本海
美濃
若狭
小谷城
虎御前山城
長浜城
岐阜城
犬山城
琵琶湖
佐和山城
小牧山城
岩倉城
清洲城
勝幡城
安土城
那古野城
比叡山
観音寺城
古渡城
坂本城
鳴海城
宇佐山城
大高城
京都
大津
近江
尾張
三河
山城
伊賀
伊勢
伊勢湾
多聞城
大和
0
20km

関連城郭地図

信長の遺影

——安土山図屛風を追え！

いろはにほへと　色は匂へど

ちりぬるを　散りぬるを

わかよたれそ　我が世誰そ

つねならむ　常ならむ

うゐのおくやま　有為の奥山

けふこえて　今日越えて

あさきゆめみし　浅き夢見じ

ゑひもせすん　酔いもせず

序章　謀叛の嚆矢

近江の琵琶湖に突き出た安土山（標高一九八メートル）の上に豪華絢爛な城が築かれている。山頂には五層七重の天主閣が聳えている。

天主閣の屋根には金の鯱が向かい合い、最上階の外見は都の金閣寺を思わせるように黄金に塗られ、その下の五階部分の柱は朱に、さらに下の四階部分の壁は青く染められ、金で龍の絵が描かれている。他の板は漆黒で、壁は白。各階の瓦は陽を浴びて青光りをし、軒から下がる風鐸や破風に使う金属も黄金である。

（天守閣とするのが常であるが、あのお方は天を守る閣とはせず、天の主の閣とした。昨年、宿敵であった石山本願寺を大坂から退かし、四方に版図を広げておるゆえ、ご自身を天の主と考えているのやもしれぬ）

惟任日向守光秀は、主君・織田信長の顔を思い浮かべながら、真直ぐに延びた石段を登っていた。

かつて明智の姓を名乗っていた光秀の出自は諸説あり、通説では土岐源氏の流れとされている。光秀は美濃可児郡の明智城主・光綱（光隆）の嫡子として誕生し、斎藤義龍に追われて故郷を離れ、親類を頼って幕府足軽衆の一人になった。

都では医術と鉄砲術を評価されて十三代将軍足利義輝に近侍し、義輝が三好三人衆に殺害されたのちは越前の朝倉家に身を置いて義輝の弟の義昭と通じ、信長に仕官して諸戦場で奮戦して織田家の重臣に引き上げられた。今では近江の一部と丹波一国を与えられ、畿内の統括と朝廷との交渉も任されていた。

ただ、三十数万石の大名になるには寝る間も惜しんで東奔西走せねばならず、光秀の額は禿げあがり、赤くなっていることから、信長からは「金柑」と渾名されている。それだけ信長に仕えるのは神経を摩り減らすということである。競争相手でもある羽柴秀吉も髪がなくなり「禿げ鼠」と揶揄されていた。

梅雨が終わった途端に肌を焼く日射しが照りつける。

いきなりの猛暑の中、石段を登っての登城はつらい。騎乗、あるいは輿に乗れるのは、信長とその側室たちだけなので、家臣たちは老若男女を問わず自らの足を使わなければならない。六十六歳の体にはこたえるが、信長に呼び出されたので否とは言えなかった。

玉の汗を落としながら、光秀は天主閣に辿り着いた。一層目の地下は石蔵となっている。

「惟任日向守光秀にござる。上様に下知されて罷り越しました」

一城の主になっても、入口で二十歳ぐらいの家臣に名乗らなければならない。信長を取り巻く環境が変わってきた。主君と家臣の間が日を追うごとに開いてきたような気がする。

「上様は最上階におられます」

警備の家臣に促され、光秀は天主閣の中に入った。

二層目の地上一階は書院や配膳室などが二十室あり、壁や襖には鳩や鵞鳥や雉などの鳥や、唐の儒学者の絵が描かれている。また、金灯炉（灯籠）も置かれていた。

三層目の二階は八室あり、入口側が広縁になっている。ここには中国の賢人や唐代の仙人、麝香鹿などが描かれている。

四層目の三階は十室あり、松や鳳凰、鷹などが描かれている。

五層目の四階に絵は描かれておらず、小屋の段としている。

六層目の五階は八角形で四部屋。外の柱は朱に塗られているが、内柱は金箔が張られ、釈迦の十大弟子や悟りを開く姿、縁側には餓鬼や鬼、縁の端板には鯱や飛龍が描かれていた。

最上階の七層目は外層と同じく内装も金が施され、黒漆の柱には龍、座敷の中には中国古代の三皇、五帝、孔子の門下生などの賢人が描かれている。いずれの階の絵も金碧画であった。まさに贅の粋を尽くしたものである。

（羨ましい）

このような豪華な天主閣を持つ城を一度でいいから所有してみたい。武士ならば誰でも思うことである。

信長は小姓の森乱丸とともにおり、窓から北側の外を眺めていた。

「惟任光秀、下知にて参上致しました」

光秀は信長の背に向かって平伏した。

「であるか」

背中越しでもいつもながらの、かん高い声が耳朶に響く。

信長の織田家は斯波氏の守護代・大和守家の家老を務めた家で、信長の祖父・信定の頃より力をつけ、父・信秀の代には主家をも凌ぐ勢いになった。

十九歳で家督を継いだ信長は、永禄三年（一五六〇）、尾張の田楽狭間（桶狭間）

で駿河、遠江、三河の太守・今川義元を討ち、その後、齋藤龍興を下して美濃を掌握。永禄十一年（一五六八）には足利義昭を奉じて上洛を果たし、義昭を第十五代目の将軍に据えて幕府を再興させた。

信長は敵対勢力には容赦せず、元亀二年（一五七一）には都の北東に位置する国家鎮護、王城鬼門の霊山・近江の比叡山を焼き討ちにし、僧俗三、四千人を斬殺し、天正二年（一五七四）には伊勢長島の一向一揆に参じた二万人を皆殺しにしている。

翌天正三年（一五七五）には三河の長篠・設楽原の戦いで武田勝頼に、同六年（一五七八）には鉄甲船を用いて大坂の木津川沖で毛利水軍に勝利し、同七年（一五七九）には丹波、丹後を平定。同八年（一五八〇）には石山本願寺を下し、向かうところ敵なしといった状況にあった。

「四国の件はいかに」

ぼそりと信長は問う。

光秀は四国を席巻する長宗我部元親の取次ぎ役をしていた。

「止めさせろ。さもなくば、討つ」

懐紙でも捨てるような口調で信長は言う。

信長は石山本願寺を挟撃するため、土佐を拠点とする長宗我部元親と同盟を結んでいたが、本願寺と争う必要がなくなったので、長宗我部家をこれ以上野放しにして拡大させる必要がなくなった。逆に用済みだと考えているようである。

「承知致しました」

信長の命令は絶対である。光秀は鉛でも呑むような気持で応じた。

というのも、長宗我部元親の正室は、光秀の重臣の齋藤利三の兄・石谷頼辰の義妹である。この関係で光秀は信長に取次ぎ、元親の嫡子に「信」の字を下賜させている。光秀と元親は友好関係にあった。元親が信長の命令に従わなければ、戦となり、取次ぎをする光秀が先鋒となる。戦功は欲するが、やはり戦は避けたいところである。

「そういえば、左大臣の叙任の件、いかがでしょう。勧修寺殿が吉報を得たいと申しておりました」

信長はこの年の天正九年（一五八一）三月九日、朝廷から左大臣の推任を受けたが断っている。光秀は朝廷と武家の間をとりもつ武家伝奏の勧修寺晴豊とは昵懇の間柄であった。

朝廷が信長に左大臣の就任を望んだのは、二月二十八日には都で大々的な馬揃えを行って天皇をはじめ都の民を魅了したためであろう。ただのお祭りではなく、圧倒的な軍事力を持つ信長が、律令（りつりょう）法から続く官位官職（かんいかんしょく）からはみだしていることを朝廷が恐れたからだと伝わる。

「前にも申したはず。まだ日本（ひのもと）を統一したわけではない。都に縛りつけられるのはご免じゃ。これまでどおり摂家（せっけ）の持ち廻（まわ）りにするがよい」

迷惑そうに信長は言う。一時、信長は官位官職を求めていた時期もあったが、将軍義昭を都から追い出して事実上、室町（むろまち）幕府を滅ぼしたのちは、興味を示さなくなった。以前、信長は右大臣に任じられていたが、僅（わず）かな期間で返上している。

（上様（うえさま）は古（いにしえ）の形の中に入らぬおつもりか）

朝廷が怯（おび）えるはずだと思わされる。

「畏（かしこ）まりました」

「ついてまいれ」

光秀が返事をした途端、信長は思い出したように振り向いた。

頻繁（ひんぱん）に馬の遠乗り、鷹狩りに出ても日焼けしにくい肌は色白で、髭（ひげ）は薄く鼻の下に少し生えているほど。中肉中背だが水泳などで鍛えた体は引き締まっている。織田の血を引く者の特徴で、顔は細面（ほそおもて）で目鼻だちは整い、唇は薄く、眼光は鋭く、獣のような視線を放っている。

少年期には奇矯な振る舞いをすることから「大うつけ」と嘲られていたが、今では畿内を中心に二十ヵ国以上を支配下に置く、まさに天下人の信長はこの年四十八歳。黒橡に白の『木瓜』の家紋を染めた素襖に身を包んでいた。

言うや信長は走るように階段を降りて行く。森乱丸もこれに続く。

(なにも走ることはなかろう。なにゆえ最上階まで呼んだのじゃ)

信長の行動に疑問を感じながら光秀も老体に鞭を打って従った。

天主閣横に築かれている本丸御殿は、天皇が行幸した時のために新築したものとされている。書院造りの落ち着いた建物である。

一室に入ると、眩しさを感じた。

「これは!?」

六曲一双、十二枚の屏風が飾られていた。

一番右から五枚目までに本丸御殿、天主閣、二ノ丸、信忠邸が、六枚目から十二枚目までは城下が描かれている。全体的に金を主体とし、琵琶湖は群青、樹木の緑が鮮やかである。屏風から天主閣が飛び出してきそうな錯覚をした。

画人・狩野永徳の作『安土山図屏風』である。

「安土山図屏風でございますな」

光秀が答えると、満足そうに信長は笑みを浮かべた。

「これをいかがされるのですか？」

「都の南蛮寺にいるヴァリニャーニに渡せ」

アレッサンドロ・ヴァリニャーニはイエズス会の宣教師で、東インド管区の巡察師に抜擢され、二年前の七月、来日を果たした。

「畏れながら、この屏風は御上（天皇）も欲しておられましたので、御上に献上なさったほうがいいのではないでしょうか」

恐る恐る光秀は聞く。前年、信長は安土山図屏風を正親町天皇に披露したところ、天皇が所望した。信長は断っている。

「なぜ」

狼のような信長の双眸が暗く光る。

「御上の勅諚（仰せ）でございますし、忠節を示す好機かとも存じます」

「余が忠義を示しておらぬと？　御所を直し、関所の税も取り立て、蘭奢待も献上したぞ」

天正二年（一五七四）、信長は奈良の正倉院に収められている香木の蘭奢待を切り取り、天皇に贈っている。

「決して、左様なことではありません」

両手をつき、詫(わ)びるように光秀は言う。

「屏風を御上に献上して、なんの利がある？　二、三度見たのちに、御所にある倉の中で埃(ほこり)をかぶるだけの物になるのがおちじゃ。それよりも、ヴァリニャーニに渡せば、南蛮の王たちも目にし、日本の優れた力を世界に広めることになり、交易(こうえき)も盛んになり国は富む。よほど役に立つと思わぬか」

「仰せのとおりにございます。某(それがし)の思慮(しりょ)が浅く、申し訳ございませんでした」

反論すれば殴られる。それどころか、身ぐるみ剝(は)がされて抛(ほう)り出される。前年、信長は林秀貞(はやしひでさだ)、佐久間信盛(さくまのぶもり)などの重臣を、かつて逆らったことがあると所領を召し上げて追放している。家臣にとっては恐怖の主君である。

「判ればよい。御上は特別な存在。世俗の欲に浸ってもらっては困る、と申し上げよ」

正親町天皇に対し、遠廻しに譲位(じょうい)（天皇の地位を譲る）しろと言っているようにも聞こえた。

「承知仕(つかまつ)りました」

平伏した光秀は家臣を呼び、丁寧に梱包をして本丸御殿から安土山図屏風を運びだした。屏風はマカオ経由でローマに贈らせることになっていた。

（御上が目にすることのできぬ、この屏風を手にすれば、あるいは……）

僅かながら光秀の心に野心が芽生えた。

第一章　本能寺

一

辺りは静まり返り、時折、梟（ふくろう）の鳴き声が聞こえる。月はじめなので空は暗い。梅雨の最中なので空気が重い気がする。とりわけ盆地の都は蒸し暑く、湿気が肌に纏（まと）わりつくようでもあった。

子（ね）ノ刻（午前零時頃）、天皇が暮らす御所から鴨川（かもがわ）を挟んで半里ほど東にある吉田山（よしだやま）（標高一〇二メートル）の茂みに七つの影が集まった。

影は皆、蘇芳（すおう）染めと言われる赤みがかった灰色の忍び装束に身を包み、同じ色の布で目だけを出して顔を隠している。

「集まったか」

頭目の神山藤祐は配下を見廻しながら言う。官途は佐渡を名乗っているので、皆は佐渡と呼ぶ。

松吉、杉蔵、竹雄、梅次、於桑、於杏が顔を揃えた。

「敵の様子は？」

藤祐が問う。

「森鶴は、今のところ、我らに気づいてないようで」

変装名人の松吉が答えた。

森鶴衆とは美濃出身の国人衆・森一族の配下の忍びで、これに下知を出すのは織田信長の近習を務める森乱丸らであった。

「ということは、標的もじゃな」

梅次は信長のかん高い声を真似て話し掛ける。

信長は、備中の高松城を水攻めにし、毛利軍と対峙している羽柴秀吉からの援軍要請を受けて上洛している。宿所は下京の本能寺。同寺は平城のような形成をしており、都は織田家重臣の惟任光秀が支配を任されている地なので、信長は安心し、僅かな供廻しか周囲に置いていなかった。

時を同じくして五町半（約六〇〇メートル）ほど北の妙覚寺には嫡子の信忠が

五百ほどの兵を手許に控えていた。

　森鶴衆は京七口あるいは十口と呼ばれる都の出入り口に一人ずつ配置し、本能寺の周辺に数人を備えていた。

「油断してるんじゃない？　周囲に敵はいなくなったから」

　樹に凭れながら於桑が言う。

「確かに。本願寺を大坂から追い出し、伊賀を蹂み潰し、武田を滅ぼしたゆえ、弛緩してもいいようて」

　怪力の杉蔵が言う。

　信長は天正八年（一五八〇）八月、抵抗していた本願寺の教如を紀伊に退去させ、翌九年（一五八一）九月には三方から伊賀に攻め込み、三万もの住民を殺害した。十年（一五八二）三月には武田勝頼を甲斐の天目山麓の田野に追い詰めて討ち、戦国大名の武田家を滅亡させた。

　今、信長と敵対しているのは中国地方の毛利輝元、四国の長宗我部元親、越後の上杉景勝ぐらいで、毛利も上杉も押され、四国には討伐の大軍を編成して和泉の堺で渡海の準備をしているところだ。

「我らには好都合」

身軽な竹雄が樹から降りながら言う。

「妙な感じもする。羽柴の配下を見たぞ。我らの邪魔をせんとしているのではないか」

今度は低い光秀の声を梅次は真似る。

「作兵衛(さくべえ)殿たちが？」

子供かと思う背と顔の、於杏(おあん)が問う。

作兵衛とは、甲賀信楽(こうがしがらき)の多羅尾(たらお)本家・光俊(みつとし)の三男光久(みつひさ)（光雅(みつのり)）のこと。光久は羽柴秀吉に仕えていた。

藤祐は信楽（小川(おがわ)）の北東に位置する隣村で、同じ甲賀の忍びながら他家に仕える有力な一族の長・多羅尾光俊の長女の紀依(きい)を嫁に迎えていた。神山衆は甲賀忍者の多羅尾家の寄騎(よりき)でもあった。

「羽柴のみならず、伊賀者なども見かけた。なにかあるのか」

梅次が首を傾(かし)げる。

「伊賀者が織田を狙っていても不思議ではないからの」

松吉が頷(うなず)く。

「そういえば、伊賀者を多く抱える徳川(とくがわ)が堺を遊覧しておる。なにか関係があるのか」

杉蔵が相撲取りのように樹を掌で押しながら問う。

「やめなよ。虫が落ちてくる」

於桑が嫌(いや)がった。

「くノ一のくせに虫が嫌いか？　織田が伊賀を焼き野原にした。伊賀者は諸国に散らばり、仕官していよう」

竹雄(たけお)が揶揄する。

「いい女には悪い虫がつくからね」

頭巾を払いながら於桑が毛嫌いする。

「気づきはじめた者がいるのやもしれぬ。よもや阻止せんとする者がいないとは思うが、なにがあってもおかしくはないのが乱世。油断だけはすまいぞ。されば、予定どおりに始末致せ。微塵(みじん)も手を抜くな。一人でも討ち漏らせば、滅ぶのは我らじゃ。伊賀や荒木(あらき)を思い出せ」

藤祐は強い口調で言う。

天正七年（一五七九）十二月、信長は裏切った荒木村重(むらしげ)の妻や家臣たちの女房衆百二十二人を磔(はりつけ)にし、ほかの男女五百十二人を焼き殺した。

「承知、されば、さっさと片付けて、美味な酒でも呑みましょうかね」

松吉が告げると、皆は頷いて音を立てずに散った。

改めて覆面を直し、藤祐も茂みを出た。

北から東は比良山地、北から西を丹波高地に囲まれた盆地に都は存在する。盆地なので都の夏はことのほか蒸し暑く、お世辞にも生活環境がいいとは言えないが、東の琵琶湖、南の巨椋池、東の鴨川と西の桂川と水源が豊富なので、多少なりとも涼がとれた。

鴨川を西に渡った地が洛中と呼ばれている。時代によって様々だが、北は今出川通、東は鴨川、西は西大路通、南は七条通辺りとされている。

その洛中は大きく瓢箪のような形で上京と下京に分かれ、それぞれ構えという土塀で囲繞された城郭都市構造をなしており、釘貫・櫓門によって防衛されていた。

上京には天皇や公家、以前は将軍など高貴な階層と、裕福な商人たちが住み、下京には職人や下層階級の者たちが暮らしていた。

神山衆は闇に紛れ、足音を立てずに近づくと、躊躇なく背後から矢を放った。

ずくまった。

森鶴衆は鎖帷子を着用していないので、簡単に矢は体に突き刺さり、その場にう

（我らは武士には非ず。従って武士のように戦場で名乗りを上げての一騎討ちなど

はありえぬ。しかれば殺られる奴が悪い。長生きしたくば油断せぬことじゃ。まし

てや、今日がいかな日か、判らぬとは森鶴衆も落ちたものじゃ）

松吉は肚裡で吐き捨てながら小走りで近づく。射られた森鶴衆は懐からなにか

を出そうとした。

（そうはさせぬ）

松吉は敵の手を懐から出させぬように左足で踏み、小刀で首を掻き切った。大刀

は動きを妨げるので、忍びは脇差よりも短い刀を所持している。

森鶴衆は血を噴き、そのまま事切れた。懐の中で握っていたのは狼煙玉であった。

（剣呑、剣呑。かようなものを上げれば、味方に急を報されてしまう）

松吉は敵から狼煙玉を奪い取り、自らの懐に入れた。

（痕跡を残さぬのが忍びの鉄則。成仏致せ）

遺体に対する尊厳を示し、片づけたりしている間に敵の仲間と遭遇することにも

なる。始末したら、そのまま放置することを常としていた。

松吉は肚裡で弔辞を言い、その場を立ち去った。

まずは鞍馬口、大原口、神荒口、粟田口、伏見口、竹田口、東寺口、丹波口、長坂口の森鶴衆を討ち、洛中に入る。

大方の忍びは身軽であるが、中でも竹雄は猿かと思うほどの身のこなしをする。六尺（約一八〇センチ）を超える森鶴衆の一人が造り酒屋の軒先に立っていた。竹雄は反対側から藁葺の屋根に上り、ゆっくりと正面に這い降りる。まだ、敵は気付いていない。

竹雄は刃を抜き、木製の受け樋（雨どい）に足のつま先を引っ掛けると、振り子のように降下し、敵の正面から首を薙いだ。

「ぐあっ」

森鶴衆は血飛沫を上げて崩れ落ちた。地に降り立った竹雄は、すかさず止めを刺して狼煙玉を奪い、造り酒屋を後にした。

続いて寺の本堂の縁の下、茂み、樹の上、萱垣などに潜んでいる森鶴衆を次々に狩っていった。

前日、信長は本能寺で公家衆をはじめ、遠くは博多の商人を招いて茶器の披露を行い、夜には名人の碁戦を観戦して楽しんだこともあってか、周囲の者たちも安心しきっていた。畿内周辺には敵はいないので、森鶴衆も油断していた。

森鶴衆の頭目と言われる鬼岩の八郎は本能寺南にある坂下の小さな祠にいた。

(配下が討たれたことはまだ知らぬか。呑気なもんじゃ。警戒を怠ると長生きはできぬ。上下を問わずか。されば、確実にするか)

藤祐は寺塀の陰から大弓を引き、狙いを定めて矢を放った。

矢は夜の帳を引き裂いて飛び、八郎の右の太股に刺さった。

「なに⁉」

まさか、自身が狙われているとは思っておらず、八郎は痛みよりも驚いた表情をした。

(くそっ、今少し上か)

すかさず藤祐は二矢目を放った。

八郎は太股の矢を抜くよりも、仲間に報せようと懐から竹笛を出して口に咥えようとする。そこへ二矢が届き、八郎の左の肩に突き刺さった。

「ぐっ」

途端に、竹笛を落とした。足を負傷している八郎は逃げることは難しい。また、逃亡を図れば一族が地に落ちる。残る手だては狼煙玉を上げて誰かに急を知らせるか、火薬玉で顔を吹き飛ばして身許を明らかにせず、死ぬしかなかった。

八郎は死を選び、火薬玉を炸裂させた。

「ワォーン、ウォン、ウォン、ウォン……」

梅次は犬の遠吠えを真似し、爆発の消音に努めた。

(さすが梅次、うまいことやりよる。少しは誤魔化せたであろう)

八郎の亡骸のところに神山衆が集った。

「これで信長には簡単には伝わるまい」

八郎の潰れた頭部を眺めながら藤祐が言うと、配下は頷いた。

「夜明け前には殿の軍勢が都に入る。その前に羽柴の家臣を始末する。羽柴に近しい蜂須賀の者もおる。伊賀者ものじゃ。殿の邪魔になる者は全て消すのじゃ」

「承知」

藤祐の命令に配下は応じ、改めて洛中に散った。

(都の森鶴衆は一掃した。これで信長への伝達は遮った。信長は周囲の様子を摑めまい。気がついた時は殿の軍勢が本能寺を囲んでいる時であろう。逃れられぬと知った信長は、果たして腹を切るであろうか。はたや最後の最後まで道連れを伴って討ち死に致すか。できれば、その様子を見たいものじゃ)

藤祐には、信長の首を取れという命令は出されていない。

（さて、念には念を入れぬとな）

一仕事を終えて安堵する藤祐であるが、惟任光秀の計画を成功させるために都の様子を探る忍び狩りに向かった。

時に天正十年（一五八二）六月二日未明のこと。

藤祐らの活躍のお陰で信長は周囲の様子を摑めない。一万三千の惟任軍は楽々入京を果たし、信長が宿泊する本能寺を十重二十重に囲んで攻撃。逃れられぬと悟った信長は寺に火をかけ自刃して、猛火に包まれた。

信長の首を挙げられなかった光秀であるが、すぐに嫡子の信忠がいる二条御新造（新御所）を襲い、父の信長同様に切腹に追い込んだ。建物は炎上した。

世に言う本能寺の変は、見事に成功した。連絡網の遮断が信長親子を葬り去ることになった。神山衆の戦功でもあった。

二

結局、信長の首も遺体も見つからなかった。本能寺の地下には武器庫があり、多くの火薬が所蔵されていた。これに引火して寺は瞬く間に炎上したので、簡単に消火できなかったからである。

　凶変を知った阿彌陀寺の清玉上人は、配下の僧侶二十人ほどを連れて本能寺の裏門から寺内に突入して、炎上する本堂の中から信長の遺体を探し出し、裏庭で火葬にした。上人らは遺骨を衣に包むと、本能寺の僧侶のふりをして寺を脱出し、阿彌陀寺に戻って埋葬したという。ただ、真偽のほどは定かではない。

　六月四日、光秀の家臣が近江を平定したので、翌日、光秀が安土に入ることが伝えられた。その晩、藤祐は坂本に帰城した光秀に呼ばれた。

　滋賀郡にある坂本は元亀二年（一五七一）九月、信長による比叡山焼き討ちののちに光秀が初めて与えられた地である。

　坂本城は比叡山の東麓、琵琶湖に主要部を迫り出すように築かれた水城である。イエズス会の宣教師ルイス・フロイスは『日本史』の中に「日本人にとって豪壮華麗なもので、信長が安土山に建てたものに次ぎ、この明智の城ほど有名なものは天下にない」と記入している。天守閣を持つ壮麗な城であった。

　藤祐は坂本城の一室で光秀の前に跪いた。

「悪賊の討伐、お目出度うございます」

三間(約五・四メートル)離れた下座で藤祐は平伏した。

土岐源氏の血を引く光秀は、面長で端整な顔をしている。顎から首にかけて肉が厚い。一見すると温厚そうであるが、信長を討つ過激な感情も持ち合わせていた。

「重畳至極。そちたちのお陰じゃ」

二重で切れ長の目を撓めて光秀は労った。

「過分なるお言葉、有り難き仕合わせに存じます」

一介の忍びが、天下人と呼ばれる信長を討った武将から部屋の中に呼ばれ、直に声をかけられたことで、藤祐は感激した。

これまで藤祐は光秀に重宝された。というのも、この年三十五歳になる藤祐は光秀に似ているので、何度か老け顔の化粧をして光秀の影武者を務めたことがあるからだ。

神山衆の寄親ともいうべき多羅尾家は甲賀五十三家の一家で、近江の信楽にある小川城を居としている。家伝によれば正和五年(一三一六)に左大臣に任じられた近衛経平の庶子・近衛師俊を祖としている。

忍びの類いをあまり信じぬ信長が武士として家臣に加えているのは、情報収集能力の高さからであった。

多羅尾本家は長男の光當が病弱なので、次男の光太が当主となって家督を継いでおり、ほかの兄弟は他家に仕えている。三男の光久（光雅・作兵衛）は羽柴秀吉に、四男の伊兵衛は信長の三男の信孝に、五男の光孝（光廣）は徳川家康にと、別々の主家に仕えている。その上で滅多なことでは連携せず、接触もしない。それが多羅尾一族の生き残る術でもあった。多羅尾家は甲賀の地侍から脱却して大名に、悪くとも旗本になる努力をしていた。

神山衆も多羅尾家から独立して旗本以上になることを望んでいた。

「この先もそちたちの活躍を期待しておる。さしあたっては、堺に行ってもらう」

「堺？　狙うは徳川の首ですか？」

武田家滅亡後、家康は信長から駿河の国を与えられた。家康はそのお礼をしに安土に赴き、その流れで京、堺を遊覧していた。つき従う家臣は、麾下となった穴山梅雪齋を含む数十人であった。

「それは、ほかの家臣にやらせる。天王寺屋（津田宗及）に預けた物がある。そちは、これを確認してくれ」

「いかな物にございましょう」

「なんだと思う？『安土山図屏風』じゃ」

光秀はにんまりと笑みを作った。

「なんと！　確かこの二月、南蛮に贈らせたのではないですか」

伊東マンショ、千々石ミゲルらいわゆる天正遣欧少年使節はアレッサンドロ・ヴァリニャーニとともにローマ教皇のグレゴリオ十三世に『安土山図屏風』を献上するべく、この二月二十日、長崎を出港している。

藤祐はかつて安土城下の光秀の屋敷で『安土山図屏風』を見せてもらったことがある。ただただ眩いばかりの屏風であったと認識している。

「実はの。天王寺屋らと話し合い、『屏風』は別の者に真似て描かせ、ローマに贈ったのは偽物（贋作）なのじゃ」

悪戯っぽい顔をして光秀は言う。

「随分と、大胆なことをなされましたな」

存命時の信長が知ったら、一族郎党、火炙りにされていたかもしれない。

「うむ。自分でもそう思う。身が縮まる思いであった。されど、御上が欲した物をわざわざ異国の王にくれてやることはない。どうせ異国の王など、（狩野）永徳の良さなど判りはせぬ。偽物で十分じゃ。それゆえ『屏風』を御上に献上し、信長を討った儂は土岐氏の血を引く源氏の棟梁として征夷大将軍に就くつもりじゃ。さすれば、こたびのことに異議を唱える者も儂に跪くであろう」

満足そうに光秀は言う。

「承知致しました。確認したら、お運び致せばよろしいのですか」

「いや、改めて取りにまいる。使者を立てての」

「畏まりました」

命令を受けた藤祐は光秀の前から下がり、城下で松吉と落ち合った。

「殿の預け物を確認するため、堺の天王寺屋に行く」

「堺ですか。今頃、どうなっていることか」

能面のように松吉は無表情で言う。のっぺりとした顔は変装がしやすいのかもしれない。

大坂から堺にかけて二万を超える四国討伐の軍勢が集結していた。

「寄せ集め兵ゆえ、本能寺のことを聞き、大半は国に逃げ帰っていよう。思いのほか静まっているのではないか」

「左様なことなれば構いませせぬが」

松吉は頷いた。

翌五日、藤祐は松吉を伴って堺に向かった。商人に扮し、伏見から船に乗って桂川を下って午後、大坂に達した。

大坂は奈良、堺、京都にほど近く、淀川と大和川に挟まれた三角洲にある。

嘗て大坂には一向一揆の総本山、石山本願寺が存在し、信長を十一年にも亘って苦しめた地であるが、信長は同寺を退去させたのちに仮の大坂城を普請し、四国攻めの拠点とした。のちに安土城をも凌ぐ巨大な城を築くつもりであったという。

仮の城には信長の三男の信孝をはじめ惟住（丹羽）長秀、蜂屋頼隆、津田信澄ら一万数千の軍勢が在陣していた。

城下に入ると兵たちは酒を呑んだり遊女を追い廻したりと、乱れていた。

「戦があったようですな」

松吉が、あまり口を動かさずに話し掛ける。

「そのようじゃな。されど、四国に渡る兵は三万はいるはずじゃが、三千もおるまい。負け戦でもなさそうじゃが、いかなことか」

藤祐は首を捻る。

「四国攻めの軍勢には、日向守様の婿がいたのでは」

「信長の息子（信孝）からすれば、殿の婿は仇ということになる。戦勝祝いのようなこの騒ぎ。討ち取られているやもしれんな。一応、調べてみるか」

藤祐は探ろうとしたが、その必要はなかった。

仮城の大手門の前に津田信澄の首が晒されていた。

津田信澄は信長の弟の信勝（信行）の嫡子で、信勝が謀叛を起こして惨殺された時、斬られる運命にあったが、信長の母の土田御前によって助命された。その後、信長に忠誠を誓い、諸戦場で活躍。奉行なども任されるようになり、光秀の娘を娶り、近江の城主になった。四国攻めでは信孝の補佐役まで任じられていたが、信孝には疑われ、この日、大坂城の千貫櫓を攻められ、討ち取られてしまった。

「殿は信長を討つため、秘密が漏れるのを恐れ、信澄殿には報せなかったようですな。犠牲にされたということですか」

信澄の首を見ながら、松吉が不憫そうに言う。

「気の毒じゃが、あの第六天魔王を討つには、無傷というわけにはいくまい」

第六天魔王とは仏道修行を妨げる悪魔のことで、武田信玄が「天台座主沙門」を称したことから、信長は対抗するために自ら名乗った。

「婿ですら見捨てるのですから、我らなどは人とは思っておらんでしょうな」

「人となるや犬で終わるやは、これからの働き次第。殿は我らを蔑ろにはしておらぬ」

この当時、忍びは武士の犬などと蔑まれていた。その忍びを部屋に入れる光秀を、藤祐は非情だとは思っていなかった。

信澄の首に手を合わせた藤祐らは大坂を後にした。

堺の町は大坂の仮城から三里（約一二キロ）ほど南西に位置し、その名のとおり、摂津と和泉、河内の境目にある。西は豊かな漁場の大坂湾に面しているので、古より集落が形成され、平安時代には熊野詣でを行う人の中継地として宿泊する地ともなり、以来町は賑わった。

町を碁盤のように区画整理し、水堀で囲み、塀を高くし、櫓を置いて守り、中心には大小路通を通して陸の運搬を円滑にし、さらに湊を整備して自由港としたところ、外国の大型船が直に入港できるので、繁栄するばかり。

永禄四年（一五六一）に宣教師のガスパル・ヴィレラが堺を訪れた際、「イタリア最大の商業都市ヴェネチアのようだ」と感嘆したほどである。

戦国の世になっても、武士の支配は受けず、会合衆と呼ばれる三十六人の有力商人が、合議に基づいて自治管理し、独自に傭兵を雇い治安の維持にも努めた。

各地の戦国武将は堺に嫌われると武器弾薬を入手できないので、敵対している大名たちが町中で顔を合わせても騒乱になることはない。これを指して、ヴィレラは「日本全国において堺の町ほど安全な場所はない」とさえ言っている。但し、信長が堺に奉行を置いてからは兵力で屈服させられ、完全に支配下に置かれていた。

本能寺の変ののちも、堺の奉行として宮内卿法印（松井友閑）が在しているが、会合衆ともども各武将の動向を窺っているという状況であった。

信長には御茶頭がいる。津田宗及、今井宗久、千宗易。信長はこの三人を重く用いた。

三

藤祐は津田宗及が店主を務める天王寺屋を訪ねた。

津田宗及は天王寺屋財閥の総領とも言える地位にあり、当初、本願寺や三好三人衆と組んで信長に反抗していた雄々しい商人である。天王寺屋は両替えや金貸しを主とし、あらゆる商品を扱った。揃えられぬものはないという今で言う総合商社のような存在であった。

信長が将軍義昭を追い出した天正元年（一五七三）頃より、先に昵懇となっていた今井宗久らの勧めによって信長と接するようになり、以降は堺一の実力者とも言われる財力もあって、信長には重宝された。海岸にも近い広い屋敷の津田邸。天王寺屋と称する大きな店は中央の目抜き通りにあり、こちらは海風が漂う静かな邸宅である。

「変の直後でも町は賑わっておりますな。略奪や狼藉などが起こり、混乱していると思っていましたが」

周囲を見廻しながら松吉が話し掛ける。二人は天王寺屋から一町（約一〇九メートル）ほど離れたところにいた。

「この町で略奪など働けば、その兵の主は一生この町で買い物ができぬ。安全な町じゃ」

「そうでした。して、天王寺屋は今、いかな立場におりますかの」

異国の水夫を目で追いながら松吉が問う。

「殿を返り忠が者（謀叛人）と申す者は、そう多くはあるまい。家臣たちはみな、いつ自分が林（秀貞）、佐久間（信盛）のようにならぬかと、戦々兢々としていたはず。よく殺ってくれたと、肚のうちでは称賛していよう」

一息吐いて藤祐は続ける。

「堺の商人は随分と信長に矢銭（税）を巻き上げられたと聞く。茶の湯などで親しくしていたらしいが、腸は煮え繰り返っていたはず。それに、安土から大坂に居城を移せば、城の普請でどれほどの負担を強いられるか。討った殿に感謝こそすれ、恨む気持はなかろう」

周囲に怪しそうな人物が見当たらなかったので、藤祐は歩きだす。

「見返りもあるのでは？」

「大坂の町が整備されれば、そちらが繁栄し、堺は寂れるのではないか。利は全て信長が吸い上げる。安土もそうであったではないか」

「されば、堺の商人は殿に好意を持っていると考えていいわけですな」

「商人は目敏くなければやっていけぬ。とりわけ海外との交易が盛んな堺の商人は生半可な器量では務まらぬと聞く。おそらく天下を窺う全ての武将に札を張っ（賭け）ていよう。武将の力量によって札の枚数は違っていようが」

「我が殿は？」

「今は一番多いのではないか？　ゆえに、我らが顔を出したからといって織田方の兵に囲まれることはあるまい。まあ危うき時は晦ますがの」

「それを聞いて安堵しました」

二人は堂々と天王寺屋の暖簾を潜った。

「いらっしゃいまし」

複数の声がかけられた。

「惟任日向守様の遣いでまいった神山佐渡にござる。店主殿にお会いしたい」

藤祐は光秀からの書き付けを番頭に手渡した。

「これは、ようお越しになられました。どうぞ、奥に入られませ。すぐに主を呼んでまいります」

丁寧な対応で、藤祐は奥の客間に通された。六畳間で襖絵には松が描かれた質素なもの。床の間には水色の紫陽花が一輪飾られていた。

(これが侘びさびというものか)

信長などは好んで虎や豹などを描いていたという。忍びの藤祐には、よく判らない感覚であった。

「お待たせ致しました」

すぐに津田宗及は現れた。歳の頃は五十代の後半で、恰幅がよく、髪は半分ほど白く染まっていた。宗及は下座で膝を正す。

「このたびは大きなことを成し遂げられ、御目出度うございます」

薄くなった頭を下げて津田宗及は祝いの言葉を述べる。

「貴殿は前右府（信長）の御茶頭を務めていたはず。我が殿を恨んではおらぬのか」

商人の感情を探れという命令は出されていないが、藤祐はつい聞いてみたくなった。

「手前は商人にて、どなたかのご家臣ではございません。なので、どなたが天下を握られても手前どもには係わりなきこと。商いの妨げをされるのは迷惑ですが」

「されば、誰にでも尾を振ると？」

「儲かるならば、閻魔にも」

豊かな頬を持ち上げて津田宗及は言う。

「さすが天王寺屋の主じゃ。ところで、以前、我が殿が預けた物を確認しにきた。近く正式な使者がまいり、取りにまいることになろう」

「はて。すでに取りにまいられたはずにございますが」

津田宗及は目を細め、小首を傾げる。

「いつ、誰がじゃ」

「昨日、日向守様の御使者がお見えになられ、車に乗せて持って行かれました」

「なんと！　使者とは誰か？」

藤祐は目を剝いて問う。

「齋藤内蔵助（利三）様のご家臣で、齋藤左馬助殿と仰せになられておりました」

「左馬助？　聞いたことがない。いかな人相か」

「背は中ほど、肉は厚くもなく薄くもない。目は細く、あまり特徴のない顔でございました」

津田宗及は藤祐から視線を外さず、手足も動かさずに答えた。

（嘘か真実か。此奴、読めぬ。さすが海千山千の堺の商人じゃ）

嘘をついたり、誤魔化したりする者は、斜め上や下を見たり、指を動かし、掌で足を擦ったりするものであるが、津田宗及は癖を出さなかった。

「左様な特徴では、誰だか判らぬの。まこと殿の使者が来たのか？　蔵に隠しているのではないか？」

「とんでもない。飛ぶ鳥を落とす勢いの日向守様に偽りを申すはずがございません。疑いならば、当家の蔵を全てご確認ください」

津田宗及は真顔で首を振る。

「左様か。されば遠慮なく」

なにもしないで帰るわけにはいかない。藤祐は一つずつ蔵を開かせ、順番に探したが見つからなかった。

「手前どもは信用が第一にて、大きくふっかけることはあっても、偽りを申したり、騙したりすることはありません」

見終わったのちに津田宗及は昂然と言いきった。

「左様か。疑って悪かったの。また、殿の遣いで来るやもしれぬ」

「いえ、お待ちしております。また、新たな商いの話などさせて戴ければ仕合わせにございます」

津田宗及は揉み手をしながら藤祐らを見送った。

「儂は一旦戻る。そちは堺に残って天王寺屋を見張れ」

松吉は変装の名人なので、監視にはうってつけである。

「承知」

藤祐は松吉と分かれ、堺を後にした。

（安土山図屏風など、いったい誰が、なんの目的で盗んだのか？　一介の武将が御上に献上したとて、それだけで将軍や関白になれるはずもなし。また、ただ趣き（趣味）のために掠め盗るか？　しかも変後のごたごたの中で。まあ、ごたごたの

中だから簡単に盗めたのか）

藤祐は不思議でならない。

（そもそも、本物と偽物があることを、なにゆえ知っておる。殿と一部の者しか知るまい。誰かが漏らし、盗んだ。いや、知ったからといって、簡単に持ち出せるとは限らぬ。やはり天王寺屋が怪しい。先ほど見ておらぬ蔵があっても不思議ではない。まあ、左様な蔵があれば、松吉が摑もう）

とはいえ、やはり煮え切らない。

（もし、天王寺屋以外の者だとしたら、誰が？　よもや殿の家臣の誰かが我欲を満たすために。それは返り忠か。事実なれば、いずれかの武将に鼻薬を嗅がされたということか。されば、こののちのことに大きく係わる）

本能寺の変を知り、各方面で戦っている柴田勝家、羽柴秀吉、滝川一益らの宿老が、信長の仇討ちを名目に光秀に兵を向けてくることは予想に難くない。当然、そうなれば戦になる。戦の最中に裏切られれば、総崩れとなることは必定。藤祐は光秀に似ていることから、鑓働きこそしないが、何度か影武者として参陣したことがある。

（一刻も早く殿に報せねば）敵が手強くなれば、必然、藤祐の身も危うくなるのだ。

藤祐は踏み出す足を早めた。

「浮かない顔だね」

　大小路通を出たところで、左斜め後ろから声をかけられた。女の声である。

「なにゆえ、そちがここにおる」

　返答をしたのちに、藤祐はちらりと首だけで振り返る。長い黒髪を後ろで一つに纏め、五色紐（ごしきひも）の行商を装った神山衆の於桑である。二十代前半で、うりざね顔。忍びにしては色白で切れ長の瞳。男が好む女であった。これまでも色仕掛けで何度も情報を摑んできた実績がある。

「杉蔵が、心配だから見てまいれと言ってね。だから来たんだ」

「余計なことを。下知に背（そむ）いておるぞ。明確な指令のあとならば、厳しい処分をされているところだぞ」

「そんな怖い顔はしないでよ。心配して来たんだから。それより、頭（かしら）が一人ということは、松吉はどこかに張り付いたのかい？　なんか問題が起こったようだね」

　目敏い女である。

「今は申せぬ」

「つれないね。ま、そのうち判るだろうけど」

於桑は艶やかな目を藤祐に向けて歩を進めた。

四

六月六日、藤祐は安土に上り、光秀に仔細を告げた。

「まこと天王寺屋の蔵を隅々まで捜したのじゃな」

いつになく光秀は険しい表情で問う。

「仰せのとおりにございます」

「天王寺屋の申すことが事実ならば、誰かが漏らし横流しをさせたということになるの。今、天王寺屋は?」

「配下を張り付けさせております。なにかあれば、すぐに報せが届きます」

「それは重畳。とにかく屏風を探せ。御上が欲していたものじゃ。あれがあれば、当家は安泰。そちたちは将軍家の家臣となろうぞ」

「承知致しました」

改めて屏風の探索、ならびに奪還を命じられた藤祐は安土城から下がった。

七日の未明、小雨の降る中、藤祐は左京の吉田山の東の麓に配下を集めた。南西の麓には光秀と昵懇の公家の吉田兼見が神主を務める吉田神社がある。

松吉は天王寺屋を見張っているので、藤祐を入れて六人である。

「まさか屏風が奪われるとは、殿も油断だね」

樹に凭れ、於桑は蔑んだ。

「混乱に乗じて事を起こす。まさに驚忍の術じゃな」

竹雄が知ったかぶりをするような口調で言う。驚忍の術とは、二人が一組になり、一人が騒ぎを起こして気を引いている間に盗みや暗殺を試みるものである。

「随分と大掛かりな驚忍の術だね。まあ、偶然だろうけど」

冷めた口調の於桑である。

「思いのほか正解で、狙っていたのではないか？　殿が本能寺に兵を向けることを知っての」

杉蔵が松の枝を撓らせながら言う。

「とすれば殿の家臣の返り忠かい」

「誰かが内応したのは事実であろう。それを突き止めると同時に、誰が持っているかじゃ。天下を狙う武将の居城の蔵に仕舞われれば、簡単に盗み出すことはできぬ」

藤祐が口にすると、皆はなにかを呑み込むようにして頷いた。

「屏風を掠め盗るやもしれぬという賊はどれほどいるんだろうね」

「天下に望みがある者であろう」

於桑の問いに身軽な竹雄が答えた。

「乱世の武将ならば、誰でも天下は欲しかろうが、実のところ殿以外に誰が天下を狙えるんだい」

「目敏いのは、殿を蹴落とさんとした筑前守（羽柴秀吉）であろう。実際あの日、配下が都にいた」

思い出すように竹雄が告げる。

「柴田（勝家）、滝川（一益）は、ちと遠いね」

自分は嫌だと於桑は虫でも払うような仕種をする。柴田勝家は越中の魚津城を攻めていたが、本能寺の変の報せを聞き、慌てて撤退している最中であった。滝川一益は上野の厩橋で「関東八州の御警固」を命じられ、東国の仕置を始めたばかりで、まだ信長が横死したことを知らなかった。

「柴田、滝川の家臣は見なかったゆえ、おそらくは関係あるまい。まあ、探るにしても、後廻しじゃな」

疑いの優先順位は低いと藤祐は見ていた。

「徳川も怪しいのではないか。こたびの上洛、殿に討たせるためという噂がある。多羅尾衆の話では信楽から伊賀を通って帰国を急いでいるそうな。危うい目に遭わされたのじゃ。後ろ楯（だて）になるような物を欲していても不思議ではない。それに、徳川は源氏を名乗っているとのこと。信長と盟約を結んでいた徳川は殿の競争相手となる」

声色を変え、年寄り口調で口を挟んだのは梅次である。

「公家衆も怪しくないかい？　五摂家（せっけ）の面々はみな、関白になりたいんだろう」

「なくはないの」

於桑の問いに杉蔵が答える。

「描いた本人というのもあるかも」

これまで黙っていた於杏が主張する。

「なんでだい？」

「短い期間で屏風を描くように命じられたので、納得した絵が描けなかった。自身では満足のいかぬ屏風なので、密（ひそ）かに回収したんだと思う」

「それじゃあ、二月に贈ったのが本物で、偽物を引き取ったって言うのかい？　妙だね。そもそも誰が偽物を描いたんだい？」

於桑の問いに於杏は首を捻る。

「やはり天王寺屋が怪しいの。締め上げるか」

杉蔵が首を絞める真似をする。

「まだ、手荒なことをすべき時ではない。今は事を荒だてずに探ることが第一」

藤祐は首を横に振って釘を刺す。

「信長の息子っていうのはどうだい？　三男（信孝）が大坂にいるんだろう。こののち織田家の家督争いは起こりそうだし。屛風を持っていれば、家督の証になるんじゃないのかい」

「三男か、伊兵衛が仕えている主じゃの」

先に投げて樹に突き刺さった棒手裏剣を後から弾き落としながら竹雄が言う。

「伊兵衛が掠め盗ったんじゃないのかい」

「十分に考えられるの」

棒手裏剣を拾いながら竹雄は頷く。

「伊兵衛だったら、どうする気だい？　本家の血筋だよ」

「本家と申しても別腹（庶子）だろう」

棒手裏剣を指の上で転がしながら竹雄は藤祐に目をやる。

「本家が敵方につこうが、我らは我らの主に従うのみ。不測の事態にならぬよう、一度は注意するが、二度目はない。それが、我らの生業じゃ」

藤祐の言葉で場は一瞬にして緊張した。

「キリシタンという線はどうだい？」

「二月に贈っているのに、持っている必要があるか」

竹雄は首を傾げる。

「この一年ぐらいは微妙だが、それまで信長はキリシタンを庇護していた。キリシタンもこの国でさらに信者を増やそうとすれば、後ろ楯は必要であろう。我が殿はキリシタンを好んではいなかった。我が殿から屏風を掠め盗り、殿の敵に献上しようとしても不思議ではないの」

藤祐は腕組みをしたまま告げる。

信長が安土城内に摠見寺を建立し、御神体とも言える「盆山」という石を置いて、自らを神とし、参拝する者に崇めさせた。これを知った宣教師たちは信長を悪魔だと言いだした。

「なるほどね。して、どっから探るんだい？」

「みなで一人を探れば確実かもしれぬが、全員を探るのに日にちがかかりすぎる。それゆえ手分けするしかない。それゆえ杉蔵は三男信孝、竹雄は徳川、於桑は羽柴、於杏は前関白の近衛、梅次は多羅尾、儂はキリシタン、松吉は引き続き天王寺屋とする」

「承知」

藤祐の決定に皆は頷いた。

「我らは戦人(いくさびと)ではない。あくまでも探るのが当所(あてど)（目的）じゃ。可能な限り争うな。闘いは避けよ。我らは寡勢(かぜい)。死なれるとほかの者への負担が重くなる。死ぬぐらいならば逃げよ。それが神山衆じゃ」

改めて藤祐は皆に厳命した。

「なんだか、覇気(はき)のない号令だね。まあ、死ぬつもりはないけどね」

於桑は鼻で笑い、それを合図に皆は散った。

（キリシタンか、キリシタンも様々じゃな。宣教師、日本の信者、大名、公家衆などもいるの）

藤祐は指折り数えながら思案する。

（何人もおるが、やはり、まず先に宣教師を探らねばの。天王寺屋の次に彼奴らが怪しい。殿が信長に聞いたところによれば……）

信長はアレッサンドロ・ヴァリニャーニが連れてきたアフリカ（モザンビーク）出身の従者を譲り受け、弥助と名づけ、家臣に取り立てた。信長は弥助から日本に連れてこられた経緯を聞いた。

弥助の話によれば、当時のスペインやポルトガルは、まず商人を入港させて貿易を行い、利の甘さを教えたのちに、宣教師を送り込んで人民の改宗と洗脳を行う。ここで同地の宗教と抗争になると、無敵艦隊と呼ばれていた軍隊を送り込んで征服。さらに宣教師を増やして統治し、植民地化する政策を取っていた。

宣教師たちは純粋に布教活動をしていても、軍事顧問団の役割をさせられていたのも事実。アフリカ、インド、東南アジア、中国、南米など諸国の一部はこうして植民地とされた。これを知った信長は、本願寺と和睦したこともあり、距離を置くようになった。

弥助は本能寺の変時、信長と同宿しており、信長の命令で同寺を抜けだし、嫡子の信忠がいる二条御新造に行って変を報せ、信忠らとともに戦うが、惟任勢に捕らえられ、光秀の前に引き出された。

「此奴（こやつ）は人ではなし」

光秀からそう言われ、解放されて南蛮寺に戻っていた。

（まず、宣教師たちが黒幕なれば、絶対に真実は語るまい。とすれば、普通の信者か公家、あるいは、高山右近（たかやまうこん）などの武将を先にということになるか。右近は我が殿の麾下（きか）ゆえ、儂ごときが直（じか）に会うわけにはいかぬ。こののち殿を狙って羽柴らが上洛してくるゆえ、城に忍び込むのも控えねばの。とすれば、信者か公家か）

歩きながら藤祐は思案する。

（公家は、我が殿と親しい者が多いので、これも慎重にせねばならぬ。やはり信者か。されど、熱心な者どもが多いゆえ、簡単に真実は語るまい。信者は命懸けゆえ、殺されても口を割らぬ者もいる。最初から手荒な真似をすれば、探りが頓挫（とんざ）しかねない。とすれば、別の標的に絞らねばなるまいか）

自問自答しながら藤祐は頷いた。

（そういえば、弥助なる者は信長に忠義の心を持っていた。彼（か）の者なれば、信長の志をと告げれば真実を口にしようか。されど、そもそも彼奴（きゃつ）は日本の言葉が判るのか？　判らねば、信長はいかにして彼の国のことを知ったのか）

藤祐は疑念を抱いた。

（そもそも弥助は南蛮寺にいようか。我が殿は異教には傾倒しなかった。というよりも、危うき教えだと否定していた。信長より先に危険を察していたのじゃ。弥助は本能寺と二条御新造に居た異国人。我が殿が信長に取って代わったとすれば、宣教師は我が殿を恐れるであろう。信長に味方した弥助に簡単には会わせてはもらえまい。とすれば正面からというわけにはいかぬか）

藤祐は思案を深めた。

南蛮寺は蛸薬師通沿いの姥柳町にあり、本能寺から二町ほど東に位置している。都には一部の仏閣しか高い建物がないので、天正六年（一五七八）頃に完成した三階建ての南蛮寺は、遠くからもよく見える。周囲の壁は白く塗られ、各階の屋根には瓦が乗せられ、そこに陽があたって、瓦の青黒さと黄褐色が見事な対比を織りなしていた。路の四方にはさまざまな店が軒を列ねていた。

南側には二重の門があり、表の門にはイエスの略字「ＩＨＳ」と十字架が描かれている。蛸薬師通から門を二つ潜ると西洋のベル型の鐘が取りつけられていた。

南蛮寺は天守閣風の木造三階建てで、一階は聖堂になっていた。耳をすませばオルガンの律動的な音色が聞こえてくる。琴や琵琶とは違う旋律で、キリシタンがよく歌う賛美歌というものらしい。馴染みの薄い音調には心をくすぐられながらも、落ち着かぬ違和感を覚えた。

藤祐は南蛮寺の中の茂みに身を隠し、しばし様子を見ることにした。

一刻（約二時間）ほど様子を窺ったが変わりはない。

裏に蔵がある。誰でも外せる細い閂があるだけで鍵はつけられていなかった。

藤祐は中を確認するが、屏風はなかった。

（仕方がない。中に入ってみるか）

藤祐は北側の壁を上り、三階の窓を開けて中に忍び込んだ。三階は修道士が共同生活をする修道院となっており、六部屋があった。

畳敷きの部屋もあり、藤祐は一室ずつ確認するが誰もいなかった。だけではなく各部屋の納戸に屏風もなかった。

（いないの。みな下か）

ゆっくりと一間（約一・八メートル）幅の階段を、音を立てずに降りていく。二階は広間となっていて多目的の部屋であろうか、南蛮式の机が二つとそれを囲む複数の椅子があった。そこには日本人の修道士が二人いるだけであった。この階にも屏風はなかった。

（されば一階か）

藤祐は一旦外に出ると、手拭いで頬かぶりをして正面から南蛮寺に入った。都は寺や神社の多い町。キリシタンを嫌う者も数多いる。顔を隠して祈りを捧げに来る信者は珍しくなかった。

部屋は三十畳ほどの広さで、上座にはキリストの像が飾られ、その前の聖餐卓には、蠟燭立てや鐘、花などが飾られていた。

聖堂には背もたれのない五人ぐらいが腰を下ろせる長椅子が左右に五つずつ置かれ、十数人が座していた。周囲を見渡しても屏風はなかった。

上座には長身の異国の司祭と日本人の修道士が複数おり、司祭が聖書を読むと、後に続いていた。藤祐は一番後ろに座り、信者を真似た。

四半刻(約三十分)ほどで礼拝は終わり、献金をして信者たちは聖堂を出ていった。

「あなた様は初めてですか」

若い日本人の修道士が、一人聖堂に残った藤祐に問う。

「申し遅れました。某は信孝様に仕える山下右衛門と申します。こちらに弥助殿はおられますか」

頬かむりをとって藤祐は問う。藤祐は光秀に似ていることもあるので、口中の両端に布を入れて頬を膨らまし、濃い髭をつける変装をしていた。布のせいで声も少しこもっていた。

信孝は信長の影響を受けて、キリスト教に好意的なので、宣教師も警戒しないと思ってのことである。

「弥助に、なんの用でしょうか」

異相の日本人修道士が眉を顰めて聞き返す。五十七歳になる独眼のロレンソである。ロレンソは、肥前の生まれで仏教を学んだ琵琶法師であったが、フランシスコ・ザヴィエルによって受洗し、布教活動に専念。語学が堪能であった。

「弥助殿は本能寺と二条御新造にいたにも拘わらず、唯一生き延びた勇者。信孝様はその時のことを聞きたいと仰せになられましたので、一緒に大坂に同行していただきたく、まいった次第」

「左様ですか。弥助は今、オルガンチーノ様と高槻の高山右近様の許におられます」

本能寺の変が勃発した時、畿内布教長のオルガンチーノらは安土の教会にいた。事件を知ったオルガンチーノは都に戻るべく舟で琵琶湖を渡ったが、途中で暴徒に所持品を簒奪され、拘束までされた。だが、皮肉にも惟任の兵に助けられ、南蛮寺に護送された。その後、オルガンチーノは高山右近の許に逃れた。

高山右近はジュストという洗礼名を持つキリシタン大名で、光秀の寄騎となっていた。

因みに南蛮寺にいた司祭はスペイン人の宣教師フランシスコ・カリオンであった。

「左様でござるか。これは忝い。されば」

礼を口にした藤祐は南蛮寺を後にした。外に出ると雨は止んでいた。

（高槻か、そう遠くないの）

摂津の高槻は南蛮寺から道なりに六里（約二四キロ）ほど南西に位置している。

（されど、高山は我が殿の寄騎。勝手に探っていいものか。儂のせいで高山が殿と敵対することだけは避けねばならぬゆえの）

誠実で戦に強い高山右近は、嘗て摂津を支配する荒木村重の寄騎であった。荒木が信長に背いた時、右近も寄親に従い、高槻城に籠った。

信長は高山右近が入信していることを知っているので、オルガンチーノを右近の許に差し向け、信長に下らねば宣教師やキリシタンを全員処刑すると脅し、城下に並ばせた。

荒木村重に人質をとられている高山右近は悩んだ末に、剃髪して信長に降伏。父の飛驒守は妻子の代わりに有岡城に入って人質となった。

高山右近の離脱で、同じ寄騎の中川清秀も荒木村重から離れたので、荒木勢が弱体化する原因となった。

有岡落城後、高山飛騨守は助命され、越前・北ノ庄城の柴田勝家に預けられた。逆に右近は優遇され、安土に屋敷地を賜っている。

（まあ、いるかどうかだけでも確認するか）

藤祐は高槻に向かうことにした。

忍びは一日で一千里は走ると言われている。大袈裟な表現であるが、殆どの忍びは健脚である。藤祐の足ならば、歩いても二刻（約四時間）ほどで到着できるが、歩く速度が速いと怪しまれるので、途中で休憩などを入れ、四刻（約八時間）をかけて高槻に到着した。既に日は暮れていた。空には雲がかかっているので夜は暗い。潜入するにはうってつけではある。

（焦りは禁物。高山がいかな思案をしているかも探らねばならぬゆえの）

藤祐は高槻城の近くにある寺の縁の下で夜露を凌ぐことにした。

翌八日、雨は降っていない。藤祐は大手門が見える茂みの中に身を置いた。なにごともなく時が過ぎる中での巳ノ刻（午前十時頃）であった。早馬が大手門に達した。

「開門！　某は羽柴筑前守秀吉が家臣。主の書を持ってまいった」

秀吉の家臣が叫ぶと、ぶ厚い城門は開かれ、中に招き入れられた。

（羽柴の使者が？　もう調略にかかるのか。毛利はどうなっておる。上洛するには叩き潰すか、和睦するしかない。その目処が、もうついたと申すのか。されば、予想より速く上洛してくるやもしれぬな）

秀吉の行動の速さに藤祐は愕然とした。

半刻（約一時間）のちに、秀吉の遣いは高槻城を後にした。

（来た時は黒毛の馬であったが、戻る時は栗毛の馬だった。高山は殿から離れ、羽柴につくやもしれぬな）

栗毛の馬は武将に好まれている。替え馬を出したということは秀吉に好意を示している証拠である。

（これは屏風どころではないの。中川も探ってみるか）

高山右近と同じく中川清秀も荒木村重の麾下から光秀の寄騎になった武将である。清秀の茨木城は西の隣領で高槻とは二里と離れていない。

（いや、羽柴は百姓の出自ゆえ、成功するためにはなんでもする）

永禄九年（一五六六）には美濃の墨俣城を夜襲で収奪（一夜城構築説もある）、

同十一年（一五六八）には近江の観音寺城攻め、天正元年（一五七三）には同国の小谷城攻めでは夜襲を、同六年（一五七八）には播磨の三木城で干殺しを、同九年（一五八一）には因幡の鳥取城を飢え殺しにして攻略。同十年（一五八二）には備中の高松城を水攻めにしていた。

（中川を探るよりも、このことを早急に殿に報せるべきじゃ）

藤祐は判断し、高槻を後にした。

因みに秀吉は本能寺の変の報せを摑むと、早々に毛利家と和睦して六月五日には撤退を開始した。その最中、味方の参集をするための書状を織田家に属する武将に発していた。

〈（前略）これより申すことは、とても喜ばしいことです。只今、京より戻った使者が確かに申しました。上様ならびに殿様（信忠）は、何れもなんの障りもなく、惟任の兵を切り抜けなされました。近江の膳所ケ崎までお退きなされたところ、福富平左衛門秀勝は三度も奮闘し、比類なき働きをしたので、御両人にはお変わりありません。まずもって目出たいことです。我らも都合次第できるだけ早く帰城致します。なお、追々書を送ります。貴殿も御油断なき才覚を示す（光秀に与しない）

ことが第一です。畏まって申し上げます。

六月五日　　　　　羽筑　秀吉（花押）

中瀬兵（中川瀬兵衛尉清秀）殿　御返報〉

明らかな偽報であるが、秀吉は丁寧な言葉で情報操作を行っていた。

その日の晩、藤祐は坂本に帰城していた光秀に仔細を報告した。

「なんと、筑前の遣いが高山にと？」

「戻る時は栗毛の駿馬に乗り換えておりました」

「なんとなく日和見をしていたのは判っておった。なるほど、それで儂への返答を明確にしなかったのか」

光秀は納得した表情をした。高山右近以外にも中川清秀、伊丹城主の池田恒興のほか、丹後の田辺・宮津城主の長岡藤孝・忠興、大和郡山城主の筒井順慶らの親戚からも光秀は協力を得ることができていない。

長岡藤孝は家督を嫡子の忠興に譲り、剃髪して幽斎玄旨と号して信長への弔意を表わした。新当主となった忠興も父に倣い、剃髪して三齋宗立と号している。

光秀の呼び掛けに応じたのは近江の山崎城主の山崎片家、同じく近江の奥之島五千石の京極高次、若狭守護だった石山三千石の武田元明など織田家の麾下で冷遇されていた少禄の武将ばかりであった。

「戦が近いと存じます。某はお近くにいたほうがいいかと存じます」

いつもどおり影武者を行うと、藤祐は進言する。

「この調子だと我が配下しか集まらぬぞ。織田の者どもは信長よりも、主殺しの名を恐れるようじゃ」

「所詮は寄せ集め。烏合の衆にございましょう」

「率いるのは筑前守じゃ。烏合の衆も巧みに使う。我が許を離れたほうがいいぞ」

「これまでの御恩があります」

「忍びらしくもない」

「羽柴に勝てば、某は殿の正式な家臣に、武士になれます。どこかで賭けをしませぬと、いい目は見られませぬ」

「さもありなん。されば勝つ行をせぬとな」

光秀は悲愴感に満ちた顔に笑みを浮かべた。

藤祐は影武者として光秀に同陣するので、しばし屏風の探索は中止せざるをえない。配下たちにはその旨を伝えた。

第二章　継続や否や

一

朝から雨は降ったり止んだりを繰り返した。空はいつ、大雨になってもおかしくない厚い鉛色の雲に覆われ、昼だというのに暗かった。

六月十三日の昼前、惟任軍一万三千は布陣を終えた。天皇の御所から三里半（約一四キロ）ほど西南に位置する山崎という地で、今は下植野、調子、久貝という地名となっている。東は淀川（桂川）が流れ、南は円明寺川（現・小泉川）、北は小畑川に挟まれていた。

またこの地は、嘗て長岡藤孝が居城にしていた勝龍寺城から半里ほど南の地にあり、光秀とすれば何度も目にしたところであった。

本来は山崎から二十七町半（約三キロ）ほど南西の天王山に布陣する予定であったが、同山の東麓の大山崎は堺と同じように自治都市を築いていた。主な商いは荏胡麻油の搬入、製造、販売を独占する問屋で、都に近いことから公家や天皇家にも強い影響力を持っていた。町は東西の黒門で守られており、夜中は不審者を警戒して閉ざされる。商人たちは町が戦火に巻き込まれぬよう公家衆に泣きついた。

公家衆に嫌われれば征夷大将軍になれない。光秀は商人たちの要望を受け入れざるをえず、布陣地を北東に移さざるをえなかった。

円明寺川を手前にして、淀川沿いの東から津田信春、村上清国、山本山入ら二千。

その西に齋藤利三、嫡男の利康、三男の利宗、弟の利次、柴田勝定ら二千。

西国街道を遮断するように藤田行政・秀行親子、伊勢貞興、諏訪盛直ら二千。

円明寺川を渡河した地に並河易家・八郎、松田政近、妻木広忠ら二千。

小畑川から十町（約一・一キロ）ほど北で、勝龍寺城から十二町（一・三キロ）ほど南の御坊塚を光秀の本陣とし、五千が構えた。

勝龍寺城の留守居は三宅綱朝、淀城に番頭大炊介、下鳥羽に池田織部、宇治に奥田庄大夫を配置した。

ほかでは安土城には明智秀満、四王天政孝・政実ら、坂本城には三宅光朝ら、丹波の亀山城には光秀の嫡男の光慶と、秀満の父・三宅出雲守を配置した。

結局、近江周辺の国人衆しか集まらず、万石を有する大名は光秀には味方しなかった。

一方の羽柴軍。

淀川沿いに池田勝入（恒興。信長死後に出家号を名乗る）の五千。

その西に高山右近は二千。その後方に堀秀政の一千五百。

さらに西に中川清秀二千五百。

天王山に黒田孝高、羽柴長秀（のちの秀長）ら三千。

大山崎の本陣に羽柴秀勝、秀吉が一万八千。

秀吉は公家衆からの要望を受けていないので、遠慮なく天王山に兵を置いた。

また、天王山の南東の島本あたりに惟住長秀の三千、織田信孝の四千、蜂谷頼隆の二千が控えていた。

秀吉は三日の夜には本能寺の変を知り、四日には信長の死を隠して毛利氏と和睦を結び、一勢に撤退を開始させた。自身は六日に陣を畳んで中国大返しと呼ばれる大移動を敢行し、八日には姫路に帰城した。

僅か三日で二十七里（約一〇八キロ）を移動した秀吉は十一日には摂津の尼崎、

十三日には富田に着陣と三日で二十五里（約一〇〇キロ）を進む離れ業をしてのけた。

光秀の影武者を務める藤祐は老けた化粧をして光秀の本陣にいた。主と同じ黒の南蛮胴具足を身に着け、桔梗紋を前立にした鉄地椎実形兜をかぶり、臙脂の陣羽織を着用し、光秀の左斜め後方に床几を置いて座した。

「敵の細作を討ちきれなかったこと、お詫びのしようもございません」

藤祐は背後から詫びた。あまりにも秀吉の到着が速すぎたのは、都に残っていた秀吉配下の忍びが伝えたに違いない。

「人の耳に戸は立てられぬ。詫びることはない。それよりも筑前守はよくやったものじゃ。都から高松まで信長のために用意していた宿所を、全て自軍のために使ったのであろう。食い物も替え馬も飼葉（馬の食料）もの」

毛利氏討伐のために信長に援軍を申し出たのは秀吉である。宿所を用意するのは当然のことであった。

確かに秀吉は上手くやったとは思うものの、藤祐は罪悪感に満ちていた。

「敵は三倍以上か……」

光秀は独り言のように呟いた。

「戦は兵数に非ずと、かつて殿は仰せになられました」

藤祐はなんとか励まそうと努力する。

「それは武器が優れ、地の利がある時のこと。織田の麾下にあれば、鉄砲も玉薬（火薬）も手に入れやすい。敵は我らと同じく軍勢の一割ほどは鉄砲を持っていよう」

とすれば惟任軍は一千三百。羽柴・織田連合軍は四千百ということになる。さらに羽柴勢は山の上にいる。惟任軍は兵数でも鉄砲の数でも地の利でも劣っていた。

「筑前守の首さえとれば、桶狭間の今川のごとく、羽柴は総崩れになりましょう。お許しいただければ、某、敵に紛れて筑前守の首を狙います」

「良き思案じゃが、敵は目の前にいるゆえ、堂々と打ち破らねばならぬ」

本能寺の急襲は成功したが、織田家の家臣からは見限られた。光秀は後ろめたさを感じているのかもしれない。

（兵で劣っているのに、形にこだわる場合ではなかろう）

喉許まで言葉が出かかったが、藤祐は堪えた。

「されば、いかがなされますか」

「ただ、鋒矢のごとく突き進み、打ち破るのみじゃ」

語気は強いが、表情は暗い。

(殿は勝つ行を持っているだろうか。戦が長引けば、柴田や滝川も戻ってこよう。さすれば周囲から袋叩きとなる。その前に、なんとしても羽柴に勝利せねばならぬのに)

藤祐はもどかしくてならなかった。

申ノ刻(午後四時頃)、松田政近勢が中川清秀勢に鉄砲を放ち、戦の火蓋が切られた。

当初は互角の戦いをしていたが、開戦から半刻とさらに四半刻が過ぎた頃、惟住長秀、織田信孝勢の鉄砲組が前進して戦いに加わった。七百近くの筒口が増えて釣瓶撃ちにしてくるので、轟音が響くたびに惟任軍は死傷者を続出させた。

勢いに乗った池田勝入らの羽柴軍は続々と円明寺川を渡河する。

西側では中川清秀らの一部が迂回し、藤田行政らの側面を突いたので、惟任勢は支えることができず、押された。

「退くな。退く者は斬る!」

諸将は唾を飛ばして叱咤するが、後退する兵を止めることはできなかった。

開戦から一刻経った酉ノ刻（午後六時頃）、惟任軍は総崩れとなり四散した。

「殿をお守り致せ！」

本陣にいた中沢知綱が叫び、周囲を兵が取り囲みながら退く。

「ご無事を」

光秀を送りだした影武者の藤祐は、光秀が退いたのちもしばし本陣に留まってい
た。残された家臣も三十余人。敵はすぐ目の前に迫っていた。鉄砲の射撃音もだん
だんと大きく聞こえるようになってきた。

「されば、我らも」

頃合を計り、藤祐らも床几を立った。藤祐らは光秀を逃がすための囮である。

本軍の後方で殿軍のような位置にいた。お陰ですぐに敵の目に入った。

「あの兜、あの陣羽織は惟任日向守に違いない。敵大将の首は貰った！」

藤祐を見た羽柴兵は喜び勇んで追撃する。敵将の首を取ったとなれば、恩賞は思
いのまま。一城の主も夢ではない。餓狼となって襲いかかってきた。

足軽たちが影武者の藤祐を守ろうと、踏み留まるが、衆寡敵せず、一人また一
人と散っていく。

（負け戦と判っていながら、影武者の儂を守らんと命を捨てる忠義の者たちじゃ。

さぞかし殿もお喜びであろう。みな成仏致せ）

肚裡で手を合わせる藤祐であるが、他人事ではない。追手が狙うのは藤祐だ。

御坊塚の本陣から六町（約六五四メートル）ほど北に退くと、三十余人いた惟任兵は十数人に減っていた。矢が掠るようになり、鉄砲の風切り音が如実に耳朶に残るようになってきた。

（殿は城に逃げ込めたであろうか）

光秀は一旦、近くの勝龍寺城に入って態勢を立て直す、と言っていた。馬鞭を入れながら藤祐は危惧する。

「うぎゃっ！」

城まで三町（約三二七メートル）ほどに近づいた時、背後を走っていた兵が矢を射られて倒れた。

また矢が放たれる。藤祐は太刀を抜いて切り払って一難を逃れた。

（まずいの。このままでは追い付かれる。儂は殿が死ぬまでは死ねぬのじゃ）

一介の忍びが織田家の四天王と呼ばれた光秀に直に声をかけられることは異例であり、藤祐には至極の喜びである。命を懸けるに価することであった。

藤祐は懐から撒き菱の袋を出し、十数個をばら撒いた。鉄製で三角錐の形をしており、角が尖っているので兵が履く草鞋で踏めば、足の裏に刺さって追うことは困難であろう。

「ぎゃっ！」

撒き菱を踏んだ兵が二人倒れた。さらに倒れた兵に躓いて後続の兵が転がった。これによってその背後の兵の足が一瞬止まる。その間に藤祐は刀の峰で馬尻を叩き、疾駆させる。勝龍寺城の城門が見えてきた。

（あと二町〈約二一八メートル〉じゃ）

僅かな安堵を感じた時、轟音が響き、周囲の味方が殆れた。のみならず、一発は兜の左の脇立を飛ばし、左肩にも当たった。

（うっ）

鉄製の南蛮具足なので玉を弾くことはできたが、丸太で叩かれたような衝撃を受けた。首の後ろを隠す薄い錣などに当たっていたら、貫通していたかもしれない。緊張しているので、さして痛みはないが、麻痺して左腕に力が入らなくなっていた。

（もう少しもってくれ）

馬の脚も鈍ってきているので、いつ敵に追い付かれるかと、背筋に寒いものを感じながら、藤祐は馬を疾駆させた。

城に近づくたびに周囲の兵が減る。一町半（約一六四メートル）ほどに接近した時には数人しかいなかった。しかも鑓で抉られて命を落とした。藤祐の背にも穂先が迫る。

「むっ」

藤祐は上半身を捻り、太刀で柄を切断して逃れた。だが、鑓を躱せば矢が襲い、切り払えば、鉄砲玉が飛んでくる。いつ仕留められてもおかしくはなかった。

あと一町を切った時であった。城の城壁から十余の筒先が南に向けられ、火を噴いた。

途端に藤祐らの背後の敵が数人、撃たれて倒れた。その後も鉄砲が轟き、数人が泥に突っ伏した。これによって追撃の手が緩み、藤祐らは危機を脱した。城に辿り着けたのは僅か三人だけだった。

すぐに堀の橋が下ろされ、藤祐らは撤収された。

天王山の戦いとも呼ばれる山崎の戦いは羽柴軍の勝利で終わった。

この戦いで惟任軍は三千余人、羽柴軍は三千三百余人が死去したという。

勝龍寺城は東の小畑川と西の犬川を外堀とし、南北三町、東西二町ほどの団栗の実のような形をした敷地に築かれた平城で、土塁と空堀で防衛を固めていた。

「ああっ、なんとか命拾いしたようじゃ」

城内に入った藤祐は地面に尻をついた。信長の配下であった惟任軍が、熾烈な退却戦を経験したのは元亀元年（一五七〇）の越前における金ケ崎の退き口以来か。藤祐にとっては初めてのことである。僅か十二町ほどの撤退が、これほど疲れるものだとは思わなかった。

勝龍寺城にいる兵は一千ほどだった。光秀を守るため、早く堀の橋を上げてしまったことで入城できなかった兵もいるかもしれないが、殆どが逃亡してしまった。

藤祐は光秀の前に罷り出た。

「おう、佐渡、無事であったか」

窶れた顔に笑みを浮かべ、光秀は労いの言葉をかける。

「お気遣い忝く存じます。されど、お預かり致しました兵の多くは討たれ、城に逃れた者は某のほかは二人でございます。お詫びのしようもございません」

両手をついて藤祐は謝罪した。

「なんの、そちのせいではない。そちたちのお陰で儂はまだ、かように生きておる。感謝こそすれ、叱るようなことなどあろうか」

「有り難き仕合わせに存じます」

優しい言葉をかけられ、藤祐は感激しながら下がった。

一方、秀吉は堀秀政に敗走兵を追わせ、伏見から大津に出る山科や粟田口、近江の坂本、安土に抜ける道を遮断させ、都で落ち武者狩りをさせた。

中川清秀、高山右近には丹波の亀山城に向かわせた。

秀吉自身は淀川の中洲に築かれている淀城に入城した。番頭大炊介が城を守っていたが、山崎の敗報を知ると城を捨てて逃亡していた。

光秀が居る勝龍寺城は、秀吉の兵によって遠巻きに包囲されていた。勝利を確信した秀吉は夜襲を命じなかった。信長の後継を意識しているのか、白昼堂々と、光秀の首を挙げるつもりのようであった。

勝龍寺城の中は葬式のように沈鬱であった。そんな中、溝尾茂朝が光秀の前に進み出た。

「夜討ちをせぬということは、朝一番で仕寄せするつもりでございましょう。敵は万余。対して我らは一千ほど。この城では二刻と支えられませぬ。敵は昼の勝利で弛緩しております。城を抜けるのは今にございます。坂本に戻り、再起を図ってはいかがでしょう」

「そなたの申すことは尤もなれど、城を出て、雑兵の手にかかるは武士の恥。どうせ死ぬのならば、三度城を打って出て、潔う腹切るが武士の倣いではないか」

「しとどの窟の喩えがございます。頼朝公は恥も外聞もなくお逃げなされ、のちに勝利したゆえ、征夷大将軍になられました。足利尊氏公も然り。源氏はみな、なりふり構わぬもの。殿も土岐源氏の血を引いておられます。先人に倣うべきでございます。この機を逃して討ち死にいたせば、源氏にあらざる者と後世の者に嘲られましょう。なにとぞご決断を」

源頼朝は石橋山の戦いで平家方に敗れ、山中に逃れ、しとどの窟というところに隠れた。この時、梶原景時に見つかるが、景時は坂東武者が都の貴族に支配されることを好しとせず、頼朝を見逃すことにした。命拾いをした頼朝は再起を果たし、鎌倉幕府を開くに到る。

豊島河原の戦いに敗れた足利尊氏は九州に逃れ、再起を果たした。

「あい判った」

光秀は側近の進言を受け入れた。即座に影武者の藤祐が呼ばれ、坂本に退くことが告げられた。

「承知致しました」

「佐渡よ。万が一のため、これをそちに預けておく」

光秀は懐から掌ほどの大きさの木札を出した。将棋の駒のように五角形で厚さは半寸（約一・五センチ）。中心にひらがなで〈ち〉という字が黒墨で書かれていた。

「これは、いかなるものにございましょう」

「判らぬ。信長を討って坂本に戻った時、居間の脇息(きょうそく)のところにあった。誰がなんの目的で置いたのか、近習に聞いても、みな判らぬと申すばかり。また、この札がなにを意味するのかも、まったく判らぬ。根拠はないが、そちに命じた屏風の探索となんらかの係わりがあるのではと思うての。あるいは儂の願望やもしれぬが」

「畏れながら、安土では、かような札はございましたか？」

「いやない、なかったと思う。あの時は、安土に入って昂(たかぶ)っていたからの」

「判りました。謹(つつし)んでお預かり致します。こたびも見事、影武者を務めさせていただき、そののち札のことを探る所存です」

藤祐は出された札を懐に仕舞い、城を脱出する用意をはじめた。

深夜、光秀は城を三宅綱朝に任せ、東の搦手(からめて)から村越景則(むらこしかげのり)を先頭に三十騎ほどで城を出た。ほかの家臣に紛れるように兜は冠(かぶ)っていない。殿軍(しんがり)は溝尾茂朝と比田(ひだ)則家(のりいえ)であった。

　光秀らが出立してから四半刻後、藤祐らも十数名の兵とともに城を出た。

　空に月はなく、夜の行動には適していた。光秀らは馬に枚を噛ませて嘶かぬようにし、馬鞭を入れずに静かに進んだ。羽柴勢も昼の戦で疲労し、酒に酔って多くの者が熟睡している。光秀らにとっては好都合であった。

　藤祐らも光秀を追って巧みに包囲勢をかい潜り、間道を伝って淀川の西岸、久我縄手から伏見に向かう。大亀谷、桃山北側の鞍部から小栗栖、勧修寺、大津に進む予定であった。

　城を出てから半刻（約一時間）、城から二里半（約一〇キロ）ほど北東の小栗栖に差し掛かった。東には山科川が流れ、西は大岩山からの尾根が続く地で周囲は鬱蒼とした藪が茂っていた。

　静かな藪中で僅かな物音がした。獣ではなさそうで、複数の気配を感じた。しかも殺気に満ちている。

（落ち武者狩りか）

　神山衆の藤祐はすぐに察し、身を引き締めた。

　落ち武者狩りは周辺領民が行うことが多い。乱世の農民は江戸時代の百姓一揆とは違い、農閑期には戦に参じ、鑓も弓も所持し、中には鉄砲を手にした者もおり、戦いには馴れているので恐ろしい存在である。ただ、統率者がいなければ烏合の衆と化すこともある。

(いかがする？　引き返して別の道を行くか、それともこのまま進むか。敵はいかほどいようか)

藤祐は困惑する。自身の命を守り、生き延びれば、光秀の命をも守ることになる。ただ、影武者として敵の目を引き付けなければ意味がない。そうすれば危険は増す。忍びの藤祐は一人でならば逃れることは十分に可能なので、もどかしい限りだ。

(殿を守るためにも、このまま進むしかないの)

引き続き、光秀として坂本への道を急ぐ行動をとることにした。

「突っ切る」

決意を示すと周囲の惟任家臣も同意した。

「うおおーっ！」

味方の一人が、威嚇(いかく)の絶叫をした。落ち武者狩りは脅せば四散することがあるからだ。

小栗栖の集団は臆することなく、雄叫(おたけ)びを上げる者を目標として左右から狩り用の半弓を放った。

「ぐっ」

矢を受け、数人がその場に倒れた。

（許せ）

助けている余裕はない。藤祐は肚裡で詫び、先を急いだ。

背後からも矢が襲い、何人かが倒れたが、藤祐は振り返らない。そこへまた矢が放たれ、今度は藤祐が騎乗する馬の目の下に突き刺さった。

途端に栗毛の駿馬は棹立ちになった。藤祐が手綱を引いて宥めようとしたが、いうことを聞かずに暴れ、ついに藤祐は振り落とされた。

刹那、東の谷に転がり落ちた。体が止まった瞬間に愕然とした。

（なに！）

周囲には首のない全裸の遺体が数人転がっていた。首や具足のみならず、褌まで剝ぎ取られていた。

（よもや、先に発った殿らではあるまいの）

最悪の状況が脳裏を過った時、傾斜の途中から矢が数本放たれ、そのうちの一本が左の腕に突き刺さった。

「くっ」

痛みを感じながら、即座に藤祐は東に走る。首がない遺体が光秀かどうかすぐに調べられるものではない。

背後からも矢が放たれ、足許の地面に刺さる。

(あれは殿ではない。殿を討っていれば、百姓たちはもっと大騒ぎしていよう)

藤祐は信じて走る。その間にも矢が襲う。山科川を前にした時、河原の土手から数人が躍り出て、鑓が突き出された。

「むっ」

三本躱(かわ)したが、一本が裾板を貫通して右の太股に刺さった。

「ぐっ」

激痛が走る。だが、躊躇(ちゅうちょ)していられない。

(とにかく、この場を逃れねば)

敵の鑓を躱しながら、藤祐は煙玉を炸裂させ、周囲に煙幕を張った。その隙に山科川に飛び込み、なんとか向こう岸に這い上がった。

煙玉を使ったことで、落ち武者狩りの者たちに藤祐が忍びの類(たぐ)いであることを知らしめてしまった。着用していた南蛮具足は欲しいものの、追い詰めれば自爆も厭(いと)わない忍びと心中するのは損な駆け引きになる。それ以上の追撃はなかった。

（なんとか逃れられたか。されど、儂が殿でないことが露見してしまったの。まあ、仕方ない。命あっての物種じゃ）

藤祐は右足を引き摺りながら、北東へ進路をとった。

二

小栗栖での落ち武者狩りから逃れた藤祐は、具足を途中の茂みに隠し、傷の応急手当てをして取りあえず、故郷の近江甲賀の神山に戻ったのは二日後のことであった。

神山衆の主の屋敷とはいえ、小屋に毛の生えたようなもので、勝手と囲炉裏のある土間と板の間の部屋が二つあるだけの粗末なものであった。

「まあ、随分と男前になったこと」

農民に扮した藤祐が足を引き摺りながら戻ると、豪気な妻の紀依が出迎えた。三十二歳で日焼けした面長の女であった。父は隣領主の多羅尾光俊である。

「少しは心配したらどうか」

囲炉裏にある主座の敷物の上に腰を下ろし、藤祐は言う。

「その程度の傷など唾をつけておけば治るはず。それよりお殿（光秀）様は不憫なことで」

「いかな報せが届けられておる」

身を乗り出すようにして藤祐は問う。

「山崎の戦いの次の日、お前様のお殿様の首が羽柴の許に届けられたとか」

紀依は鉄瓶に入っている湯冷ましを椀に注ぎながら答えた。

「なんと！　されば、あの骸は……」

首のない遺体を思い出し、藤祐は落胆した。

「ほかには」

しばし項垂れていた藤祐は顔を上げた。

「徳川の者たちが三日の日にこの辺りを通った。徳川を信楽に連れてきたのは山口の養子となった光孝で、多羅尾の本家は徳川を小川の城に泊め、翌日は一族をあげて伊勢まで護衛しながら道案内したよ」

山口とは山城国・山口城とも呼ばれる宇治田原城主の山口秀景（長政とも）のこと。秀景は旧幕臣であったが、幕府崩壊後、信長に仕えていた。光孝は多羅尾家の五男である。

「多羅尾は徳川についたのか」

「いや、三男の作兵衛は羽柴に仕えている。父（光俊）は病なので、実質、光太が本家の主。織田が傾いた今、いずれを主家とするか、探っているところじゃないのかい。神山が一番、貧乏籤を引いたかもしれないね」

気遣いもなく紀依はずけずけと言う。

「まだ、殿の首を見ておらぬ。我らは終わってはおらぬ」

「そうかもしれないけど、羽柴に大負けしたんだろう？　立て直す見込みがないんだったら、とっとと新たな主を探したほうがいいんじゃないのかい」

「『安土山図屏風』さえ見つかれば、殿は征夷大将軍じゃ。まだ、見込みはある」

「そうかい、それじゃ、さっさと探してお殿様を将軍にして、高禄を得る家臣になっておくれ。武家の奥方というのを経験したいもんだね」

藤祐は織田家の中で一、二を争う出世頭の惟任光秀に仕えていたので、紀依もさぞかし期待していたであろう。本家の多羅尾家への対抗心もあるはずだ。

「そちも多羅尾の娘、忍びが成り上がるのが困難なこと、判りおろう」

「やる前から言い訳かい？　神山衆の頭目だろう。しっかりおし」

「そちには敵わんの」

落ち込んだ気持に活を入れてくれる。有り難いことである。

そこへ男子が一人が入ってきた。

「父上、某も仕事に加わりとうございます」

十四歳になる嫡子の藤也である。

十九歳になる長女の於綸は人質という意味で多羅尾本家で奉公しているので、藤也も働きたいようである。

「一月前なれば首を縦に振れたが、今は先行きが判らぬゆえ参じさせることはできぬ。今少し落ち着いてからに致せ。必ず機会がくる」

申し出を断られ、藤也は不満そうであるが、怪我をした父親としては当然の判断である。ほかの神山衆の息子であっても同じ返答をするつもりだ。

(まずは、早う体を治さぬと)

藤祐は信楽の温泉に入り、傷の治癒に努めた。

まだ完全とは言えないが、なんとか傷も塞がり、日常生活を送れるようになったので、藤祐は都に出た。

すでに都周辺は山崎の戦いで主君の仇討ちをした秀吉が制していた。秀吉は織田家の家督後見人と、闕国(けっこく)の分配を話し合う清洲(きよす)会議でも主導権を握り、織田家筆頭の柴田勝家をも凌(しの)ぐ勢いであった。

六月下旬、まだ光秀の首は都の東の出入り口となる粟田口に晒されていた。首は鴉(からす)に突つかれて骨が見え、肉は腐敗して、とても見られたものではなかった。

(むっ、これは⁉)

眼球は啄(ついば)まれ、顔はかなり崩れているが、残っている部分もある。光秀は右の顎に黒子(ほくろ)があったが、今、藤祐が見ている首級(しるし)にはない。

(これは殿の首ではない。羽柴め、偽ってどこぞの首を晒したのじゃな。殿は生きておられる)

編笠の下で藤祐は笑みを浮かべた。

さっそく藤祐は吉田山の茂みに配下を集めた。月末なので夜は暗い。梅雨が明け、風もなく、吉田の地は夜になっても蒸し暑かった。皆は平素の衣のままである。

「ようやくのおでましかい？　忍びが戦になんか参じるから、そのざまだよ」

顔を合わせるなり、於桑(おくわ)が嫌味を言う。

「そう申すな。頭(かしら)が戻ってきたのじゃ。それでいいではないか」

「頭だから言ってるんだよ。頭が潰れたら、わたしたちはどうなるんだい？　下っ端として使って下さいって、多羅尾に頭を下げに行くかい？」

竹雄が窘める。

「於桑が申すことは尤もじゃ。儂も戦になどは参じるべきではないと思う」

堺を探っていた松吉は於桑に賛同する。

「こたびのことは、みなに心配をかけた。申し訳ないと思っておる。されど、我らのような末端の者が這い上がるには危うきを冒さねばならぬも事実。さもなくば、一生、ひと仕事幾らで請け負わねばならぬ。安心して暮らすためにも、身を危うきに晒す時は必要じゃ」

「危うきもなにも、お殿様は羽柴に討たれたんだろう？　どうするつもりだい？」

「いや、晒された首は殿ではない。殿は生きておられる」

藤祐は強く主張する。

「本当かい？　信じられないね」

「まこと殿が討たれたなら、具足や太刀が一緒に届けられているはず。それもないことから、あの首は偽物じゃ」

「ならば、お殿様は何処にいるんだい？」

鼻で笑うように於桑が問う。

「戦に敗れたのは事実。どこかに隠れ、再起を期しているに違いない」

「それまでわたしたちは仕事なしかい？」

「いや、これまでどおり屏風を探す」

「なんのために？　誰が褒美をくれるんだい？　羽柴や徳川に売りつける気かい？　それより、褒美をくれるお殿様を探すほうが先なんじゃないか？」

ただ働きは御免だと言いたげである。

「いや、屏風は殿が征夷大将軍になられる神器も同じ。それゆえ、ほかの者に渡してはならぬ」

「屏風で将軍になれるかね」

「まあ、よいではないか。売らずに羽柴や徳川に献上すれば、家臣として召し抱えられるやもしれぬ」

竹雄が言うと、集まった者たちは頷いた。

「頭の考えは違うみたいだね。もし、お殿様が死んでいたならどうする気だい？　重臣の齋藤（利三）は車裂きの刑で死んでるよ。今さら屏風でもないんじゃないかい」

捕縛された齋藤利三は、二頭の牛に両手両足を縛りつけられた。牛は鞭打たれて各々の方向に疾駆し、利三の手足は千切れ、その上で斬首された。

「殿は生きておられる。影武者の儂も健在。殿は我らが屏風を探すのを待っておられるのじゃ。探せば顔を出されるに違いない。もし、あの首が殿なれば、儂が惟任日向守になろう」

「随分と大それた企てだね。面白い。賭けてみようじゃない。頭が将軍になれるとは思わないけど、屏風を手に入れれば、いいことがあるかもしれない」

於桑が賛同すると、みなも承諾した。

「そういえば、伊兵衛様が信長討伐（本能寺の変）の真相を探っているとのこと」

信孝を探る杉蔵が告げる。伊兵衛は多羅尾家の四男で庶子。信孝に仕えていた。

「わたしたちのことは？」

於桑が長い髪を掻き上げながら問う。

「無論、我らが惟任の殿様に仕えていることは知っていよう」

「されば、なんで接触して来ないんだい？　一番よく知るのに」

「於夕と申す配下の女忍びの話では、羽柴の上洛があまりにも速すぎる。羽柴が裏で信長討伐の糸を引いていると主（信孝）は考えているらしい」

「確かに羽柴は速かった。ゆえに」

於桑は艶やかな流し目で藤祐を見た。

「羽柴の配下が都にいたこと、教えてやったのか」

竹雄が棒手裏剣を指の上で転がしながら聞く。

「ああ。それにしても速すぎる。羽柴は裏で惟任の殿様と通じ、信長を安心させて討たせたのちに際で裏切ったと考えているらしい」

「三男坊（信孝）は織田の家督を継げなかったからね」

清洲会議の結果、織田本家の家督は二条御新造で自刃した信忠嫡子の三法師に決まり、信孝は異母兄の信雄とともに三法師の後見者となった。

また、闕国の分配は、信雄が尾張全域。信孝は美濃全域、柴田勝家は近江の北部（長浜）、秀吉は山城、丹波の全域と河内の一部を獲得。近江北部は削除。惟住長秀は近江の高島郡と志賀郡。近江の佐和山は削除。池田勝入は摂津の一部。堀秀政は近江の佐和山。高山右近らは加増となった。

「三男坊は羽柴の謀を明らかにし、味方を集って羽柴を追い落とすつもりか。我らに聞くのが手っ取り早いと思うが」

「忍びの言葉は信用できぬ。確かなる証がいるとのことじゃ。生きておられるならば、惟任の殿様を捕縛して羽柴の前に突き出したいのであろう。連中も晒された首が惟任の殿様ではないと思っているようじゃ」

杉蔵が首筋を掻きながら答えた。

「その様子だと、捗ってはいないようだね」

「多羅尾と申しても妾腹じゃ。配下も少ないのであろう」

「やけに詳しいね。於夕という女忍び、いい女なのかい」

皆の視線が杉蔵に集まった。

「そちよりもの」

「あんたは昔から器量の悪い女が好みだからね。皆の目とは違うよ」

於桑が憤ると皆は笑みを作る。

「多羅尾のほうはどうか」

藤祐が梅次に問う。

「三男の作兵衛（光久）は羽柴、四男の伊兵衛は信孝、五男の光孝は徳川、本家の光太は動向を窺っているところ。屏風を探っている様子はない」

梅次は紀依と同じことを口にする。

「重畳。このちも伊兵衛が信長討伐について探っているならば抛っておけ。屏風について探ってきたら、一度は注意し、しつこく探ってきたら痛い目に遭わせよ。我らは引き続き屏風を探す」

　藤祐が改めて意思を告げると配下は頷いた。

「それと、殿からかようなものをお預かりした」

　藤祐は〈ち〉の字が書かれた五角形の木札を皆に見せた。

「〈ち〉？　いろはにほへとちりぬるを。八番目だね。血を意味しているのかね。信長が死に、お殿様も。あっ、お殿様はまだだったね」

　於桑は慌てて訂正した。

「屏風は確か十二枚だったの。大きいゆえ、懐に入れて簡単に運ぶということはできぬ。それゆえ、誰かが何処かに隠し、屏風の代わりに、誰かがその一枚を殿の許に置いた」

　腕を組んだ松吉が、思案を絞り出すように言う。

「引き換えの札ってことかい？　夏祭りの景品みたいだね。じゃあ、誰がその札を配ったんだい？　ほかの札は誰が持ってるんだい？」

「それを探るために集まっているのではないのか」

　松吉が藤祐を見ると、皆の目が集まった。

「殿は屏風に係わりがあるのではないかと仰せになられていた。なんとなくだが、儂も松吉が申したとおりだと思う。殿は屏風を所有する候補の一人だったと。今は左様なところかの」

自信を持って言えないことが、頭目としてつらいところだ。

「されば、十二枚の札を集めた者が、屏風を手にできるということかい？」

「まあ、そんなところであろう」

冷めた口調で松吉は言う。

「宝探しみたいだね」

「屏風が天下に繋(つな)がるならば、これ以上のお宝はなかろう。それゆえ、他の者には渡せぬ。なんとしても探し出すのじゃ」

強い調子で藤祐は念を押した。

藤祐は改めて『安土山図屏風』の探索を決めた。松吉は天王寺屋、杉蔵は織田信孝、竹雄は徳川家康、梅次は多羅尾家、於桑は羽柴秀吉、於杏は前関白(さきのかんぱく)の近衛前久(このえさきひさ)、藤祐はキリシタンを探り直すこととなった。

三

(探り直しの第一歩は南蛮寺じゃな)

再び藤祐は南蛮寺を訪れた。同寺は信長から光秀、さらに秀吉と、都の支配者が変わっても、なにごともなかったように信者が訪れ、祈りを捧げていた。

藤祐は茂みの中から南蛮寺の様子を窺っていた。なまじ光秀に似ているので、あからさまに顔を晒すわけにはいかない。いつものように口に布を含み、つけ髭(ひげ)をつけ、編笠をかぶっていた。

南蛮寺は夏場のため窓は開けられているので、中が見える。宣教師フランシスコ・カリオンがいた。

(じかに伴天連(バテレン)に問うてみるか。むっ、あれは?)

ミサに参じている者の中に、見覚えのある男を見つけた。背は中ほどで痩(や)せ形(がた)。瓜(うり)のような顔の形で前歯が出ていた。

(彼奴(きゃつ)は多羅尾の者じゃな。とすれば、織田、徳川、羽柴の配下か。其奴(そやつ)らも屏風のことに気づいたか、儂らはなにも進んでおらぬのに)

多羅尾衆が屏風を探しているかどうか定かではないが、藤祐は焦りを覚えた。

(いかがする？　彼奴を締め上げて聞き出すか。それとも多羅尾は梅次に任せて伴天連に接触するか)

　藤祐は思案する。

(殿の所在が明確でない今、やはり儂は無闇に人と顔を合わすべきではないの)

先の怪我が完治したとも言いがたい。藤祐は慎重を期することにした。早速、藤祐は近衛屋敷を探る於杏の許を訪れた。

　近衛屋敷は烏丸通を挟み、御所から三町ほど南西に位置している。焼失した二条御新造の北隣にあり、惟任勢が同屋敷の屋根に上って矢玉を放ったので、前関白の近衛前久は惟任勢を手引きしたと疑いを持たれ、伏見の醍醐山で剃髪して龍山と号し、その後、右京の嵯峨で逼塞していた。

「南蛮寺に通う多羅尾衆を探れと、於桑に伝えよ。それまで儂が近衛屋敷を見張っておる」

「承知」

　於杏は於桑が見張る山崎に向かった。秀吉は山崎の戦いで勝利した地、天王山の三角点(標高約二七〇メートル)に、都を睨む本格的な城を築きはじめていた。

夜になって於杏が戻ったので、藤祐は再び南蛮寺を訪れた。聖堂のある一階の灯(ひ)は消え、二階と三階の窓からは灯(あか)りが漏れていた。

（されば、堂々と正面から入るか）

藤祐は周囲を窺いながら、正面の戸に張り付いた。懐から懐刀を出すと、隙間に差し込み、中にかかる閂(かんぬき)を持ち上げて簡単に外した。横から通す形ではなく、上から乗せる形であった。以前来た時に確認済みである。

（確かキリシタンの教えに、人を疑ってはならぬ、というのがあったの。少しは疑ったほうがいいの。物騒(ぶっそう)な世の中ゆえ）

閂を元に戻し、藤祐は周囲を窺う。灯がないので暗いが、夜目(よめ)も利き、階段の上から灯りが漏れてくるので物にぶつかることなく歩くことができる。藤祐は忍び足で床板を鳴らさずに進み、階段を上って行く。

二階は広間で戸はない。階段の途中まで行けば声がよく聞こえる。会話は二人で行っていた。片言の日本語と、丁寧な口調。宣教師と修道士であることが判る。

声からして、おそらくフランシスコ・カリオンとロレンソであろう。半刻ほど今後の布教について、あれこれ話し合っていた。

「そういえば、羽柴筑前守が札を二枚手にしたようです」

　ロレンソが思い出したように言う。

（くそっ！　やはり筑前守は知っていたか）

　藤祐は奥歯を強く嚙んだ。

「目敏い男だと聞くが」

「変の報せを聞き、逸早く駆けつけて仇討ちをしました。情報を速く摑むことがいかに大事かを知る者のようです。我らを庇護するでしょうか」

「目鼻が利くならば、我らを蔑ろにはすまい。ただ、信長のように警戒するかもしれぬ。なので大友殿のような御仁に天下を治めてもらいたいものだ」

　カリオンは願望を込めて言う。

　豊後の大友宗麟は九州で六ヵ国を支配し、九州探題を命じられる実力者である。早くからキリスト教に接し、四年前に入信し、ドン・フランシスコの洗礼名を持っていた。今は肥前の龍造寺隆信、薩摩の島津義久と争っていた。

（此奴らは天下人に取り入って日本を支配しようという魂胆か。なるほど信長が警戒するわけじゃな。殿の許にも何度も出入りしていたゆえ、あるいは嗾けたか。まあ、討ったのはそれだけが理由ではなかろうが）

　なんとなく信長に同情心が湧いた。

「オルガンチーノ様は札を配り終えたのでしょうか」

「おそらくの」

　話を聞きながら藤祐の心は逸る。

（ということは信長亡きあと、キリシタンは庇護してくれる武将に屏風を贈るつもりだということか。されば天王寺屋から持ち出したのはキリシタンか。いや、キリシタンから札を貰った者が持ち出したかもしれぬ。そもそも誰が札を貰ったのか。早う其奴らの名を申せ）

　やきもきしながら、藤祐は耳に集中した。

「見込みがないと判った時、札は回収するのでしょうか」

「それは司祭次第。駄目と判れば無視するのではないか。一枚や二枚持っていただけでは判るまい」

「十二枚得た者が次の天下様ですな」

　二人は札を手にした者の名を口にしなかった。

（いかがする、脅しあげて吐かせるか。されど、儂の素性が露見し、二度と南蛮寺には来られなくなる。それに探索もしづらくなるか）

　藤祐は今にも飛び出して首根っこを摑みたいのを堪えた。

(確かオルガンチーノは、まだ高槻にいたの。締め上げるならば、そちらに行って全員の名を聞き出すほうがいいやもしれぬな)

深呼吸をして自身を落ち着かせた藤祐は出直すことにした。


初秋とはいえ、夜になってもまだ昼の暑さは残っていた。

(約二ヵ月ぶりか)

藤祐は高槻城を前にした。

(あの時は羽柴が帰途に就く最中だったゆえ、さして探ることができなかった。まあ、城には用がないゆえ構わぬが)

藤祐の関心は夜警の兵が、どれだけ城下を見張っているかということである。

(高山の家臣は城への侵入のみを警戒するだけか)

櫓にいる兵は城門や城壁のほうばかりに目をやっていた。

(されば、遠慮なく)

藤祐は高槻城に背を向け、北東に歩を進めた。城から三町半(約四〇〇メートル)ほどのところに南蛮寺が建てられている。都のものよりも先に建築されたとされていて、三階建ての屋根には遠くからでも判るように十字架が掲げられていた。

建物は都よりも一廻り小さかった。

一階に灯はなく、二階と三階の窓から灯りが漏れていた。

（都の南蛮寺は、ここを参考にしたと申すゆえ、さして造りは変わるまい。それと、確か高槻には弥助がいたはずだの）

弥助に会うことに期待しながら藤祐は前回同様、正面の扉の前に立ち、周囲を窺いながら懐刀を抜き、隙間に差し込んで中の閂を抜きにかかる。

（これは横に差し込む型のものか。仕方ない）

藤祐は一階からの侵入を諦め、壁を登る。僅かにでも指の先や足のつま先がかかれば、簡単に登れた。

窓の隙間から覗くと日本人の修道士が二人いた。

（ここは騒ぎを起こさせぬようにせねばの）

藤祐は腰の短刀の鞘につけている一尺ほどの細い筒を取り出し、眠薬を先端に塗った吹き矢を放った。眠薬は赤犬の血を乾かし、これに麻の葉か芥子の実汁から搾った粉を混ぜたものとされている。

矢が首の裏に当たると、修道士は虻にでも刺されたかのように一瞬掻くものの、机に突っ伏して鼾をかきだした。左腕に当たったもう一人も同じ動きをし、そのまま椅子に凭れかかって眠りだした。

（よく効くわ）

二人が眠ったことを確認した藤祐は窓から部屋に侵入した。藤祐は二人が起きないように、改めて眠薬を差して部屋を出た。

（三階は四部屋か）

藤祐は邪魔が入らぬように、一人一人、吹き矢で眠らせた。

（弥助は下か）

気を廻しながら藤祐は階段を降りていく。途中で止まり、広間を覗くと異国人と日本人の修道士が一人いた。二人は机を挟み、向かい合って椅子に腰掛けていた。

（弥助はおらぬか。されど、あの異国人には見覚えがある。彼奴がオルガンチーノであったの）

光秀の側にいて、二度ほど目にしたことがある。髭を生やした六尺三寸（約一八九センチ）はあろう長身の司祭である。

（確か日本の言葉は話せたの）

机の上に蠟燭が二本立てられていた。藤祐は立て続けに吹き矢で蠟燭を倒して灯を消した。途端に部屋は闇となる。即座に藤祐は階段を降りて広間に入った。

「すぐに灯をつけます。うぐっ」

修道士が告げた途端、藤祐は修道士を眠薬を塗った吹き矢で眠らせ、オルガンチーノの背後に廻る。

宣教師は軍事顧問団のような役割も兼ねていたので、西洋の武術、格闘術を身につけていたとしても不思議ではない。しかも長身。昼間、さしで向き合えば後れをとるかもしれないが、今は闇の中。藤祐の土俵である。

藤祐は背後からオルガンチーノの右の脇腹を拳で殴り、痛がっている間に腰紐を抜き、両手首にかけて背中で縛った。殆どの忍びができる縄術、捕縛術である。

「動くな。動けば殺す」

オルガンチーノの首に懐刀を当てながら告げた。

「わ、判りました」

オルガンチーノは素直に頷いた。

グネッキ・ソルディ・オルガンチーノはイタリア出身の司祭で五十歳。来日してから十二年目となり、日本語も流暢に話す。日本人にも好まれていた。

「五角形の木札、配っていたのはそちたちであろう」

「そのとおりです」

暗闇の中、怯えながらオルガンチーノは答える。

「素直でよろしい。なにゆえか」

「『安土山図屏風』を所有する人を選ぶため」

「さすれば屏風を求めて諸将は殺し合いをする。人道を説くそちたちが、戦を煽るのか」

刃を押し付けながら藤祐は問う。

「とんでもございません。我らの布教を支持してくれるお方に対するささやかな心遣いです。邪な心はありません」

「左様か。して、いずれの者に渡したのか」

問うと、オルガンチーノは、光秀、羽柴秀吉、徳川家康、織田信孝、織田信雄、お市、蒲生賦秀（のちの氏郷）、高山右近、大友宗麟、賀茂在昌、清原枝賢、千宗易（のちの利休）の名をあげた。

「九州の武将にまでとは精が出るの。都のロレンソとか申す者が筑前守が札を二枚手にしたと申していた」

「それは日向守殿に勝利なされたからでしょう」

「そちたちは札を十二枚集めた者に屏風を渡し、天下人に据えて好き勝手に布教する気ではないのか」

　胸ぐらを摑む手に力を入れて藤祐は凄む。

「とんでもない。屏風はインドのゴアを経由してローマに贈られているはず」

「されば、なにゆえ札など配るのじゃ」

「日本に残る屏風が贋作だとしても、二つとない美しい絵であることは事実です。みな様が欲しがるのではありませんか」

「偽物を贈られて誰が喜ぼうか。だいたい……」

　すり替えたのは殿（光秀）だと喉許まで出かかって藤祐は堪えた。

「弥助と申す黒坊主はいかがした」

「肥前の口之津に向かっております」

　口之津にはルイス・フロイスがいた。

「儂らに聞かれるとまずいことがあるゆえ、遠ざけたのではないか」

「決して、そのようなことはありません。信長様が亡くなられたゆえ、日本にはいたくない、帰国したいと申しておりました」

「さもありなん。汝らが牛馬のごとく、こき使うからであろう」

　偽善者めと藤祐は吐き捨てる。

「いえ、エスパニアの傭兵として売られるところを巡察師アレッサンドロ・ヴァリニャーニ様が買いあげたと聞いております。お陰で命を繋げたはずです」

「キリシタンは人の命を買うのか。見上げたものじゃの」

「救いの仕方は様々でございましょう」

なかなか胆が据わっているのか、臆せずにオルガンチーノは答える。

「汝らに口では勝てぬ。それより、屏風はどこにあるのじゃ？」

刃を首筋に押し付けて藤祐は問う。

「知りません。本当です」

「偽りを申すな！　知らぬ者がなにゆえ札を配っておるのじゃ」

思わず藤祐は拳で机を強く殴打した。

「ら、乱暴はお止めください。札は渡すべき名が書かれた書とともに十二枚揃って都の教会の前に置かれておりました。屏風はある場所に保管されていると」

肩を窄めながらオルガンチーノは答えた。

「ある場所とは？」

「判りません。場所は書かれておりませんでした」

「されば、その書はいずこにある？」

「見たら燃やせ。書が公に晒されれば教会を燃やす、とありましたので、名のみ書き写して燃やしました」

「戯けたことを」

煙に巻くような返答ばかりで、藤祐は机を蹴った。

「されば、そちたちは、屏風をいかにして札を集めた者に渡すのじゃ？」

「我々は屏風を持っておりませんので、お渡しすることはできません。我々は教会を守るため、札を渡すのが正しいと判断致しました。屏風は所有している方が札を集めた方に渡されるものと思われます」

オルガンチーノには罪の意識は感じられなかった。

「それはいつのことだ？」

「信長様がお亡くなりになられる半月ほど前にございます」

「信長様は天下人。なにゆえ信長様に全部渡さなかったのじゃ」

光秀の配下だと悟られないように藤祐は気遣った。

「今少し前に申したとおり、教会を守るためです。信長様は……」

言いかけてオルガンチーノは口籠った。

「信長様はなんだ？」

「ご自身が神だと仰せになられました。悪魔に魅入られたのです。そのようなお方に教会を委ねることはできません。距離を置こうと考えるのは当然です」

信仰のことになると、オルガンチーノは恐れることなく主張する。光秀も警戒していたことであった。

(元々、殿がすり替えさせたのに。我らにお預け下されていたら、かように面倒なことをせずともよかったものを)

思うほどに苛立った。

「されば、札に書かれた文字についてはいかに?」

「『い、ろ、は……』、と日本の文字が順に書かれていたと思います。数字の代わりなのだと思います」

「『い、ろ、は……』か」

期待していたので、藤祐が落胆した時だった。一階の扉を叩く音がした。

「司祭殿、夜分ご無礼致します。殿がまいられました」

高山家の家臣の声である。

(まずいの。ここは一旦、退くしかあるまい)

藤祐は瞬時に判断した。

「よいか、動くな。動けば殺す」

藤祐は縛った縄を切り、階段を駆け上がった。

三階の窓から出た藤祐は、正面とは反対側の北に廻り、敷地の外に逃げたと思わせる足跡をつけたのちに、縁の下に潜り込んだ。

ほどなくオルガンチーノが一階に下り、閂を外して高山右近らを南蛮寺に招き入れた。

「なんと、賊が！　すぐに捜させよ」

怒る高山右近は家臣に命じるが、家臣が縁の下を捜すことはなかった。

その後、高山右近はキリスト教の教理などを半刻ほど熱心に聞いていた。

「ところで、儂のところに届けられた札に書かれている〈ゐ、〉という文字の意味は？」

高山右近は札を見せているようである。

（〈ゐ、〉？　いろはから何番目じゃ）

藤祐は指折り数えた。

（二十五番目。屏風の枚数よりも多いではないか。数字の代わりではなさそうじゃの。しかも下に点。やはりなにか意味があるに違いない）

藤祐は聞き耳を立てた。

「さあ、日本の言葉はよく判りません」

オルガンチーノは首を振る。

「左様か。この札を集めた者が屏風を手にできると申したの。おそらく筑前守などは躍起になって探すであろうな」

「右近殿は集めないのですか」

「札を集めることで戦が増えるのは望まぬ。我が領内が万事、無事、平穏であることが望ましい。我が領内を天国（ヘブン）に近づけたいものじゃ」

声だけ聞けば崇高（すうこう）な志である。

藤祐には高山右近の本心が判らなかった。

（これが此奴（こやつ）の真意か？　あるいは建て前？　誰（たれ）ぞに聞かせておるのか？）

「さすが右近殿。よき国になりますよう。我らも尽力致します」

オルガンチーノは全幅の信頼を持っているようであった。

（今のところ、高山右近は領内にキリシタン王国を築こうとするだけで、天下への野望はそれほど持ってはいない、としておくか）

高槻での藤祐の見解であった。

四

都に戻った藤祐は、吉田山に神山衆を集めた。

「……ということじゃ。誰かがキリシタンに札を配らせた。札の文字には、なんらかの意味がある。一枚の札を持つ者のところに、一枚の屏風が届けられるというのではなく、多くの札を持つ者のところに屏風が贈られる。あるいは、札を集めた者が屏風のある場所が判るのやもしれぬ。今のところ儂が高槻で摑んだことじゃ」

藤祐は皆に報告した。

「一歩前進というところかね。その伴天連が申すことは信じられるのかい」

於桑が蚊を手で払いながら問う。

「新たな報せでも摑めば別じゃが、今のところは信じるしかあるまい」

〈ゐ、〉と頭が持つ〈ち〉か。それだけじゃ判んないね」

迷惑そうな顔で於桑は言う。

「そのとおりじゃ。そちはなにか摑んだのか」

「わたしかい？　曲者が沢山いて手に余ってるよ。羽柴の下には黒田、蜂須賀など忍びを使う家臣がいて、ひっきりなしに人が城に出入りしている。そういえば、多羅尾もいたね。しかも羽柴自身は姫路、山崎、都、安土と動いている。わたし一人で全部を探るなんて無理な話だよ」

秀吉の懐刀と言われる黒田孝高は、三田村次郎衛門、佐野佐太夫という忍びを抱えていた。

蜂須賀正勝は尾張の土豪で、美濃の齋藤家、尾張の織田家に仕えたのちに、秀吉の寄騎となり、本能寺の変後は家臣のように従っている。正勝は蜂須賀党あるいは川並衆と呼ばれる配下を持っている。川並衆は忍びのような情報網と、同等の運動能力を身につけていた。

多羅尾家は三男の光久が秀吉に仕えている。

「羽柴は屏風よりも信長の後釜に座るため、仲間を募っているのであろう。目の上の瘤は信長の三男信孝と柴田。戦える見込みが立つや先に仕掛けよう。そう遠い話ではあるまい。さすれば戦に出ぬような者、山中、山岡、多羅尾の者などが命じられやすいのではないか」

「前に頭が探れと言った南蛮寺にいた多羅尾衆。鳩蔵という者で、どうやら多羅尾の三男（光久）の配下らしい」

「少しは繋がってきたようじゃの。接触はしたのか」

「まだだよ。捕らえられた惟任の家臣が三条河原で斬られていたろう。その見張りなんかをしていたよ。あるいは、周囲で妙な動きをした者を捜しているとか。仲間かもしれないからね」

「さもありなん」

「多羅尾の伊兵衛（いべえ）も、いろいろと動いているね。屏風に勘づいたのかね」

於桑は杉蔵と梅次を交互に見た。

「信長の三男は信長討伐を画策（かくさく）したのは羽柴だと決めつけて伊兵衛に探らせておる。今のところ屏風のことには関心ないらしい」

杉蔵が答えた。

「だったら、伊兵衛に関係ないと教えてやったらどうだい。それで信長の三男から札を貰う、あるいは札の文字を聞きだすとか」

「札は欲しいが、寝た子を起こす真似をすることもなかろう。伊兵衛には信長討伐を探らせておけばよい」

敵が増えることは避けたかった。藤祐は否定する。

「多羅尾は？」

於桑はちらりと梅次を見た。

「本家は相変わらず様子見じゃが、信長の時のように、今一番力のある羽柴に主眼を置くことになるのではないか」

「多羅尾は我らの何倍も配下がいる。一つになると厄介じゃ。なんとか、その前に片づけねばの」

隣村の親戚でもあるので、藤祐の競争心は強かった。

「前関白のほうはいかに」

「二条の屋敷には戻っておりません。嵯峨に逼塞したままで、時折、吉田の神主が機嫌伺いに来る程度です。あと、どこぞの武士が何度か」

無口な於杏が答えた。吉田兼和（のちの兼見）は近衛龍山に家令として仕えていた。家令とは公家の間で結ばれた主従関係のようなもので、門流とも称していた。

武家で言えば吉田兼和は近衛龍山の寄騎ということになる。

「吉田の神主はお殿様と昵懇。なんか知っているんじゃないのか？」

松吉が視点を変える。

「あの方は、羽柴に呼ばれた時、お殿様との関係を必死に否定していたらしいよ。逆に取り入っているとも」

思い出したように於桑は言う。

光秀との関係を疑われた近衛龍山は、鎧櫃(よろいびつ)などを吉田兼和に預けて醍醐山(だいごやま)に移っている。

山崎の戦いののち、信長の三男・信孝は近衛龍山を討つように触れを出した。家令の吉田兼和は龍山からの預かり物を全て息子の近衛信基(のぶもと)に返却し、秀吉から信孝にとり成してもらった経緯があった。秀吉に宥(なだ)められた信孝は、追及の手を緩(ゆる)めた。

秀吉は信基から鎧櫃などの荷物を押収している。

「よう知っているの」

松吉が疑いの目を向ける。

「於杏から聞いてないかい？　山崎の城で侍女をしているからさ」

自慢げに於桑は言う。

「ほう、さすが於桑じゃ。して、羽柴が持つ札は？」

「簡単には近づけないよ。もう少し日にちが欲しいね」

「左様か」

思いどおりにはいかない。藤祐は納得している。

「徳川はいかに？」

「目下、甲斐、信濃の切り取りに夢中で屏風どころではあるまい」

竹雄が顎をさすりながら言う。

堺を遊覧していた徳川家康は、本能寺の変を知るや、甲賀、伊賀を越えて帰国し、信長の仇討ちと称して天下取りに出ようとしたところ、秀吉に先を越されてしまった。そこで家康は、織田家の家臣が逃亡、あるいは討ち取られて空になった甲斐、信濃に侵攻し、支配下に収めていたが、同じく上野から進撃してきた北条氏直の軍勢と遭遇し、甲斐の若神子周辺で対峙している最中であった。

竹雄は続ける。

「ただ、京にある徳川御用達商人の茶屋四郎次郎のところに入った徳川の家臣が嵯峨のほうに向かったゆえ、もしかしたら、於杏が申したどこぞの武士というのは、徳川の家臣やもしれぬ」

竹雄が顎をさすりながら言う。

「背が低く、鼻は団子鼻？」

於杏が鼻を指しながら竹雄に問う。

「左様」

知っているならば教えろ、とでも言いたげな竹雄である。

「身内なのじゃ。今少し連携を密にしろ。そうか、徳川の使者が前関白にか」

眉を顰め、藤祐は思案を深めた。

「徳川は源氏を名乗っている。都を押さえれば征夷大将軍に就くこともできる。摂家筆頭の近衛家と昵懇になりたいところじゃの」

さまざまなことが交錯する。言いながら藤祐は溜息を吐いた。

「屏風を餌にかい？」

「左様。前関白は信長討ち死に後に太政大臣を辞しておる。嫡子（信基）はまだ内大臣じゃ。自身は返り咲き、嫡子を関白あるいは太政大臣に据えたいのが本音であろう。屏風は御上へのよき贈り物となるはず」

藤祐の言葉に皆は頷いた。

この時、関白と左大臣は一条内基、右大臣は二条昭實が任じられていた。

「じゃあ、徳川も札がいるってことだね」

「左様。それゆえ竹雄も於杏も目を離すな」

竹雄も於杏も大きく首を縦に振る。

「天王寺屋は？」

「なにごともなく商いをしておる。特に鉄砲と玉薬は全国各地から求められておるゆえ、猫の手も借りたいほどであろう」

「屏風や札は？」

「鉄砲や玉薬が収められておる箱に屏風は入らぬゆえ、左様な物が店や蔵から運ばれた形跡はない。札は判らぬ。頭が探ってきたとおりだとすれば、札はそれぞれの手に渡り、こののち奪い合いが行われるのであろう」

「左様。その前に置き場所を探さねばの」

　松吉の言葉に藤祐は決意を新たにする。

「場所を見つけるため、札の文字を知る必要があるわけだね」

「そういうことじゃ」

　藤祐は改まる。

「屏風はおろか、おそらく札を手に入れることは困難であろう。それゆえ文字を探ることに尽力する。於桑が侍女になったとならば、そうしょっちゅう、城を抜け出すわけにもいくまい。こののち、火急（かきゅう）のことがなくば月初めの子（ね）の日に落ち合うことにする」

　念を押すように藤祐が言うと皆は散った。

　判っている文字は〈ち〉と〈ゐ、〉だけであった。

第三章　それぞれの野望

一

過ごしやすくなった九月十日、都の西に位置する妙心寺は、多くの人でごった返していた。翌日、信長の百日忌が行われるからである。

すでに八月十八日には、信長の乳母（池田勝入の母・養徳院）が主となって七十七日忌を行っている。

このたびは二度目となり、法要の主は、信長の妹にして柴田勝家の正室になったお市御寮人なので、藤祐は探っていた。

（さすがに柴田は来ておらぬか。されど、これは好機やもしれぬ）

柴田勝家は居城の北ノ庄城で戦の準備をしている。とはいえ、大事な後妻を無防備のまま都に置いておくわけにはいかない。勝家は一千人ほどの兵で最愛のお市御寮人を守らせていた。

これを知った藤祐は梅次（うめじ）を呼んだ。二人は町民に扮し、民衆に紛れて十間（約一八メートル）ほど離れたところから正門を見ていた。壁に沿って柴田家の兵が半間間隔で並び、警戒にあたっていた。

「見てのとおりじゃ。柴田は多くの兵を割（さ）いた。配下は越前（えちぜん）の諸城にいるはずゆえ、北ノ庄城は手薄。そちは北ノ庄城に潜れ。出陣の準備はしておらぬゆえ、城の守りはいつもより緩かろう。織田の妹（お市（いち））の部屋に潜り、札の文字を探れ。持ち出すことはない。文字さえ判ればよい。儂らは寺を探る」

「承知」

声真似の得意な梅次は、女子（おなご）の声で答え、立ち去った。

寺への訪問者は公家衆や商人ばかりであった。秀吉を憚（はばか）って武将たちは参列せず、代わりに家臣を参加させていた。

（信長が知ったら、なにを申すかのう）

諸将の不忠ぶりを肚裡で皮肉った時、於桑（おくわ）が近づいた。

「用意した」

於桑が藤祐に銭を包んだ袱紗を手渡した。

「重畳。どうやった？」

「呉服の近江屋でね、一両（約六万円）ある。そんなもんでよかったのかい」

掏摸に長けた於桑は、もっと拝借できたと言う。

「これで十分。大名や大店ならば、十両も包もうが、それ以外はほんの心遣いで構わぬ。さていくか」

藤祐は一人で妙心寺に入り、受付の僧侶に一礼し、芳名帳には「呉服商、甲州屋藤右衛門」と記し、袱紗から紙（不祝儀袋）に包んだ一両を差し出した。香典の習慣は、室町時代の都で始まったとされている。

伽藍には多数の僧侶が居並び、経を唱えていた。参列した客はさまざまで、伽藍の外で両手を合わせ続ける者もいれば、焼香をすませて帰る者もいた。

中を見渡すと、松の樹に緑の紐が結わかれていた。

（さすが於杏、もぐり込んでおるの）

紐を見た藤祐は頷いた。

寺にはお市御寮人の世話をする侍女が数多いる。武家の者は精進料理を口にはしないので、食事の世話も侍女たちが行う。かなりの大仕事になるので、周囲から手伝いの女中が臨時で雇われた。於杏は女中として寺に潜り込んでいた。

（無理をせず、うまくやれ。まずいと思ったらすぐに逃げよ）

潜らせる前に告げたことを肚裡で言い、藤祐は参列客に交じって手を合わせ、於杏の仕事を見守った。

一方、女中たちは朝から晩まで食事の支度に追われていた。於杏もその一人。台所を任されている中臈（ちゅうろう）からあれこれ命じられ、二十日鼠（はつかねずみ）のように走り廻っていた。

その最中、於杏は隙を見て、台所から廊下に出ると、奥に進む。途中で何人かの侍女と擦れ違うが、そのつど立ち止まって頭を下げ、相手に先を譲ると、思いのほか怪しまれないものである。盆を持って堂々と歩いているのも功を奏しているのかもしれない。

お市御寮人が使用する部屋の前には於杏のような臨時雇いの女中ではなく、二十歳ぐらいの柴田家の侍女が控えていた。

（部屋には誰もいないはずだが、やはりなにか大事なものがあるに違いない）

大いに於杏は期待した。

（手荒な真似はするなと厳命されているゆえ。面倒でも仕方ない）

顔を見られてはまずいので、於杏は少し戻り、廊下に接する納戸の戸を開けた。

上段には敷物などが収められており、於杏は上段に上り、中から戸を閉めた。途端に暗くなり、戸の隙間から僅かな灯りが差し込むばかり。それでも夜目に慣れる修行を積んだので、於杏が行動するには十分の明るさであった。

全ての納戸ではないが、幾つかは天井の角の一部が開けられるようになっている。天井裏を修理したりするために人が入れるようになっているからである。

途端に真っ暗になるが、予め於杏は確認していたので、素早く天井に上がり、板を元に戻す。懐からは胴の火を出した。胴の火とは、鉄の小さな籠を革で覆ったもので、中には携帯用の火種が入っている。革の紐を解くと途端に周囲は明るくなった。

於杏は埃を吸わぬように袖で口鼻を押さえながら、梁の上を四つん這いで進む。武家屋敷ではないので鳴子のようなものは設置しておらず、楽な移動である。七間（約一三メートル）ほど這って、お市御寮人が使用する部屋の上に達した。

（天井の角は外せぬことはないの）

苦無という小型で厚みのある諸刃の武器があるので、天井の一部を外すことは難しくはない。ただ、部屋の中に誰かがいれば露見してしまう。そこで於杏は懐から忍び眼鏡を出した。これは小指ほどの太さで三寸（約九センチ）と一寸ほどの二本の筒からなり、丁の字型にはめ込んで使う。中に反射鏡がつけられているので、筒先を部屋の中に出せば様子を見ることができる。但し望遠鏡のように拡大して見ることはできない。

於杏は天井の一部に苦無で穴を開け、筒先を出して覗き込んだ。

（やはり）

部屋の中に初老の侍女が一人端座していた。

（これは、やはりなにかを守っているに違いない）

期待度は高まるばかり。部屋の中を見廻しても、留守居は一人だけだった。しかも、こっくり、こっくりと首を折っている。昼下がりで快適な気温の中、遠くから聞こえてくるお経が子守唄にでも聞こえているのかもしれない。

（念には念を）

於杏は侍女の斜め上に移動し、そこで天井に小さな穴を開け、吹き矢の筒を取り出すと、紙に包んでいる眠薬の粉を筒に入れて吹いた。粉は侍女の顔周辺に散布され、三十を数える前に侍女は横に倒れた。

廊下にいる若い侍女は部屋の中の物音には気付いていないようで中に入ってはこなかった。

百数えても誰も部屋に入ってこなかったので、於杏は天井の一部を開けて部屋の中に降り立った。侍女はすやすやと気持よさそうに寝ている。

（今少し寝ていよ）

侍女を確認した於杏は荷物に目を向ける。部屋には葛など大小幾つもの箱が並べられていた。そこには漆塗の箱があり、紐で大事そうに結わかれていた。

（これだ！）

漆塗の箱を見た瞬間、於杏は胸を叩かれたような衝動を受けた。

胸を躍らせながら於杏は紐を解き、蓋を開けた。中には高価そうな金銀が装飾された鼈甲の櫛があり、さらに大事に白い紙に包まれた物があった。

（札にしては細長いな）

紙を剝がすと、出てきたのは『養源院天英宗清』と金で記された黒い位牌であった。お市御寮人の先夫である浅井長政のものであるが、於杏には誰のものであるか判らなかった。

（札ではないのか）

落胆しながら元に戻し、隣にある桐の衣装箱を開けた。

臙脂色の打ち掛けの上に白い布で包まれた掌ぐらいの大きさの物があった。

（今度こそ！）

胸を高鳴らせながら布を解いた。

（やった！）

布には札が包まれていた。文字は〈急〉であった。

（〈急〉？　左様な地名など畿内にあろうか）

思案している時、背後に視線を感じた。はっ、として於杏は振り返る。そこにいたのは、お市御寮人の長女、十四歳になる茶々であった。

（しまった！）

と思ったが、すでに後の祭り。於杏は手拭いで頬かむりをしながら、咄嗟に懐に手を入れ、煙玉を摑んだ。

「待ちやれ。妾が声を上げれば、そなたはこの寺から出ることは叶わなくなる」

茶々は臆せずに、切れ長の目で於杏をじっと見据えて言う。

「声を出す前に、あなた様を始末致します」

「役目を達せずともよいのか」

茶々の質問に於杏は答えず、どこから逃げようか思案した。

「銭金が欲しくば、商人の屋敷に忍ぶほうが楽であろう。わざわざ危うきを冒し、我が母の荷を探るとは、ただのもの盗りとも思えぬ。なにを探しておる。その手に持つ物はなんじゃ？」

鋭い指摘をする茶々である。

「左様なことは口にせぬのが、我らの倣い」

「妾は伯父に父を殺された。憎き伯父ではあるが、妾らを庇護していたのも事実。皆に恐れられていた伯父も家臣の返り忠にあって呆気なく死んだ。この世には、絶対というものはないということじゃ」

信長殺害の手助けをしたのが、自分たちだとは口が裂けても言えない。少々罪の意識を感じた。

「妾は二度と落城の憂き目には遭いとうない。嫁ぐならば、絶対に負けぬ武将がよい。あるいは難攻不落な城か、それに準ずるそれに引けをとらぬ地位や宝が欲しい。母の荷にそれがあるならば教えよ。さすれば逃がしてやる」

頼むのかと思いきや、威しにかかる。勝ち気な女子であった。

（そういうことなれば）

於杏は決意して、茶々に近づいた。茶々は於杏の目しか見えていないはずである。

「これを十二枚集めれば天下を摑むことができるやもしれません」

札を手渡すと同時に、於杏は茶々の鳩尾に当て身をくらわした。

「ぐっ」

当て身など受けたことがないのか、茶々は力なく崩れた。

（すまぬ。その美貌と血筋じゃ。嫁入りに困ることはなかろう。よき殿方に嫁ぐがよい。天下の屏風は我らが戴く）

茶々を横にした於杏は、部屋を出た。廊下の侍女には眠薬を塗った吹き矢の矢を刺し、壁に凭れかからせて、部屋から離れる。

「茶々様、茶々様」

主を捜す乳母に一礼し、於杏はなにごともなく部屋から遠ざかる。文字が判ったので、札を持っている必要はない。茶々を見つけた乳母の大蔵卿局が騒ぐ前に寺から出なければならない。台所に達した。

「どこで油を売っていたのじゃ」

中臈が激昂する。

「すみません。お腹が痛くて」

「ちゃんと手は洗ったんだろうね。まだ昼は暑いから、膳で当たったら大変だよ」

「承知しております」

ありきたりの返事をした於杏は膳を持って広間にと向かう。

「誰か、誰かある」

遠くで大蔵卿局の叫ぶ声が聞こえる。於杏は膳をその場に置き、廊下を早歩きで進み、伽藍の横を通って参列客に交じった。

藤祐と目が合う。藤祐は出口に向かう。於杏も後を追い、無事に脱した。

「〈ゐ〉か。さすが於杏。でかしたぞ」

褒められたのは初めてかもしれない。於杏はいつにない喜びを感じた。

「逃れるため、つい札のことを言いました」

於杏は詫びる。

「構わぬ。女子が札を十二枚集めることは、まずできまい」

「そう思ってのこと、されど、天下争いをする陰で女子たちは泣いております」

「乱世じゃ、武家のみならず、百姓、町民、皆同じじゃ。綺麗な衣を纏い、美味な物を喰い、夏は涼しく、冬は暖かく眠ることができるのじゃ、泣くぐらい仕方あるまい。さて、儂らも少しはよき暮らしをするため、残りの札を探そうぞ」

藤祐の言葉に頷き、二人は南に歩を進めた。

帰京した梅次は、無駄足に終わったと愚痴を漏らしていた。

また、杉蔵からは、織田信孝が柴田勝家と組んで戦の準備に勤しんでいるので、城の警戒が厳重でとても入城することができないという報告を受けたため、藤祐は信雄に変更するように指示を出し直した。

二

秋も深まってきた十月十五日、羽柴秀吉は都の大徳寺で主君信長の葬儀を大々的に行い、天下人の後継者であることを世に知らしめた。

尾張中村の農家に生まれ、信長の草履取りから身を起こして諸役を務め、美濃攻め、観音寺城攻め、金ヶ崎の退き口、姉川の戦い、毛利攻め等で戦功を挙げた。

信長亡き後の織田家の家中では、羽柴秀吉、織田信雄、惟住長秀らと、柴田勝家、織田信孝、滝川一益らに大きく分かれ、勢力争いをしていた。兵数は秀吉らが倍の六万ほどを動員でき、優位な状況にあった。秀吉は柴田勝家が雪で動けぬ冬を待ち、先に仕掛けるというのが、諸将の認識であった。

葬儀が終了したのち、秀吉は大徳寺の一室に多羅尾光久を呼んだ。

「まず、甲賀の者どもはいかがした？」

黒の束帯から龍胆に銀をあしらった直垂に着替えた秀吉は、薄い髭を撫でながら問う。

体は子供かと思うほど小さく、それでいて日焼けした顔は皺だらけ。猿という渾名は、つとに有名である。

「山中（長俊）、山岡（景隆）ともに柴田への恩義があるゆえ、今寝返るわけにはいかぬと。されど、殿に敵対するつもりもないと申しておりました。滝川の影響もあるかと存じます」

視線を下げたまま多羅尾光久は答えた。

姉川の戦いののち、柴田勝家は南近江の長光寺城を任されていたことがあり、山中長俊や山岡景隆は勝家の麾下にあった。

山中長俊、山岡景隆はともに近江甲賀五十三家の出身で、初め六角氏に仕え、その後、織田家に仕えた。

「日和見の族か。先見の明はないの。まあ敵対しないだけましか」

そんなものだと秀吉は吐き捨てる。

「屏風の件はいかがした？」

薄い髭を撫でながら秀吉は問う。

「申し訳ございませぬ。所在は未だ定かではございません。札を持つ者は以前、報告したとおり。高山殿はさして屏風に趣きはなく、キリシタンの布教をお認めになられれば、躊躇なく献上なされるものかと存じます。おそらく蒲生（賦秀）殿、賀茂（在昌）殿、清原（枝賢）殿も然り」

「左様か」

たいしたことがない。そんな秀吉の顔である。

「高山殿の持つ札の文字は〈ゐ、〉でございました」

「〈ゐ、〉か。我が〈ゐ〉に〈、〉が打たれているのか、その理由は？」

「今、探っている最中でございます」

多羅尾光久は追い詰められるような重圧を感じながら答えた。

「ほかには？」

「同族の女が山崎の侍女として潜り込みました。おそらくは屏風のことを探っているものと思われます。いつにても捕らえることはできます」

「左様か。そちに任せる。ところで、そちの兄たちはいかがするつもりか」

何股かけているのか、節操のない族だと蔑むように問う。

「叶うならば、殿にお仕えしたいと申しております」

生き残りのため、何股もかけるのは仕方ないと光久も思いながら秀吉を気遣った。

「左様か。三河者を討ち取っておれば、甲賀郡全てを与えたのに残念じゃの」

多羅尾家は徳川家康の甲賀、伊賀越えを支援した。秀吉はこれを不快に思っているようであった。

「はっ、某も残念にございます」

「まあ、よき土産を期待しておる。儂は来年の春までには柴田を討って天下（畿内）を制す。その上で信長よりも上の官位官職に就くつもりじゃ。さすれば、信長にできなかった全国統一も成し遂げられる。そのためにも屏風がいる。なんとしても手に入れよ。特に三河者には絶対に奪われてはならぬ」

秀吉は柴田勝家よりも家康を警戒しているようであった。

「承知致しました」

額を床に擦りつけるようにして光久は秀吉の前を下がった。

その晩、光久は上京にある北野社の森に配下を集めた。

天狗倒しが得意な姪の夏夜、剛力の厖介、偽言・私語の術に長けた於鶴、手裏剣術が巧みな鳩蔵、火器を得意とする鴇八であった。

「羽柴の殿様より屏風の催促があった。期限は来春、柴田討伐が終わるまでじゃ」

配下を前に光久は告げる。この年二十八歳。痩せ形で彫りの深い顔だちである。

「半年か。全ての札を奪うのは無理なんじゃないの。徳川もいるし、惟任は死んでるし」

於鶴が話すと何人かが同時に話しているように聞こえる。複数の人がいるように錯覚させるのが、偽言・私語の術である。

「神山衆が動いておるゆえ、おそらく伯父の佐渡は生きておる。惟任の札を持っているに違いない。札はなくとも書かれている文字は知っているはず」

「神山とやり合うのかい？　知らぬ間柄ではないから、やりづらいね」

いやそうな顔で於鶴が言う。

「向こうが本気ならばやるしかあるまい」

指を鳴らしながら鳫介が発言する。

「不必要な争いは無用。我らの役目は探ること。相手が刃を抜かねば争いは避けよ」

光久は自重を促し、改める。

「徳川には光孝（五男）がいるゆえ、いざという時は情報の交換という手がある。ゆえに徳川は後廻しでよい」

「叔父御は九州まで探りに行くつもりなの？」

十八歳、多羅尾家で一番の美人と言われる夏夜が問う。両の掌で相手の耳を殴打して脳震盪を起こさせる天狗倒しが得意なくノ一である。

「必要ならの。十二の札のうち、七、八枚の文字が判れば、屏風の置き場所が特定できると思うておる。それゆえ遠地に行くのは避けたいところじゃ」

「なんだ。残念」

「なんだ、あんたも九州に行くつもりだったの？」

於鶴が競争意識をあらわにする。

「遊山に行くのではないぞ」

光久は緊張感のない二人の女忍びを窘める。

「期限は半年。親父様からの合力は？」

夏夜が聞く。

「羽柴と徳川の間で日和見じゃ。羽柴の勢いは承知の上。されど、今、徳川は草狩り場となっておる甲斐、信濃で武田の旧臣を麾下に加えておる。これをそっくり手に入れたら、一躍徳川は天下を狙える立場となる」

「信玄が生きていた頃、武田は戦国最強と言われていたからね。徳川は三方原で完膚なきまでに叩き伏せられたんだろう。噂ではあまりの恐怖で脱糞したと言うじゃないか」

於鶴が言うと皆から笑い声がもれた。

「光孝からの報せでは北条と対峙して戦ってはいないらしい。おそらく和睦するとのこと。さすれば徳川は無傷で戦国最強の兵を家臣にできる。羽柴の殿様が柴田に勝利しても無傷というわけにはいくまい。徳川は傷ついた羽柴に挑むのであろう。兄者（光太）が動くのは、その時であろうの」

「さすが、と言っていいのかな？」

娘として父親の評価を気にしていた。

「まあ国衆の棟梁としては手堅いところであろう。但し、危険を冒さねば恩賞は得られぬ。慎重ばかりでは、犬からの脱却はできぬ。兄者ができぬのならば、儂らが真の武士になるしかないの」

この頃、忍びは武士の犬と蔑まれていた。

「とにかく、今はこの人数で探るしかない。夏夜は北ノ庄、鳫介は織田の次男（信雄）、於鶴は堺の商人、鳩蔵はキリシタン、鶫八は織田の三男（信孝）、儂は一旦、信楽に戻る」

「神山はどうするんだい」

光久が解散しようとした時、於鶴が問う。

「そちたちは係わるな。まずは兄者と相談じゃ。それと、伊兵衛が本能寺の変を探っておるらしい。今さら意味がないというのに、戯けた族じゃ」

母親が違うので、光久には弟という認識がない。

「伊兵衛が接してきても相手にするな。もし、手を出してきたら、仕留めても構わん。但し、侮るな。彼奴らも多羅尾の者ゆえの」

光久が念を押すと、配下は音を立てずに散った。

藤祐が都の南蛮寺に足を運ぶと、以前、目にした多羅尾衆が中に入っていった。背は中ほどで痩せ形。瓜のような顔で前歯が出ていた。鳩蔵である。

（いかがする？　キリシタンから新たなことを聞きだすのは難しいやもしれぬ。なにもしなければ、なにも摑めぬしの）

とりあえず、探ってみることにした。今は話などはするつもりはなかった。

その日の祈りが終わると、信者を装っている鳩蔵は南蛮寺を出ると北に向かった。

藤祐は茂みを出ると、五間半（約一〇メートル）ほど間隔を空けて後をつける。

鳩蔵は室町小路を北に向かう。幅は四丈（約一二メートル）と広い道で上京に近づくに従って呉服屋や反物屋などが並んでいる。鳩蔵は時折、店に入って足を止めている。

（店でなにを聞く？　京の町人が屏風や札のことを知るわけもなかろう。あるいは仲間が町人に扮しているのか？　おそらく彼奴らも札を持っている者は摑んでいるはず。されば、かようなところで油を売っても仕方あるまい）

疑問に思いながら、藤祐も店で立ち止まり、つかず離れずついていく。

鳩蔵はぶらぶらと十町ほども歩み、室町十三代将軍・足利義輝が住んでいた武衛陣跡に入った。そこは茂みになっていた。

（勘づかれたか）

引き返すと疑われるので、藤祐はそのまま茂みを右に見ながら北に進んだ。

藤祐はいつものように髭をつけ、口中に布を含ませ、編笠をかぶっている。こののちも素顔は晒さぬつもりだ。

（茂みの中からこちらを見ておる。気づかれたようじゃの）

殺気はないが油断はできない。

（多羅尾は仕官先を一つに絞らず、分散させて一族滅亡の危険を回避しておる。果たして今、羽柴には何人を割いているのか。勢いがあるゆえ十人以上いてもおかしくはない。とすれば、挟み撃ちには気をつけぬとな）

藤祐は鷹司小路を西に折れ、衣棚通を北に曲がる。角々でちらりと鳩蔵が視界に入る。

（仲間はいないようじゃの）

藤祐は土御門大路を西に折れ、西洞院通を曲がり、東の安禅寺に入った。藤祐は銀杏の樹を背にし、右手で八方手裏剣を握った。星形で尖った部分が八本ある手裏剣である。

鳩蔵も安禅寺の門を潜った。やりすごすこともできたが、なんでもいいから新たな情報が欲しい。藤祐は決した。

「なにか用か」

藤祐のほうから話しかけた。

「先につけたのは、汝のほうであろう。神山の者じゃの。なに用じゃ」

「さあの」

鳩蔵も銀杏に向かって身構える。

「汝らは戯けか。すでに逆賊の主はおらぬ。なにゆえ探っておる？　なにかを掴んでいるならば、それを土産に当家の傘下に入れ。さすればよき目も見れよう」

「そちらは手詰まりか」

気配を窺いながら、藤祐は銀杏に隠れたまま会話を続けた。

「当家の主は天下に近い。その気になれば汝らを狩ることもできる。隣領の誼ゆえの忠告じゃ。こたびは見逃してやる。されど、今一度、近づけば、ただではすまぬ。覚えておけ」

言うや鳩蔵は安禅寺を出ていった。

(自身の素性を明かすとは、多羅尾もたいしたことはないの)

藤祐は、あえて追わなかった。

(羽柴も本気で探しはじめたか。さすれば徳川も同じようなものじゃの。急がねばの)

少々焦りを覚え、藤祐も安禅寺を出た。

三

風が冷たくなってきた。甲斐の冬は早いのかもしれない。

十月下旬、家康は北条氏直と和睦を結び、甲府(こうふ)の躑躅ヶ崎館(つつじがさきやかた)に戻ってきた。同館は武田氏の居館であり、政庁であった。三方原の戦いでは潰滅(かいめつ)寸前まで追い込まれた家康が、敵の本拠を制し、その家臣たちを丸ごと抱えたので、万感の思いであろう。家康は甲斐、信濃を磐石(ばんじやく)のものとし、西進するつもりである。

家康は家臣の服部半蔵正成(はっとりはんぞうまさなり)を呼んだ。半蔵は三河に生まれ、鬼の半蔵とも呼ばれる豪の者で、姉川の戦い、三方原の戦い等で武功を挙げた。祖先は伊賀の千賀地(ちがち)を領する地侍(じざむらい)、俗に言う忍びの一族で、父の保長(やすなが)は室町十二代将軍足利義晴(よしはる)、続いて家康の祖父の松平清康(まつだいらきよやす)に仕えた。保長を頼って伊賀者が三河に来て配下となり、半蔵正成はこれを受け継いだ。信長による天正九年（一五八一）の伊賀討伐以降、さらに人数が増えた。

服部半蔵が側にあり、伊賀者たちを抱えていたことで、家康は本能寺の変が勃発(ぼっぱつ)した時、無事に伊賀を越えることができた。

「これにまいりました」

半蔵は躑躅ヶ崎館の広間にいる家康の前に罷(まか)り出た。

家康は小太りの体軀(たいく)で、団栗のようなまんまるの目をし、良く聞こえそうな福耳を持ち、肌は戦陣や鷹狩りで日焼けして浅黒い容姿をしている。

三河の小豪族、松平広忠の嫡男として生まれた家康は、六歳の時に駿河の今川家に人質として出されたが、途中で義母（真喜姫）の父にあたる戸田康光より、尾張の織田信秀に売られた。その後、人質交換によって今川家に送られ、肩身の狭い生活を余儀無くされた。

松平家は今川の先兵として遣い減らしにされていたところ、田楽狭間で今川義元が信長に討ち取られたので、家康は人質から解放された。

今川家からの独立を果たした家康は信長と清洲同盟を結んで東に版図拡大を試みたが、武田信玄と戦い、三方原で大敗を喫した。

滅亡あるいは降伏の危機は信玄が病に倒れたことで回避できた。だが、武田家の調略は妻子に及び、信長との板挟みになった家康は正室と嫡子を殺めねばならなかった。

武田家が滅亡すると、信長にとって家康は用済みとなる。上方で亡き者にされそうになった時に本能寺の変が勃発。茶屋四郎次郎清延と伊賀者のお陰で家康は艱難を乗り越えることができた。

茶屋四郎次郎は都の豪商で、正式な名字は中島氏。かつては信濃の守護・小笠原長時の家臣であったが、小笠原氏衰退時、中島明延は武士をやめ、京に上って呉服商を営み、代々当主は四郎次郎を名乗っている。

明延の嫡子の清延は徳川家康とともに三方原の戦いにも参陣した経験があったので、伊賀越えはそう苦にならなかったという。

「茶屋（四郎次郎）から得た札のこと。なにか判ったか」

豊かな頬を揺らして家康は問う。

「誰の指示かは判りませぬが、キリシタンが配ったようにございます。その札は十二枚あり、『安土山図屏風』と交換できるための物とのこと」

「札一枚で屏風一枚か」

「おそらくは」

明確に答えられないのがもどかしい。

「されば、十二枚集めねばならぬのか」

丸い目が、面倒だと言っている。

「仰せのとおりにございます」

「札に書かれた〈∵れ〉の意味は？」

「定かではありませぬが、置き場所を示す文字ではないでしょうか」

「さもありなん。さすれば、草履取り（秀吉）も探していようの」

正親町天皇が『安土山図屏風』を欲しがっていたことは家康にも伝わっている。より高い官位官職を得るため、家康も得たい品である。

また、家康は先に信長の仇討ちを行った秀吉を疎ましく思っている。家康にとって秀吉は同盟者・信長の家臣でしかない。ただ、信長の威光はまだ残っていた。甲斐、信濃は武田家滅亡後、織田家が支配していたので、併合するにあたり、織田家の承諾が必要であった。家康はこれを申請し、七月七日、秀吉から許可を得ていた。

実を取った家康であるが、屈辱しかなかった。いずれ秀吉と柴田勝家が衝突することは茶屋四郎次郎などから聞いている。共倒れすることを願っていた。

「多羅尾の者どもが動いているとのことにございます」

「多羅尾の者は、そちの配下ではないのか」

家康は伊賀、甲賀衆を服部半蔵に管理させていた。

「早速、探らせます」

「猿（秀吉）より先に手に入れろ。人数が足りねば、伊賀の者も加えよ」

「承知致しました」

半蔵は頭を下げると家康の前から下がった。

服部半蔵から指示を受けた光孝は、まず故郷の信楽に戻った。

信楽の里は南近江の山間部に存在する。町の大半は高原状の信楽山地が占め、南西は山城の相楽郡、東は伊賀の阿山郡と接し、古くから交通の要衝であった。周囲には良質の檜が育ち、奈良の東大寺や近江の石山寺などの神社・寺院建築に利用されている。信楽焼きの陶器の他に杣山としても有名である。

小川集落の南東に聳える城山（標高四七〇メートル）の山頂に築かれているのが小川城で、「く」の字をした城郭で三つの建物から成っていた。

西から城山に登り、南東の大手門を潜って城に入る。本能寺の変後、家康の護衛をして来て以来なので、約五月ぶりとなる。すっかり辺りの山は紅葉し、鮮やかな色彩を飾っていた。

本丸に足を運んだ光孝は、さらに奥に進み、家督を継いだ次男の光太の居間に入った。

「おう、光孝。息災でなにより。徳川殿の伊賀越え以来か」

上座に腰を下ろした光太は鷹揚に声をかけた。この年三十一歳。光孝よりも十一歳年上の実兄で、家督を継いでまだ何年も経っていなかった。兄弟なので彫りの深い顔はよく似ている。光孝のほうが半寸（約一・五センチ）ほど背が低いぐらいで、同じ格好をして五間（約九メートル）ほど離れていれば見分けがつかないであろう。

「兄上も健勝（けんしょう）でなにより」

光太の向かいに座し、光孝は挨拶をする。

「徳川でそちは新参。面倒な下知でも出されたか」

「さすが兄上。半蔵殿から屏風の札を探すように命じられました」

「そちもか。光久もじゃ」

光太は、よりによって、といった顔をする。

「羽柴も屏風を狙っておりますか。兄弟で探らねばならぬとは、なんの因果か」

「神山もじゃ」

「日向守は討たれたのにですか？」

光孝は首を捻る。

「晒された日向守の首は、どうやら別人らしい」

「されば生きているのですか」

「判らぬ。それゆえ神山らは継続して探しておるのじゃ」

光太もまだ事実を確認できていないような口ぶりである。

「されば三つ巴（どもえ）ということですか」

「別の思惑で伊兵衛も動いておる。いつ屏風探しの下知が出てもおかしくはない」

「見つけた者が天下に近づくということですな。それにしても、屏風探しは多羅尾家の宿命になるやもしれませんな」

光孝がもらすと光太も頷いた。

「ところで札のこと、兄上はどこまで知っているのですか」

「真っ正直に聞いてくるの。まずは、弟のそちが先に教えるのが筋であろう」

「某が申したら、兄上も申しますか？　某も手ぶらでは帰れません」

光孝は疑念の目を上座に向ける。

「兄を、当主を疑うな。申せ」

「されば、徳川様が持っておられる札は〈‥れ〉にございます」

弟の返答を聞き、光太は苦い茶でも飲んだ顔をする。

「左様か。羽柴殿が持つ札は〈ゐ〉、高山右近（うこん）は〈ゐ、〉じゃ」

「〈‥れ〉、〈ゐ〉、〈ゐ、〉ですか。これだけでは、なんのことだか」

期待が外れ、光孝は肩を落とした。

「そちの持つ報せは、光久らにも公平に知らせるぞ」

「承知しております。されど、これだけでは、足りぬ。やはり全員の札を探らねばなりませんな」

光孝は光太を直視しながら言う。

「合力しろということか」

「仰せのとおりにございます。徳川様は甲斐、信濃を手に入れられ、北条とも和睦し、娘御を輿入れさせることにしましたゆえ、東に不安はありません」

家康は次女の督姫を若き北条家の五代目の当主・氏直に嫁がせる政略結婚の約束を結んだ。光孝は続ける。

「上杉は領内の乱れで南に兵を進ませる余裕はないゆえ、徳川様は西に専念できます」

上杉領は謙信死後に起こった御館の乱の余波が残り、景勝は国境を守ることで精一杯。信濃でも川中島以南に兵を割くことはできなかった。

「今、羽柴は勢いがありますが、そう遠くないうちに柴田と戦うことは明白。いずれが勝利しても無傷ではいられますまい。無傷の徳川様が、これを次々に倒して天下を収められましょう」

「それで徳川にか？　そちが申すことにも一理あるが、徳川はまだ、甲斐、信濃はおろか、駿河の仕置も日が浅かろう。徳川が力を発揮するには少なくとも二、三年はかかろう。その間に羽柴殿は柴田を討って畿内一円を制し、十万の兵を集められるようになる。徳川に主軸を置くのは難しいの」

光太は当主として冷静な判断をする。家康が信長から駿河の領有を認められてからまだ半年余りしか経っていなかった。三河や遠江のような力はまだ出せないと見ていた。

「されば兄上は羽柴に？」

「そう簡単に決められぬゆえ、そちに光久らの報せを教えたのじゃ」

「さもありなん。多羅尾の生き延びる術ですな」

国衆や地侍の処世術を光孝は否定しない。

「そちたちだけで探すのか？　山口の者はいかがする」

光孝は信長の命令で、近江の国境に近い山城国の宇治田原城主の山口秀景（長政とも）の養子になっていた。仮名は藤左衛門。

「山口の家は足利家に仕えていたゆえ、都を支配する側につくものと思われます。取りあえず、我らのみで探る所存です」

「左様か」

「徳川家は我らのみならず、伊賀者にも探らせてござる。それゆえ、先を越されれば、多羅尾、ひいては甲賀者の名折れとなりましょう。されば、ここは呉越同舟といきませぬか」

「光久は納得すまい。羽柴殿もの。まあ、判ったことの共有で折り合いをつけよ。さもなくば兄弟で刃を抜き合うことになる」

「承知しました」

「神山には係わるな。神山は日向守が生きておると思い、復活のための貢ぎ物にしようとしておる。戯けた族じゃ」

「妙な妄想に憑かれておりますな。姉上（紀依）はなにも言わぬのですか」

光孝には理解できなかった。

「嫁いだ女子は当てにはならぬ。伊兵衛も同じじゃ。本能寺の変の真相を探るなど、的外れなことをしておる」

「神山佐渡は死んだと聞いておりますが」

「儂もそう思う」

「本能寺の変の真相を探って、なんになるのですか」

「羽柴殿が日向守に与したとすれば、羽柴殿も主殺しの同罪。羽柴殿を滅ぼして、新たな織田を作ろうという魂胆であろう」

「織田の家督も所領割りも決めたのに、今さら覆ることなどありますまい」

「左様。無駄な努力をしておるものじゃ。それゆえ、神山にも伊兵衛にも係わるな。絡んできたら、排除しても構わぬぞ」

「委細承知」

深々と頷き、光孝は部屋を出た。

（まともなのは羽柴につく光久兄じゃが、味方にならぬならば、戯けの神山か、的外れの伊兵衛を引き入れるしかあるまいの）

光孝は異母兄の伊兵衛に、兄弟という認識を持っていなかった。

（死んでいると言われておるのに、仮に生きていたとしても、主殺しをした日向守の復活などありえまい。神山佐渡とは、いかな頭をしておるのじゃ）

首を捻るばかり。

（伊兵衛も慮外な男じゃ。変の真相など探っても世の流れは変わるまいに。まあ、雇い主には逆らえぬのが、儂らの辛いところじゃの）

同情の余地は少しある。光孝は先を急いだ。

六月初旬以来、光孝は山口城とも呼ばれる宇治田原城に帰城した。城は北を田原川に守られた山間にある平城で、土塁と空堀に守られていた。

光孝が本丸の主殿に入ると山口秀景がいた。

「ご無沙汰しております。ただ今、戻りました」

「重畳。徳川に仕えるのはどうじゃ」

鷹揚に秀景は言う。山口氏は公家の葉室氏の侍を務め、その後、室町最後の将軍義昭に仕えた。幕府崩壊後は信長の家臣となり、本領の宇治田原を安堵された。本能寺の変以降は家康に仕えていた。

「織田が徳川に変わるだけで、奉公の仕方は変わりません。伊賀者も甲賀者もおります。ただ、今の家康様は信長様ほどの力がないだけですが、武田の旧臣を手に入れましたので、織田以上に大きくなる見込みはございます。無論、某も尽力するつもりです」

「さもありなん。同じく羽柴も拡大しておる。儂のような少領の者の許にも遣いが来た。織田の旧臣の取り込みに余念がない。まめな男じゃ。数は力だということをよく知っておる。あの百姓上がり、侮れん。油断するまいぞ」

「胆に銘じておきまする。して、養父上はいずれに味方するつもりですか」

重要なところである。

「勝つほうじゃ。そうして我らは生き延びてきた」

笑みを浮かべて秀景は言う。

「仰せのとおり。某は徳川の家臣として働きます。養父上は羽柴と上手くやり取りして下さい。なにか、動きがあれば逐一報せます」

「儂もそうする」

秀景の許可をとった光孝は別室に多羅尾から連れてきた配下を集めた。

「すでに知っているやもしれぬが、諸将が持つ五角札の文字が『安土山図屛風』の置き場を示している趣きが強くなった。されど、今のところ我が殿が持つ〈‥れ〉、羽柴が持つ〈ゐ〉、高山右近の〈ゐ、〉と、なにを指しているのか判らん」

配下を前に光孝は初めて札の文字を紙に書いて披露した。

「〈ゐ〉のつく地の名などあろうか」

少し小太りし、目の離れた鵺七（ぬえしち）が首を傾げる。

「〈‥れ〉の上の〈‥〉と、〈ゐ、〉の下の〈、〉はなんだろうね」

二十代半ば、女子にしては長身の於鴿（おこう）が、桂包（かつらづつみ）にした手拭いを解きながら言う。

「濁るとか」

小柄で十代後半、光太の次女の小夜（さよ）が口を開く。

「〈れ〉を濁れるか？　どんな音になるのじゃ」

長身だが、猫背の鷆助（しんすけ）は、なんとか「れ」を濁らせようとする。

「どこかの場所から、文字の形をした場所を指しているのではないか、例えば御所を中心としてとか」

割れ顎の鳧雄（けりお）が、発見したように明るい表情で言う。

「〈ゐ〉はいいとしても、なにゆえ〈れ〉の必要があるのじゃ？　それに〈、〉や〈：〉は？」

すぐに鷆助が否定する。

「簡単に判らせぬために決まっておろう」

鳧雄は強く主張する。

「話にならぬ。なにゆえ、わざわざ謎解きのような真似をさせるのじゃ？」

鷆助が喰ってかかる。

「天下の行方が決まるまで、時を稼ぐためではないのか」

鵜七が持論を述べると、皆はなるほどと頷いた。

「キリシタンに札を配らせた者が黒幕だとすれば、札を一枚ずつ探るよりも、黒幕を探るほうが早いのでは？」

小夜が光孝に問う。

「それが判れば苦労はせぬ。されど、探る。それは我が役目じゃ。そちたちには諸将を探ってもらう」

織田信雄は鵺七、お市御寮人は小夜、蒲生賦秀は於鴿、賀茂在昌は鶍助、清原枝賢は晃雄に決まった。

「儂は千宗易（せんのそうえき）のほか」

下知を受けると、光孝の配下は探りに散った。

（堺に行く前に会（お）うておくか。さて、吉と出るか凶と出るかの）

光孝は都に向かった。

四

下京の外れ、七条（しちじょう）河原には掘っ立て小屋が点在していた。そこは定住地を持たぬ者や流れ者、旅芸人あるいは犯罪者や遊女など、いわゆる河原者（かわらもの）と呼ばれる者たちが住む地である。

辺りが茜（あかね）色に染まる頃、光孝は七条河原にある小屋の一つを訪ねた。そこには黒い字で『雁』と書かれた麻布が吊るされていた。

「雁助おるか。信楽の焼き物を買わぬか」

「左様に高価なものはいらぬ」

小屋の中から返事があった。

「兄者ならば買うてくれると思うが」

「左様な者はおらぬ」

警戒しているのが判る。おそらく刀の柄に手をかけていることであろう。

「されば、今宵の亥ノ刻（午後十時頃）、信長様終焉の地で待つと伝えてくれ。儂は養子に行った義弟。兄弟水入らずで話そうと伝えよ」

告げた光孝は雁助の小屋を後にした。

比叡颪が吹くようになったので、上に羽織る物が欲しくなる。空には雲がかかっているので月は見えない。亥ノ刻、光孝は本能寺跡にいた。

信長襲撃後は枯れた雑草が生えるばかりの野原になっていた。

薄の中で光孝が独り佇んでいると、前後に二つの気配を感じた。

「義弟に会うのに用心深い」

光孝と伊兵衛の距離は三間（約五・四メートル）ほど。

「まだ死ぬわけにはいかぬゆえの」

背後から声をかけてきたのは、光孝の異母兄の伊兵衛であった。

「義兄に刃は向けませんよ。それにしても不毛なことをしておりますな。仮に羽柴と惟任が連んでいたとし、これを白日の下に晒しても、信長公は生き返りますまい。それに変の黒幕が羽柴であったとしても、羽柴と柴田の衝突は避けられず、また、羽柴からの鞍替えも微々たるもので、力の差が大きく動くことはないでしょう。信楽の兄から、手を引けという指示は出ておりませんか」

「不毛かどうかは明らかにすれば判ること。確かに信楽から意見してくるが、分が悪いからと、我らが依頼を途中で投げだせば、瞬く間に全国に広がり、我らは信頼をなくし、こののち仕官もできなくなる」

伊兵衛は首を横に振る。

「それゆえ一族の犠牲になり、貧乏籤を引くのですか？　どうせ柴田方は敗れるのですから、適当にお茶を濁して、手を組みませんか」

「随分とはっきりものを申すの。もの怖じせぬそちの性格には感心する。されど、一族の犠牲になるつもりはなく、貧乏籤を引くつもりもない。真相を突き止めれば宝の山を得られるやもしれぬ。また、戦は兵の多寡(たか)ではなかろう」

あくまでも伊兵衛は本能寺の変の真相追及を諦めないつもりだ。

「同じ武器を持つ者どうしの戦いならば、多寡が決め手になるのでは？　まあ、戦の話はまたの機会にするとして、兄者が変の真相を探るならば、それもよし。我らは邪魔は致しません。それゆえ互いに知っていることを交換しませんか。兄者とは利害が一致すると思いますが」

「儂を頼らねばならぬほど、追い詰められておるのか」

「どうでしょう。兄者が仕える信孝様は、羽柴を追い落としたいのでしょう？　我らも同じです。ただ、我らに指示を出すのは服部です。伊賀者です。不愉快でなりません。命じるだけではなく、伊賀者も動いております」

「伊賀者に功を渡さぬということか」

「そのとおり。先を越されれば、甲賀の、多羅尾の名折れです」

光孝は一歩前に出て力強く言う。

「信楽の兄はなんと？」

「勝つほうにつくと。それゆえ羽柴に仕える光久兄と天秤(てんびん)にかけられております」

「当主として賢明な判断じゃの。我らの邪魔をしなければ手を結ぶのは吝(やぶさ)かではない。但し、人手が足りぬ。そちたちのために腰を上げることはできぬぞ」

「十分です。知っていることを交換できれば構いません。さし当たって、信孝様が持つ五角形の木札の文字はなんでございますか」

知っていますよね、と光孝は問う。

「目上に先に答えさせるのか。前関白（近衛龍山）の所在、そちは知っているのではないか」

「お止めなされ。兄者たちでは捕らえられませんぞ」

「前関白は徳川領におるのか」

闇の中で伊兵衛の双眸が光る。

「駿府におります」

「手引きしたのはそちたちか」

伊兵衛の表情が険しくなる。

「本人の希望により、伊賀者たちが丁重にお連れ致しました。なにせ前関白ゆえ」

「そうか、徳川は羽柴と柴田を戦わせ、傷ついた勝者を討ち、前関白を使って高い地位を得て、天下に号令せんという皮算用か。狸め」

「まあ、そんなところで。前関白は変には関与しておらぬそうです。ただ、信長公には罵倒され、腹立たしくは思っていたようです」

信長が武田討伐をした帰り道のこと、信長は前久になにかを頼んだところ、断られ、一喝したという。

「近衛、我御料（お前）などは、木曽路を上がって帰るがよい！」

震えあがる中、前久は恥辱と憤りを胸に隠し、信長と別行動で帰京したという。

信長は家康の接待を受け、東海道を通って帰城した。

光孝は続ける。

「前関白が日向守と昵懇だったのは事実で、近衛屋敷から兵が二条御新造に入ったゆえ、疑うのは仕方ないでしょう。羽柴も高い地位を欲し、前関白を手に入れようとしているようです」

「なるほどの。信孝様が持つ札は〈：ゑ〉じゃ」

伊兵衛は興味なさそうに告げる。

「〈：ゑ〉ですか？」

「左様。〈：ゑ〉がつく地名などあるか？」

「判りません。信孝様は屏風を欲してはおらぬのですか」

これが光孝には不思議でならない。

「屏風で矢玉は防げんということであろう」

「目先の勝利に力を注ぐ織田・柴田と、先を見据えた羽柴では、結果は見えているような気がしますが」

「そうさせぬように尽力するのが我らの役目じゃ」

伊兵衛は織田家の復権に燃えていた。

「左様ですか。取りあえず、こたびのことは感謝致します。こののちもよしなに」

光孝は去ろうとして立ち止まった。

「存じていると思いますが、神山衆は日向守が生きているという認識で、我らと同じように屏風を探しております。兄者らも屏風を探せば日向守に辿り着けるやもしれません」

「儂らにも屏風を探させる策か」

「まあ、そんなところで。お互いの利は一致するはず、神山佐渡に会うたことはありますか」

光孝は笑みを作る。

「ない。そちは？」

「ありません。佐渡のみならず、神山衆はなかなか足を摑ませません。ただ、佐渡は日向守の影武者を務めるゆえ、似ているとの噂。一度、姉上を訪ねてはいかがです？　なにか判るやもしれませんぞ。我らもなにか摑んだら報せます。時折、遣いを送ります。ほかの多羅尾衆は知りませんが、某は味方ですので安心してください」

言うと光孝は歩きだした。

「そういうことにしておこう」

背後から伊兵衛の声が聞こえた。

半町（約五五メートル）ほど南に向かって歩くと、左斜め後ろに気配を感じた。殺気はない。

「まだいたのか？」

「頭を失うと、わたしたちの任務もなくなるからね。それより、義兄の言葉を信じるのかい」

「今のところはの」

於鴇である。身内でも信用するなというのが、忍びの掟（おきて）である。

「まあ、あんたが信じるならば仕方ない。とすれば、これで四枚。残りはあと八枚。羽柴方より先行できたと思うかい、また、伊賀者よりも？」

「どうかのう。油を売っている女子がいるゆえ、後塵(こうじん)を拝しているやもしれぬ」

「自分は義兄に泣きついて楽をしているくせに、人のせいにしないでおくれ」

「立っているものは親でも使えと申すであろう。とにかく急を要する。伊賀者にも光久兄にも負けられぬ。無論、神山にもじゃ。そちもそのつもりで動け」

「はい、はい」

声とともに於鴿の気配は消えた。

(少しは先に進めたであろう)

交渉は成功したので夜道でも光孝の表情は明るかった。

第四章　新たな展開

一

夜風が冷たく感じられるようになった。月初めの子の日、藤祐は吉田山に神山衆を集めた。

藤祐ら神山衆が摑んでいる札の文字は〈ち〉、〈ゐ、〉、〈ゑ〉であった。

「その後、どうじゃ」

藤祐は皆を見廻しながら問う。

「清洲の次男（信雄）が持つ札は〈ろ〉であった」

得意顔で杉蔵は言う。

「左様か。さすが杉蔵じゃ」

藤祐は笑みで労った。

「次男は清洲会議ののち、伊勢の松ヶ島からの引っ越しで、城はごった返していたゆえ、思いのほか探りやすかった。次男は羽柴と組んで三男（信孝）を追い落とし、織田の家督を継ぎたい模様。安土の跡継ぎ（三法師）は童ゆえ、どうにでもなると思っているらしい。まあ、三男も同じ考えのようじゃ」

「天下でも取ったような顔だねえ」

於桑が揶揄する。

「天下は取っておらぬが、一つ役目は果たした。そちはどうなんじゃ？　於杏も役目を果たしたぞ」

勝者の顔で杉蔵は問う。於杏も満足そうに頷いた。

「わたしは一番難しい男を探ってるんだよ。親父の仇討ちもできぬ凡々や、出戻りを探るのとは訳が違う」

若い於杏が文字を探ってきた。嫉妬する於桑は声を荒らげた。

「杉蔵、役目を果たしたからとはいえ、仲間を煽るな。遅滞よりも無理をして死なれることのほうが迷惑じゃ。慎重に一つずつ潰していけばよい」

藤祐は宥めた。

「とは申せ、羽柴と柴田の戦がそう遠くないとすれば、戦ののちには急速に札の獲得にも拍車がかかろう。のんびりしてもいられぬのでは？」

松吉が冷静に指摘する。

「そちの申すとおり。多羅尾の者どもも動いている。来春まではなんとかせぬとな」

鳩蔵のことを思い出しながら藤祐は告げる。

「確かに。北ノ庄で同じ生業の者と思しき女を見た。まあ、多羅尾衆だけではなく、羽柴方の忍びも多かろうが」

梅次も太い声を出したかと思えば、細い声を出しながら回顧する。

「儂も怪しい影を見たぞ」

杉蔵が同意すると、他の者たちも一応に頷いた。

「多羅尾であろう。それだけ、あの屏風が重要ということじゃな」

藤祐が言うと皆は改めて首を縦に振る。

「多羅尾は家中で羽柴と徳川に分かれておる。いずれかと手を結んではいかがであろうか」

松吉が提案する。

「分かれているとはいえ、所詮は兄弟。兄弟どうし探ったことを共有しても、我らと手を結ぶことはあるまい」

藤祐は否定する。

「それより、伊兵衛が変のことを探っているんじゃないかい。我らに辿り着くのもそう遠くないはず。その時はいかがする気だい？」

於桑が問う。

「真相など明らかにしたとて、羽柴の優位が変わるわけでもあるまいに。本家はなにゆえ野放しにしておるのかのう」

竹雄（たけお）が不思議そうな顔をする。

「一つは我らを追い詰めて完全な麾下（きか）とするため。もう一つは羽柴、徳川の両陣営を牽制（けんせい）するためであろう。変が起こる前、羽柴も徳川も何人もの間者（かんじゃ）を都に放っていた。信長を狙ったとは思えぬが、なにかがあると予想していた。あるいは災いが起こることを願っていた。これが露呈すると、大義名分を失い、こののちの政（まつりごと）に影響が出る。黙っているゆえ厚遇せよ、といったところか」

余裕のある多羅尾家を羨ましく感じる。

「とすれば、目障りな伊兵衛は羽柴や徳川に始末されるやもしれぬな」

杉蔵が言うと、松吉が続く。

「庶子ゆえ、本家からの指示があっても不思議ではないの」

「とは申せ、あくまでも憶測でしかない。伊兵衛には係わるな。邪魔をされたくない。しつこく探ってきたら、その時は始末しても構わぬ」

藤祐は重い言葉を吐いた。

「配下ならばまだしも、多羅尾家の血筋は不味いんじゃないかい」

於桑が心配する。

「紀依を通じて釘を刺しておくゆえ、構わぬ。そう心得よ」

「承知。それにしても〈ち〉、〈ゐ〉、〈ゑ〉、〈ろ〉、判らないね」

「それゆえ、残りの札の文字を多羅尾より先に探らねばならぬ。心してかかれ」

頭の命令に応じて、皆は散った。

(さて、儂も配下に負けていられぬの)

藤祐は都を後にした。

同じ頃、秀吉に仕える光久は、上京にある北野社の森に配下を集めた。

「妙心寺で神山の者たちが喪主たちに接触したお陰で、とても北ノ庄城には潜れたものではないよ。誰だい、妙心寺を張っていたのは？」

憤りをあらわに夏夜は言う。

「儂じゃ。まさか、雇われ女中として潜り込んでいたとはの」

ばつが悪い。頭を掻きながら鳩蔵は言う。

「先を越されるとは、多羅尾の力も地に落ちたね」

襟元を直しながら夏夜は蔑んだ。

「そう申すな。北ノ庄城の様子はどうじゃ？」

光久が宥めた。

「戦の準備をしておるよ。鉄砲をはじめとする武器や兵糧を運び込んでいた」

「柴田は籠城するような武将ではないゆえ出陣するつもりじゃな。その前に殿が仕掛けよう。前にも申したが、戦が終わる前に札の文字を探らねばならぬ」

光久は自戒するように言う。

「織田の次男（信雄）が持つ札は〈ろ〉であった」

自慢げに剛力の鳫介が言う。

「左様か、ようやった」

渋い顔をしていた光久の表情は途端に明るくなった。

「引っ越し直後で城は慌ただしかったゆえ、探るのはさほど困難ではなかった。されど、文箱（ふばこ）に入っていた札は紙に包まれ、鑞（ろう）づけされていた痕跡があったが、剝がされていた」

「次男が札を見れば剝がすのではないか？」

鳩蔵は当然といった顔で言う。

「そうじゃが、貴重な品や壊れやすい物ならば、紙に包み直そうが、たかが札じゃ。あえて紙で包み直すか？」

鳫介は首を捻る。

「なにが言いたいんだい」

夏夜は疑念に満ちた目を向ける。

「誰かが札を覗（のぞ）きにきたかどうかを探るため、あらためて鑞づけしたとしたら、儂が探る前に先客がいたということじゃ」

「神山か、徳川に仕える叔父御（光孝（みつたか））ということかい？」

「おそらく。妙心寺が神山ならば、こたびも我らは先を越されていることになる」

鳫介の言葉で光久の眉間に皺が刻まれた。

「織田の三男（信孝）のほうはいかがか？」

光久は鴇八（ときはち）に問う。

「北ノ庄城と一緒じゃ。戦の準備で警戒厳しく、とても潜れぬ。伊兵衛殿に聞いてはいかがか」

煙玉を掌で転がしながら鴇八は逆に聞き返す。

「無理じゃ。伊兵衛は変の黒幕を殿だと決めつけ、敵視しておる。儂らとは組むまい」

「本当のことを教えてやったら？　信長様に後詰（ごづめ）を頼んだのは羽柴の殿様。信長様の宿所の世話をせねばならず、そのため何人もの家臣を都に置いて様子を窺っていた。各宿所には、山海の珍味や武器等を備えていた。これを大返しをする時、逆に使っただけだと。まあ、殿様とすれば、日向守が討ってくれたのは物怪（もっけ）の幸いだったろうけど」

夏夜は当然といった顔で告げる。

「見る目（視野）が狭くなった伊兵衛というより織田の三男には、言い訳にしか聞こえぬようじゃ。まあ、織田の三男の札は本家から聞いてもらうしかないの」

「じゃあ、わたしから父に言っておくよ。それにしても、今わたしたちが知る札の文字は殿の〈ゐ〉、高山の〈ゐ、〉、光孝叔父からの徳川の〈‥れ〉と、鳫介が探った次男（信雄）の〈ろ〉。やはり、これだけじゃ判らないね」

夏夜は首を傾げた。

光孝は伊兵衛から得た信孝の〈ゑ〉を、本家の光太（みつもと）にも教えていなかった。

「光孝のほうは、なんとか共有できようが、神山のほうは難しい。彼奴より先に探らねばの」

「神山佐渡の娘の於綸（おりん）が本家に質として出されていたはず。於綸から聞かせてみては？」

「今は本家の者として動いているゆえ、いくら娘といえども大事なことは教えまい。一応、聞いてみるが、期待せぬがよい」

光久は他力本願を捨てさせ、探りを続けさせた。

二

藤祐から命じられ、梅次（うめじ）は神山から六里（約二四キロ）ほど北東に位置する蒲生（がもう）郡の日野（ひの）に来た。

（風が強いの）

日野は山に囲まれているせいか、北の琵琶湖を通る風と南の鈴鹿山系から吹き下ろされる風が交差して廻り、強く吹く。種を浅く植えると風で飛ばされ、深く植えると芽が出にくい地なので農民泣かせの土地と言われているが、その土地性を知らずに攻め込めば強風をまともに受けて混乱してしまう。これを利用して領主の蒲生氏は何度も寡勢で撃退している。

蒲生氏は平将門の乱を鎮圧した藤原秀郷を祖とし、七代目の惟俊の代に近江に移住したという。

その後、蒲生氏は近江南半国守護の六角（佐々木）氏の被官となり、賢秀の代に信長に仕えた。

賢秀の嫡子の賦秀（のちの氏郷）は戦上手で信長に見込まれ、次女の冬姫を正室に迎えていた。

本能寺の変の時、賢秀は安土にあって留守を守っていた。日野城とも呼ばれる中野城にいた賦秀は急を聞きつけると兵を率いて安土に上り、信長の妻子を守りながら、明智秀満勢を追い払い、無事に城に招き入れた。

その後、光秀からの誘いが何度かあり、近江半国を約束されたが、蒲生親子は拒否。清洲会議ののち、蒲生家は秀吉に従っていた。秀吉が養子にしている信長の五男（四男とも）の秀勝と冬姫の母が同じだということも関係していた。

　中野城は日野川の北岸に築かれている平城で、堀と石垣、土塁に守られていた。大手門は北西にあり、深堀を渡らねばならなかった。

（頭は無理をするなと申しておるが、無理をせねば城には入れぬ。於杏には負けられぬ）

　梅次にも当然のように競争心はある。梅次は三日間、様子を窺った。雨が降ったせいか、城はそれほど警戒していないことを把握した。

（風の向きは半刻ごとに変わる。これを使わぬ手はないの）

　亥ノ刻（午後十時頃）過ぎになると北風に変わり、さらに強くなる。途端に警備も緩くなった。忍び装束になった梅次は空堀に侵入し、急傾斜をよじ登る。昼ならば、即座に発見されるであろうが、月もないので闇に紛れられた。

　土なので両手に苦無を持ち、これを突き刺しながら登っていく。石垣のところまでくれば、隙間に手の指や足のつま先をかけられるので簡単である。

　梅次は城壁の天辺から半間（約九〇センチ）ほどに達した。鉄砲用の丸狭間から中を覗くと、数人が歩きながら見張りをしていた。今のところ抗戦しているわけではないので、臨戦態勢の緊張感はない。ただいるだけ、に梅次には見えた。

　それでも時折、灯りが狭間から漏れる。光は強盗提灯とも呼ばれる照明の龕燈から出されるもの。これは金属製の外枠の中に回転する蠟燭を入れた当時の携帯照明であった。

　灯りが通過した直後、梅次は丸狭間に足をかけて、城壁の上から城の内を覗いた。北側の夜警は四人いた。城壁に二人。北ノ曲輪と稲荷社の前に一人ずつである。

（二人を眠らせれば）

　梅次は城壁の外側を移動して、一人に吹き矢を放った。最初は歩いていた城兵であるが、六十を数えると、龕燈を持ったままその場にへたり込んだ。

「おい、眠るな。夜警の居眠りは重罪ぞ。汝の巻き添いを喰らうのはご免じゃ」

　もう一人の兵が龕燈を照らしながら城壁沿いに近づいてくる。梅次は丸狭間から吹き矢を構え、正面にきた瞬間に矢を吹いた。矢は兵の右肩に刺さり、動いた時には地に落ちた。矢は深く刺さらなくとも効果は十分。先の兵同様、糸が切れた操り人形のように動かなくなった。

　倒れた音を確認した梅次は、城壁を越えて敷地の中に忍び込んだ。低く身構えて様子を窺うが、まだ、ほかの二人は気づいていない。梅次は眠った二人を城壁に凭れさせ、龕燈を消した。

「いかがした？」

北ノ曲輪の前に立つ兵が問う。

「風が強くて灯が消えた。今、つけているところじゃが、石がしけっているのか、なかなかつかん」

倒れた兵が持っていた火打ち石を何度か擦り、その音を聞かせた。

「どれ、持ってこい。この蠟燭の灯でつけよ」

「忝（かたじけな）い」

梅次は消えた龕燈を持って近づく。距離は十間ほど。相手は梅次を疑ってはいないので、照らしたりはしない。梅次は五間（約九メートル）に達した時、吹き矢を吹いた。

「汝は？」

さすがに相手も忍び装束の男を目にし、驚いた。すかさず梅次は兵に駆け寄り、腰の大刀を抜こうとする手を押さえ、腹に拳を叩き込んだ。さらにそのまま口を押さえると、兵はようやく薬が効いて眠りに落ちた。

（あと一人）

稲荷社の前にいる兵が梅次に気がついた。

「曲者」

兵は仲間を呼ぼうと小さな竹笛を口に咥えた。距離は十二間（約二二メートル）。梅次は先ほどの火打ち石を兵に投げつけた。相手は龕燈を持っているので狙いやすい。拳半分ぐらいの火打ち石は兵の頰に当たり、笛は吹き飛んだ。

梅次は投げると同時に疾駆し、兵が痛がっている間に達し、腹に拳を叩き込んで蹲らせると、後頭部を手刀で殴打し、気絶させた。

（なんとかなったか）

梅次は身を屈めて周囲を見廻すが、百数えても城兵が駆け付けることはなかった。念のためにと、梅次は殴打した城兵に眠薬のついた針を刺し、すぐに起きないようにした。無益な殺生や戦いは極力避けるのが忍びの生業である。

辺りを窺いながら梅次は北ノ曲輪と稲荷社の間を抜けた。正面には本丸がある。警備は七、八人はいた。

（全員眠らせるのは無理じゃな）

争いになれば本丸に潜るのは困難になる。梅次は北東に移動し、汚水路に入った。覆面をしていても悪臭が鼻を突くが少しの我慢である。汚水路は途中から半間四方の木枠の四角い管となっており、途中で侵入防止の格子が造られていた。

(かようなものを外すのは訳ない。外せなければ掃除もできぬゆえの)

梅次は一番右の縦の格子の上の部分を手前に引くと簡単に外れた。一本外せばすり抜けられるので、梅次は斜めになりながら格子を通過した。奥に進んで行くと勝手口に出ることができた。床の下は完全に塞がれてはいなかった。苦無を使って板を剝がせば潜り込むことはできそうだった。梅次は中を覗いた。

(やはり、上から探るしかないの)

床の下には忍びを防止するために縄が張り巡らされ、鳴子が掛けられていた。これを躱しながら進むのは時間がかかる。梅次は天井裏から調べることにした。

濡れた袴や臑につける脚絆を拭き取って廊下を進む。納戸があるのでそこから中に入り、右角から天井裏に潜り込んだ。

第一に文机や箪笥のある部屋を探すが、蒲生家では、ほとんど部屋に箪笥は置かず、納戸に収めてあった。

(納戸の箪笥は後廻しにし、まずは文机を探ろう)

文机が置かれている部屋は、いわば政をする仕事部屋。寝室とは違う。梅次は空いている部屋を順番に探ったが札はなかった。

(あとは城主の寝所か)

途端に緊張感が増す。廊下には宿直(とのい)が二人いるので、僅かな物音でも立てれば不審がられ、部屋の中に雪崩(なだ)れ込んでくる。慎重にしなければならない。

梅次は天井の角を開けて部屋を覗くと、高枕で寝ている武士がいた。部屋に灯は灯されていないので、人物を特定できない。

(城主か、嫡子のほうか。まあ、どちらでも構わぬ)

八畳間の部屋には文机があった。

(寝所に文机とは仕事熱心な武士じゃ。一応、念のため起きぬようにしておくか)

梅次は吹き矢の筒を出し、矢を込めた。

(これが最後か。ちと使い過ぎたの。いかがする？　下で寝ている男が嫡男ならばそれでよし。されど、父親のほうであれば、あの文机に札はない。まあ、札はほかの場所にしまわれているやもしれぬが)

梅次は考える。

(外の兵を眠らせたゆえ、もう二度と城に戻ることはできまい。とはいえ、今から眠薬を塗った矢を取りに城を出るわけにもいかぬ。まずは、目の前の事を片づけねば次はない。じゃが、矢は一つ。後にとっておこう)

決断した梅次は、静かに部屋の中に降りた。息を殺したままじっとしている。それでも部屋の主はまだ気づいていない。眠ったままである。暗くてはっきりとは見えないが、五十歳ぐらいの男である。

(父親のほうであったか)

蒲生賢秀はこの年四十九歳であった。嫡子の賦秀は宣教師と昵懇だと聞くが、父親の賢秀のほうはよく判らなかった。

少々落胆しながら梅次は文机に向かう。机の右には二つの引き出しがある。昂揚感を抑えながら、上の引き出しをそっと開ける。そこには開封された書状が収められていただけで札はない。ならば下だと思って開けようとしたが、開かない。

(鍵か)

よく見ると鍵穴があった。

(これは、札が入っているやもしれぬ)

俄然、期待を持って梅次は針金を穴に差し込み、左右に廻す。三百を数えるぐらい格闘するが開かなかった。

「誰じゃ」

賢秀が起きてしまった。上半身を起こし、目を細めて梅次のほうを見ている。鍵を開けることに夢中になっていたので注意を怠っていた。

背筋に冷たいものを感じた梅次は、瞬時の速さで懐刀を抜くと、賢秀の背後に廻り、首筋に刃を当てた。

「そなたに危害を加えるつもりはない。あの机の中を見るだけじゃ」

「否と申したら」

「残念じゃが、刃を引く」

梅次は懐刀を首に押し付けた。

「入っているのは書状のみ。そちが何れの廻し者か知らぬが、今の政とはまったく係わりなきこと。見逃してやるゆえ、さっさと去ね」

さすが数々の修羅場を潜ってきただけあって、賢秀は動揺することなく言ってのける。信長が安土に城を構えたのちには、常に賢秀を留守居として置いた。信長から信頼された武将である。

「いかがなさいましたか」

廊下にいる宿直が声をかける。すかさず梅次は賢秀の口を押さえた。

「大事ない」

声真似で言うや、梅次は賢秀の後頭部を懐刀の頭（柄尻）で殴打して気絶させた。

（早うせぬと）

梅次は文机を持ち上げたところ、引き出しの下に鍵があった。

（これじゃ！）

初めて手裏剣で的を射た時のような嬉しさを感じ、梅次は鍵を手にすると鍵穴に差し込んで廻した。金属音とともに鍵は外れた。梅次は引き出しを手前に引いた。

ときめきの中、梅次は引き出しの中を直視した。中に入っているものは賢秀が言ったとおり、書状ばかりで札はなかった。

（勿体を付けおって。鍵をかけねばならぬ書状とはなんじゃ）

失意の中、梅次は胴の火で書状を照らすと、柴田勝家や滝川一益、織田信孝から届けられたものであった。

（内応させんとする書状か。鍵をかけておくということは、羽柴方が劣勢になった時は寝返る気があるということか。実直、律儀と言われる武士とて、乱世に生きる者は所詮、そんなものか。まだ、儂ら銭で雇われた忍びのほうが忠義の心を持っておるの。いや、忠実に仕事をこなすだけか。今はただ働きのようなものじゃが、まずは札を見つけよう）

気持ちを切り替えて書状を引き出しに戻し、梅次は賢秀の部屋を天井から後にした。

（残るは嫡子の部屋）

梁の上を六間（約一一メートル）ほど北西に移動し、賦秀の部屋の屋根裏に達した。縁側と一緒になる廊下に宿直がいるのでまず間違いはない。

わずかに部屋の角の天井をずらして中を覗く。父親の部屋と同じように行灯や油皿に灯を灯さず、真っ暗にして一人で寝ていた。

（先ほどのような面倒はご免じゃ）

梅次は吹き矢を賦秀に吹いた。矢は左肩に刺さったが、賦秀は起きない。三百ほど数えても変化はないので、梅次は部屋に降り立った。

寝ている男は二十代半ば。床の間に飾る黒鞘の高価そうな太刀からして嫡子の賦秀であることは明らかである。初陣で活躍して信長に見込まれた武士である。

（跡継ぎの仕事は別の部屋でするのかの）

八畳の部屋には文机はないが、漆塗の文箱があった。

（嫡子のほうは耶蘇〈キリスト〉教に傾いていたんだったの）

改めて札を渡されたのが賦秀であったことを思い出し、梅次は飾られた紐を解き、文箱を開けた。懐から胴の火を出して照らす。

（なんと！）

紙に包まれた木片らしき物があった。梅次は胸を弾ませながら包みを開けると、五角形の札で〈た〉と書かれていた。

（やった！　儂は城に潜り込んで札を探し当てたぞ）

歓喜のあまり絶叫したいところである。

「汝は？　誰かある。曲者じゃ」

背後から声がした。札に惹かれていたので賦秀への注意を怠っていた。というよりも吹き矢を命中させていたので、警戒していなかったことになる。

（此奴（こやつ）、眠薬が効かぬのか。それより天井裏からでは逃げきれん。致し方なし）

梅次は床の間の太刀を摑むや、部屋に入ってきた賦秀の宿直を蹴り飛ばした。すると、その男は背後に倒れ、縁に引かれた雨戸ごと中庭に転がり落ちた。

「曲者じゃ。出会え！　出会え！」

賦秀や他の宿直が叫び、次々に刀や鑓（やり）を手にした家臣たちが集まってきた。

（せっかく摑んだ文字を伝えねば。三十六計逃げるに如（し）かず）

三十六計とは中国古代の兵法・三十六種類の計略（けいりやく）のこと。形勢が不利になった時は、諸策をたてるよりも逃げて次に備えるべきということで、南北朝時代の南朝の武将の王敬則（おうけいそく）が言ったと、『南斉書（なんせいしょ）』に記されている。但し、王敬則は逃げずに戦死している。

　情報を得たせいか、梅次は妙な責任を感じた。

　元来た北側は蒲生家の家臣に塞がれた。

（忍びは戦人に非ず）

　梅次は躊躇なく南に向かう。南は城壁と土塁に空堀と続く。案の定、数人の敵が立ちはだかる。昼だったら、そんな少数ではないであろう。

（戦いとうはないが、切り抜けるためには仕方ない）

　梅次は床の間から拝借した太刀を抜き、敵に向かう。西ノ丸との間隔は五間ほど。正面には手鑓を持つ兵が三人いて梅次に襲いかかる。

　一人目の突き出される鑓を太刀で右に弾きながら体を回転させ、その流れで敵の脚を斬る。

「ぐあっ」

　具足を着けている暇がなかったのであろう、刃がどこかに触れれば負傷させられる。脚に傷を負えば戦意が低下するので、逃げるには十分の効果である。斬り殺す必要はない。とどめを刺す間がもったいない。追わせなければいいだけだ。

　次の敵は逆に左に弾いて脚を斬る。

「ぎゃっ」

悲鳴を上げ、顔を顰めている時には、梅次は走り過ぎ、次の敵に向かう。

三人目の敵は梅次に回転させないよう、鑓を左右に振って足留めしようとする。

（児戯な）

梅次はつま先で砂を蹴り上げると、敵の顔にかかった。

「むっ」

目は砂粒一つ入るだけで目蓋を閉じてしまうもの。二、三数えている間、目をつぶらせておけば勝負はつく。梅次は敵の左を擦り抜けながら脚を斬って疾駆する。

今度は四人が横に並び、鑓衾を作った。ここを通過するのは、これまでのようにはいかない。とはいえ、背後からも追手が迫る。どちらかを突破しなければ挟み撃ちにされる。

梅次は刀を左手に持ち替えて右手を懐に入れ、右廻りに体を回転させながら棒手裏剣を投げた。三本同時に投げ、一本が正面の敵の左の上腕に刺さった。負傷した敵は動きが止まる。

他の三本の鑓が突き出される。梅次から向かって、負傷した敵の左隣の鑓を左に弾き、脚を斬って突破する。両端の敵は中二人が邪魔になって梅次に穂先が届かなかった。

（あと十間）

梅次は強く砂塵を上げて駆けに駆ける。敵は夜でも湧いてくる。梅次は右に、左にと突き出される鑓を弾き、時には城の壁を蹴って躱し、逃げることに専念する。

背後からの追手に対し、撒き菱を撒くと、敵は呻き声を上げて転がった。

（あの城壁を越えれば、先は堀切じゃ、それ！）

梅次は飛び上がり、城壁の上に手をかけて飛び乗った。その刹那、数本の矢が背後から放たれ、右の肩と腰の上に刺さった。

「ぐっ！」

熱い衝動が体を襲う。激痛が走り、梅次は堀切を下に転がった。

「追え！　逃がすな！」

家老の町野繁仍が厳命する。

空堀の下まで転がった梅次は跳ね起き、空堀の中を走り出す。転がった最中に矢篦は途中で折れたが鏃は体に刺さったままである。

（この傷、思いのほか深いやもしれぬな）

いつものような速度で走れない。その間にも背後から矢玉が飛んでくる。梅次は焦りを覚えながら走り、空堀の端に達した。今度は三丈（約九メートル）の土手を駆け上がる。

半分ほどを過ぎた時、再び矢が背中に刺さった。

（くっ！　思っているよりも痛いものじゃの）

緊張している時は痛みを感じないと聞くが、そうでもなく激痛が走った。

なんとか梅次は土手に登り、滑り落ちるように下った。半町（約五五メートル）ほど先には日野川がある。

（あの川を渡れば、なんとかなろう）

本来ならば、蛇行して的を絞らせないようにするが、負傷しているため走る速度は鈍っているので少しでも無駄な動きは削らねばならない。矢玉が掠めるが、梅次は振り向かずに南に向かう。

（かようなことなれば鎖帷子を着てくればよかったの）

鎖帷子は重いので侵入には向かないものである。走るたびに体に刺さる鏃が筋肉を裂くようで痛みが増す。このままどこまで走れるか、梅次も疑問だ。それでも日野川の河原に達した。

（川じゃ。ここを渡れば）

望みをかけて梅次は渡河しようとするが、水飛沫が上がるところを狙い撃ちされた。乾いた筒音と、矢の風切り音がし、背中に無数の衝撃が走った。

（渡れぬ）

梅次はそのまま日野川に突っ伏した。幸か不幸か、二日続けて降った雨のせいで水嵩が増して流れが速い。梅次は水に流された。

夜中の川浚いは危険が伴う。町野繁仍は追跡を諦めて帰城した。

梅次は一里半（約六キロ）ほど流され、豊田という地で川岸に打ち上げられた。

（生きておるのか。神仏は儂を見捨てなかったようじゃの）

川から這い上がった梅次は、ふらつきながら周囲を見廻し、追手がいないか確認する。

（いないようじゃの）

安堵した梅次は、よろけながら西に向かう。すぐに山になるので深傷を負った体にはきつい。米俵を二つぐらい背負わされ、田植え直後の深田の中を歩かされているような感じだ。

出血が多いので目の前が霞んでくる。何度倒れ、起き上がったことか。どこを彷徨っているのかも判らない。ただ、足が動く限り、梅次は踏み出した。

それでも限界がきた。

(いかん。もう動けぬ。儂も終いか。せっかく蒲生の文字を探ったというに、伝えられぬのか)

梅次は倒れ、身動きできなくなった。

四半刻ほどして、薪拾いをする女子が現れた。地元の百姓であろう。

「どこの誰か知らぬが、これをやる」

梅次は僅かに入る銭袋を出した。

「甲賀の神山に行って、この文字を伝えてくれ」

山の中で梅次は〈た〉という文字を指で地に書いた。

「わたしは字が読めぬ」

「されば、絵だと思え。頼む」

言うや梅次は傾斜を転がり、止まったところで火薬玉を顔の近くに上げ、刀の鵐目金具で強く叩いた。火薬玉は火薬と小さな火打ち石を混ぜ、花火のように紙で包み、その上に湿気避けの油紙を巻いたものである。硬い物に当たれば、潰れて火打ち石が擦れ、火薬に点火する仕組みであった。

途端に爆発し、梅次の顔は吹っ飛んだ。忍びは死に顔を晒さないものである。

「お見事」

女子は頬かぶりの手拭いをとり、遺体に手を合わせた。

「〈た〉の文字、遠慮なく戴くよ。神山に知らせるや否やは頭が決めること。伝わらなかったとしても、わたしを恨まないでおくれ」

梅次に声をかけられ立ち去ったのは、光孝に仕える於鴿であった。

於鴿は梅次に目をつけ、探っていたところである。

「棚から牡丹餅ではないよ。いざという時にはあんたから聞きだすつもりだったからね」

歩きながら於鴿は独り言を漏らした。

三

於鴿は宇治田原城に戻り、〈た〉の文字を光孝に伝えた。

「さすが於鴿じゃ。神山の者は不憫であったの」

感情を面に出さず、光孝は言う。

「神山には？」

「抛(ほう)っておけ。儂も多羅尾の本家も神山と手を結んだわけでもない。ただ、姉が嫁いだだけの間柄じゃ」

光孝には親戚という概念はないようであった。

「娘を質にとっているのでは？」

「姉の代わりじゃ。それゆえ血を見ないでいる」

「このまま神山の者たちを監視するだけでいいと？」

於鴿は煮え切らぬ思いで問う。

「今は昔と違い、城は堅固(けんご)になって潜りにくくなった。城に潜れば、いかなることになるか、こたびのことで判ったであろう。利用できるものは利用する。それが我が一族の生き残り術じゃ。おそらく兄者（光久(みつひさ)）も同じ思案であろう」

悪びれた様子もなく光孝は言ってのける。

「この先も？」

「当然のこと。前に言ったであろう。死ぬでないと。忍びは兵とは違い、簡単に補充できぬのじゃ」

一見、光孝は配下思いの優しい頭のように聞こえるが、その実は使えるか、使えないかという、道具としてしか見ていないようである。

「それゆえ、危ないことは神山にやらせておけ。要は羽柴より先に屏風を手に入れればいいだけのこと」

「承知」

物足りない思いのまま、於鴿は応じて宇治田原城を出た。

案の定、光孝は神山に梅次が摑んだ〈た〉の文字は伝えなかった。

但し於鴿は梅次を哀れに思い、豊田から半里ほど西の山中で息絶えたことを人伝に紀依に報せた。これにより杉蔵が梅次の遺体を葬るため引き取りにいった時、腹に棒手裏剣で〈た〉の字が刻まれていることを知った。

「梅次め、命を懸けて探りやがって」

杉蔵は洟を啜りながら荼毘に付した。

梅次の死が伝わり、都周辺の神山衆は吉田山の茂みに集まった。茂みは沈鬱な空気に包まれていた。皆、無言のままである。

（致し方ないこととはいえ）

藤祐も肩を落としたままでいた。配下を失ったことは初めてではない。忍びとは危険が伴う家業ではあるが、死者が出るたびに、いたたまれない気持になる。

（さればこそ忍びから脱却せねばならぬのじゃ。それゆえ先に屏風を手にせねばならぬ）

屏風を手にし、惟任家の復活を期待する藤祐だ。

「もう声真似は聞けないんだね」

於杏（おあん）が沈黙を破った。

「珍しいね、あんたが口火を切るなんて」

於桑（おくわ）が続いた。

「まさか死ぬとは思ってなかった。危ない生業（なりわい）であることは覚悟していたけど、まさか本当になるとは思わなかった」

「それで臆したのかい？　だったら早々に止めて村で土でも耕すしかないね」

「村は山ばかりで耕す地は少ない。それゆえ、かようなことをしている」

皆、同じであろうと於杏は言う。藤祐らは頷いた。

「それに梅次の志を継がなければならないと思う」

「感傷に浸るのはよくない。仇討ちのようなつもりで事に当たれば、無理をして同じ過ちを繰り返すことになる。梅次の失態は功を焦ったこと。儂の尻の叩き方が悪かったのやもしれぬ。こののちはもっと慎重に。必ず逃げ道を確保してから探らねばならぬ。自分の身は自分で守るのが我らの生業じゃ」

梅次の死に心を痛めながら、藤祐は注意喚起を行った。

「ところで〈ち〉〈ゐ、〉〈ゑ〉〈ろ〉に梅次が死を賭して摑んだ〈た〉では、どう順番を変えても地名にはならないね。あるいは、ほかのことを指してるとか」

於桑が首を傾げる。

「羽柴のほうはどうなっておる？」

「とても部屋には潜れない。もっか戦の準備で大忙しだよ」

両手の掌を返して於桑は言う。

「ついに仕掛けるか。されど、出陣すれば部屋に潜り込めるのではないか」

「そのつもりだよ。ああ、そうだ、羽柴は次男（信雄）の家老を籠絡して札の文字を聞きだしたよ」

思い出したように於桑は告げる。

「羽柴は出陣までお預け。徳川は簡単には探れまい。されば、手分けして賀茂（在昌）、清原（枝賢）、千（宗易）を探るしかなさそうじゃの」

「大友（宗麟）はどうするんだい？」

「今、九州までは手が廻らぬ。状況によって変えることもあるが、於杏は賀茂、杉蔵は清原、竹雄は千、儂は三男（信孝）、松吉は引き続き天王寺屋、於桑も羽柴のままとする」

藤祐は標的を変更した。

「わたしと松吉は除け者かい？」

「どちらも重要だから張り付けさせておる。今少しの辛抱じゃ。決して焦れたりするな。梅次の二の舞いになってはならん、よいの」

藤祐は釘を刺す。

「それと、多羅尾の伊兵衛の所在を知らぬか」

皆を見廻して藤祐は問う。

「会うのかい？　向こうは、わたしたちを探してるんじゃないのかい？」

「面倒だから会わぬ。伊兵衛が三男の近くにいると厄介ゆえ、いない時を見計らって岐阜に潜るつもりじゃ」

「七条河原の掘っ立て小屋の一つに伊兵衛の配下が住んでいるらしい。伊兵衛がおらぬ時は『雁』の字が書かれた麻布が吊るされているとのこと」

杉蔵が答えた。

「左様か。早速、探ってみよう。そちたちも気をつけよ」

念を押して藤祐は集会を解散した。

（梅次、そちの死は無駄にはせぬ。必ず屏風を手に入れてみせるぞ）

藤祐は決意を新たに七条河原に向かった。


辺りが明るくなり始めた頃、藤祐は鴨川の東の蘆の茂みから七条河原を見渡した。

（あれか）

藤祐のいる位置から三町ほど離れた西の河原の掘っ立て小屋に『雁』の字が書かれた麻布が吊るされていた。

（伊兵衛はおらぬということか）

残念であるが、拠点が判ったので、ひとまずは納得した。

（儂は伊兵衛を見たことがないゆえ、岐阜で待ち構えるのは得策ではないの。やはり、伊兵衛が七条にいることを確認してから岐阜に行くしかないの）

面倒でも藤祐は雁助の小屋を張ることにした。

雁助は日課なのか、午前中に小屋を出ると、夕刻、戻って来て火を起こし、食事をする。これを藤祐は二日間監視をした。尾行したが、特別、誰かと接触した様子はなく、なにかを報せた形跡もない。見廻りをしているような感じであった。

かつて光久麾下の鳩蔵には気づかれたので藤祐は慎重を期した。

三日目、あと半刻で陽も落ちようかという時、茂みの北から視線を感じた。

(勘づかれたか)

瞬時に緊張し、藤祐は右手に棒手裏剣を握った。藤祐に目を向ける者との距離は十五間(約二七メートル)ほど。誰かは判らないが、おそらく雁助か伊兵衛であろう。

(鉄砲ということはなかろうが、弓ならば持っていても不思議ではない。それより、よもや挟み撃ちを)

藤祐は周囲を窺うと東にも視線を感じた。こちらは十間ほど。

(一旦、退くか)

僅かな判断の後れが命取りになる。藤祐は静かに南に移動すると、視線はついてくる。

(一人は雁助で間違いあるまい。今一人は伊兵衛か?)

足早に進みながら思案する。髭と口中の布で一応、変装はしているが、見られたくはない。

(忍びは僅かな変化も見逃さない。茂みに人がいれば鳥などは寄り付かぬ。そんな

ところが露見した原因か。わしもまだまだじゃの）

後悔したがすでに遅い。伊兵衛がいるかどうかは定かではないが、多羅尾衆二人と戦うのは極めて不利。早歩きから少しずつ速度が上がり、小走りになった。

二人の多羅尾衆はぴたりとついてくる。ついに蘆の茂みはなくなった。東を走る人影が視界に入る。藤祐は走りながら目だけが出る覆面をかぶり顔を隠した。

陽が傾き始める中、東の相手も目にできた。薄茶の小袖に灰色の伊賀袴を穿き、臑に脚絆を巻いていた。腰の刀は短い。割れ顎が特徴の男は光孝に仕える梟雄であるが、藤祐には末端の忍びまでは把握できていなかった。

（顔を晒してもいいということは忍びではないのか）

とはいえ藤祐の足についてくるのだから、なかなかの健脚である。

蘆の茂みを抜けると、もはや隠れる場所はない。ほどなく北側の人影も姿を見せた。角張った顔、この三日間、監視をした雁助である。

止まれば間合いを詰められる。藤祐は引き続き、走りながら思案する。

（戦う理由はない。このまま走って逃げきるか。もしや、相手の足が儂を上廻っていたら、疲れたところをやられる。されば、その前にケリをつけるか）

考えた藤祐は足を止めた。河原で周囲にはなにもない。東の土手の向こう側は見えなかった。

多羅尾衆は東と北から近づいてくる。いつ飛び道具が飛んでこないとも限らない。さらに新手が加わる可能性もある。藤祐は即座に地を蹴れるように構えている。

「顔を隠すところを見ると、汝は神山の者じゃの、なにゆえ儂を探っておる？」

北側の雁助が口火を切った。藤祐は無言のままでいる。

「だんまりか。確か神山の者は日向守に仕えていたの。羽柴と惟任の結びつき、詳しく聞かせてもらいたいの」

雁助は右手を後ろに廻しながら近づく。おそらく手裏剣を握っているのであろう。同じように東の皛雄も慎重に接近する。

なにか言えば、相手にこちらの情報を教えることになる。藤祐は無言のままでいた。

「神山の者なれば、屏風の札を探していよう。摑んでいることを話せ。さすれば無傷で逃がしてやる。よもや二人相手に勝てるとは思っておるまい」

皛雄が問う。

（東の男は伊兵衛らとは違う多羅尾か）

二人の主は別の者であることを藤祐は知った。

「勝敗は水もの」

「そういう安易な思案ゆえ、蒲生で仲間が死んだのではないか」

雁助は藤祐が一番言われたくないことを口にする。

「儂の仲間は死んでおらぬ」

「左様か、されば、汝はここで死ね」

二人は同時に右手を振り上げた。その刹那、東の土手で破裂音がし、煙があがった。火薬玉の炸裂である。瞬時に二人は東を向く。

「仲間がいたのか」

余裕の体でいた二人は顔がこわばった。特に東の梟雄は挟み撃ちになるので、慌てだした。

「明日の亥ノ刻（午後十時頃）、この地で伊兵衛に会いたい」

藤祐は雁助に向かって言う。

「知らぬ名じゃな」

雁助は藤祐と東の敵に警戒しながら恍ける。

「左様か。伝える、伝えぬは汝の勝手。用は済んだゆえ儂は帰る。汝らはいかがする気か」

「そちの名は？」

雁助は興味を示す。

「その時に申す。汝らも知りたいことがあろう」

「どこの誰とも判らぬ族と約束などはせぬ。二度と周囲を窺えば、次は問答無用で討ち取る。左様に心得よ」

言い放つと雁助は周囲を窺いながら北に走る。晃雄も続いた。

（戦いにならずにすんだ）

緊張感がほぐれ、藤祐は体の力が抜けていった。

（さて、こたびの氏神様は誰か）

藤祐は土手を上がって辺りを見るが、誰もいなかった。

（はて、我が配下なれば顔を出すはずじゃが）

急に藤祐は疑念にかられた。同時に不安にもなる。

（雁助は伊兵衛の配下ゆえ、我らを敵として見ていよう。割れ顎の男は羽柴か徳川につく多羅尾の配下。仮に徳川の配下であった時、羽柴が儂を助けようとしようか？　また、逆も然り）

ますます判らない。

（儂は誰かに監視されておるのか。しかも姿を見せぬ手練。かような状況で岐阜に潜っていいものか。梅次の二の舞いになるのでは）

忍びの仕事は危険がつきものである。監視は藤祐らの本職であるが、されることは滅多にない。恐怖すら覚えた。

（死は仕方ないが、目的を果たさずに犬死にすることだけは神山の名にかけてできぬ。恐れてばかりもいられない）

今は氏神を探すよりも札の文字を明らかにすることが第一。藤祐はその足で於杏を伴い、岐阜に向かった。勿論、翌日、伊兵衛と顔を合わす気などは毛頭ない。九条に呼び出して岐阜に寄らせないための偽装であった。

四

翌日、藤祐は美濃の岐阜に達した。

岐阜は尾張の国境にほど近く、北東部に聳える金華山（標高約三二九メートル）の山頂に天主閣を置き、かつて井ノ口と呼ばれた西の麓には勇壮な御殿が築かれている。この両方が岐阜城であり、土岐氏、齋藤氏に続いて織田信長が支配するようになり、稲葉山から岐阜と改めて居城とした。

城は北の長良川と南を流れる支流の荒田川を自然の外堀とし、さらに土塁と石垣、空堀に守られて難攻不落と崇められた。

「信長が天下布武を決意したのも頷けますね」

西の麓から金華山を見上げ、於杏がもらす。

「そうじゃの。その城にこれから潜る。気を引き締めぬとな」

城は秀吉との戦に備え、西や南の土塁を強化する普請を行っていた。

藤祐と於杏は百姓夫婦を装い、朝一番で籠に大根や里芋、蓮根などを多く入れて城門を潜る。冬の野菜は貴重品。簡単に城に入ることができた。

勝手口に廻れと言われたので北側に向かう。

「台所に持って行け」

言われるままに二人は台所に行き、籠を端に置いた。

「あとは手筈どおり」

打ち合わせどおり、藤祐は納戸から天井に潜り、於杏は女中の格好をする。何度も女中として城に潜っているので馴れたものである。

「そなたは？」

年増の女子が問う。

「高田雅楽助様のご紹介で本日より、奉公に上がりました稲と申します」

高田雅楽助は神戸四百八十人の大将の一人である。

「左様か。新米は掃除じゃ。全ての廊下を磨け。塵一つ残すな」

「承知致しました」

於杏は喜んで奥の務めに従事した。

連日、重臣たちが登城し、主殿で信孝を中心に評議が行われている。居間や寝室は空なので、藤祐らにとって幸運である。

藤祐と於杏は手分けして次々に空いている部屋に入り、慎重に札を探した。

期待とは裏腹に、まる一日を要したが、札は見つからなかった。夕刻、二人は北側の厠の後ろで落ち合った。

「成果は？」

藤祐の問いに於杏は首を振る。

「されば、山頂の天主閣やもしれぬ。今少し時を待って探るとしよう」

二人は籠に隠した忍び装束を手に山の中腹まで進み、着替えた。さらに木陰で夜風を避け、飢渇丸で腹を満たした。これは人参、蕎麦粉、小麦粉、耳草、鳩麦、山芋を酒で煮詰めて固めたもの。指の第一関節大のものを一食に三丸服すれば、心労することなしと言われる優れ物の携帯食である。

山なので所々に湧水が出ている。お陰で喉を潤わせることができた。

「行くぞ」

亥ノ刻（午後十時頃）を過ぎたので、二人は山頂を目指す。天主閣への道は北を除く三方ある。東側は険しくあまり使用されないので、東路を進む。

高所の好きな信長は、よく山頂の天主閣に登り、あるいは暮らしたとされているが、本来は城の象徴であり、戦時の櫓の役割が第一となる。一応、生活できるようにはなっているが、やはり山頂は不便なので、信長以降の城主は麓の天主御殿で暮らしていたため、守兵はそれほど多くはなかった。

周囲に気を配りながら山道を登る。山鳩などには警戒され、鳴き声が止まったりするものの、人に見られさえしなければ気配を殺すことはできる。

山頂に近づくと縄が張り巡らされ、鳴子がぶら下げられているが、二人はこれに触れずに潜り、または跨いで進む。半刻とかからず天主閣のすぐ下に達した。

三段の石垣の上に天主閣は築かれている。東西六間七尺（約一二メートル）、南北六間一尺（約一一メートル）の規模で四階構造となっている。一階から三階までは格子窓で、最上階のみ観音開きの窓が備えられ、廻縁に出られるようになっていた。

忍びにとって石垣を登ることは、さして難しいことではないが、半町ほど南方に台所ともなる太鼓櫓があるので、守兵に露見しないようにする必要があった。

「北から行く。そちは監視じゃ」

梅次の二の舞いは避けねばならない。藤祐は於杏を下に残し、自身は石垣を登りだした。

石垣の目は粗いので、熊手などは必要ない。隙間に指をかけ、足のつま先を入れて守宮のように登っていく。わずか三百を数えるほどで石垣の上に到達した。その位置で周囲を窺い、見上げるが、気づかれた様子はない。

下の於杏を見ても、問題はないと、両手で丸印を作っていた。

（大丈夫だな）

確認した藤祐は建物の部分を登りだした。熊手をつけているので平らな部分でも難無く登れる。時折、格子窓に足をかけ、一階部分の屋根に上がったので、あとは一安心。瓦の音をたてぬようにするだけ。四半刻とかからず最上部の欄干に手をかけた。冬ということもあり、寒いので廻縁に人はいない。一刻に一度、南北の窓を開けて周囲を監視する程度であった。

藤祐は廻縁に上がり、窓を開けようとするが開かない。風で扉が揺れぬように閂がかけられているようだった。

(開くのを待つしかないの)

細い鋸は襟に仕込ませているので、いつでも差し込んで閂を切断できる状態にはあるが、中に守兵がいるので、切断するわけにはいかなかった。

(中に何人いようか)

確認する暇がなかったので不安が残る。

(一人ずつ順番に眠らせることはできまい。さすれば)

事を荒立てずに探るのが忍びの生業であるが、叶わない場合もある。

(こたびは強引に行くか。されど、いずれの階にあるのか。はたや、ここにもないのか)

藤祐の勘では最上階にあると思っているが、なければ下の階に下りていかねばならない。

(数人を倒すことはできようが、音をたてずに全員というのは難しい。さすれば下の階の者とも争いとなる。全てを倒している間に、後詰が来れば逃れるしかなくな

る。いかがするか。まずは)

藤祐は棒手裏剣に紐を巻き、於杏の近くに抛った。鷲忍の術の合図だ。於杏が拾うのを確認したのちに、窓の上となる最上階の屋根の上に上がった。より寒風が身に当たり体温を奪ってくる。時が経てば血流が悪くなって体が動かなくなる。中の守兵が周囲の監視を怠って窓を開閉しなければ、計画を中止しなければならない。

そんなことを思っていると、閂を外す音がした。

(好機)

藤祐は立ち上がり、瓦と軒の間につま先をかけた。

扉が観音開きに開けられた瞬間、藤祐はつま先を軸に振り子のように窓に向かい、兵の顔を殴打した。

「ぐあっ」

いきなり殴られ、兵は鼻から血を噴いて床に転がった。

「なっ」

突然のことに兵は驚愕している。数は殴られた者を含めて五人。皆、刀を抱いて居眠りしていたらしく、おっとり刀で立ち上がる。

その間に藤祐は最上階の中を見廻した。

(ない！　くそっ)

藤祐は倒れた男の大刀を抜き、眠気眼(ねむけまなこ)の兵たちを、八つ当たりも兼ねて峰で殴打した。戦う準備ができていないので、五人を気絶させるのは容易(たやす)いことであった。

「いかがした？」

登るのが面倒なのか、下の階を守る兵が階段のところで上の階の兵に問う。

藤祐は答えず、懐から煙玉を取り出して下の階に投げつけた。途端に煙が広がり、上の階にも昇ってきた。

「賊じゃ。上におる。宝を、殿が伴天連(ばてれん)から賜わった〈あれ〉を持ち出せ」

煙の中で藤祐は叫び、少し階段を下りて、さらに二階から三階に上る階段に煙玉を投げつけた。これも炸裂して煙が拡散された。

「火が出たぞ。下から持ち出せ」

再び藤祐が叫ぶと、呼応するように兵たちも叫ぶ。

「殿の箱を持ち出せ」

二階か三階にはあったようである。

(細工は流々、仕上げを御覧(ごろう)じろ)

念のために藤祐は、もう一つ煙玉を投げて、箱を持つ兵を天主閣からいぶり出す。

これも二人一組で行う鷲忍の術の一つである。

「賊が何人もおるが、煙で見えん」

藤祐は叫びながら三階に下り、動く者を容赦なく刀の峰で打ち据えた。

(於杏、頼むぞ)

暴れながら藤祐は期待した。

藤祐に追い立てられ、数人の兵が一階から外に出てきた。そのうちの一人が黒い漆塗の箱を持っていた。

(あれだ)

角に隠れていた於杏はそっと背後から近づき、箱を奪い取った。

「なに!?」

闇の中でまさか横取りされるとは思っていなかったようである。

「賊じゃ」

兵が驚いている間に於杏は険しい東路を下っていく。兵たちはばたばたと追いだすが、すばしっこい於杏には追いつかない。

「挟み撃ちにしろ」

兵の一人が命じ、二人と三人に分かれた。二人は南西から於杏を目指す。

「そうはさせるか」

最上階から外に出た藤祐は、背後から手裏剣を足に投げて負傷させる。

「ぐあっ」

兵はもんどり打って転がった。

「寝ておれ」

藤祐は刀で後頭部を殴打して気絶させた。そうして残りの兵を一人ずつ倒し、麓で於杏に追いついた。

「箱の中は？」

問うと、於杏は開ける。紙に札が包まれていた。

「〈ゑ゙〉です」

於杏が胴の火で札の文字を確認した。

「左様か」

探ることができて、藤祐は安堵した。

「札はいかがしますか」

「文字が判ればよい。兵に返そう。さすれば彼奴らも責を負わされまい」

藤祐は気絶した兵の横に札の入った漆箱を置き、岐阜を後にした。

第五章　忍報交換

一

藤祐と於杏が岐阜城を探っていた頃、杉蔵は清原枝賢の屋敷に潜っていた。といっても忍び込んだのではなく、弟子入りをして許されたので、堂々と屋敷にいる。

清原枝賢は儒学の経典を暗記する明経道の家に生まれ、宮内卿と昇進し、天正九年（一五八一）には非参議ながら正三位に任じられている。その後、出家して残髪のまま道白と号している。

殿上人にありながら、清原枝賢は大和で修道士のロレンソの話を聞いて以来、洗礼こそは受けていないものの、キリスト教を信仰している。洗礼名を受けていないのは、儒教に携わる家に生まれたせいかもしれない。この年六十三歳であった。

清原家の屋敷の敷地は半町（約五五メートル）四方ほどで、それほど広くはない。儒学は大化の改新で蘇我氏の力が衰えたことにより、なかなか世に広まらなかったからかもしれない。儒学が浸透するのは江戸の世を待たねばならない。

弟子の仕事はほぼ雑用である。清原枝賢は武将や公家衆との交流が盛んで来客も多く、また、それぞれの屋敷どころか、御所に招かれて講義を行った。

弟子たちも十数名いる。清原枝賢が弟子に教授をするのは月に二、三度で、だいたいは屋敷にある書物を読んで独学しているようなもの。あるいは、新参の弟子が古株の弟子に教えを乞うのが普通であった。

清原家の弟子は全員通いであるが、当番制で二人が泊まりで書庫の番をする。日本に二冊とない隋の書籍なども所蔵しているので重要な役目である。信用できる者にしか任せられない。信用されるまでに三ヵ月を要し、ついに杉蔵が夜番をする日となった。

（これで、札の文字を探れる）

杉蔵は喜び勇んだ。

通常、弟子たちは十二畳ほどの板の間で学んでいる。数人には文机があり、新参などは床に紙を敷いて写したりしている。

「今宵、夜番をご一緒させて戴きます」

杉蔵は同じ夜番をする山中吉之助に挨拶をした。浅井旧臣で三十歳ぐらい。杉蔵より二ヵ月ほど早く清原枝賢の弟子になったと聞く。割れ顎の男であった。

「こちらこそ」

物腰の柔らかい男である。

今は無禄なので、儒学をもって仕官したいと周囲にもらしているというが、そのわりに、吉之助は何日か連続で休んだりする。そのせいか、あまり学問も進んでおらず、夜番も杉蔵と同じぐらいの時期まで延びたという。

夜番をして初めて弟子と認められると兄弟子たちが言っていた。

杉蔵はとりあえず毎日顔を出していた。

(此奴、かつては武士であったゆえ腕も太く、胸が厚くても不思議ではないが、口と行動が伴わぬ。あるいは、儂と同じ生業の者やもしれぬの)

杉蔵は吉之助を怪しんでいた。

陽が落ち、ほかの弟子たちは帰宅の途に就いた。

夕食は出るが、用意するのも弟子たちの役目である。杉蔵と吉之助は飯を炊き、鰯を焼き、味噌の煮物を作り、香の物を添えて出した。天皇に教授できる学者にも拘わらず、食事は諸将や公家に比べれば質素なものであった。

杉蔵らは勝手口で食事をすませ、後片づけをして夜番に就く。監視する場所は清原枝賢の書斎と書庫。弟子たちが学ぶ広間は交代で仮眠をとる場所であった。

夜番は酉ノ下刻（午後七時頃）から翌朝の寅ノ下刻（午前五時頃）の五刻（約十時間）であった。

「されば、先に入った儂が子ノ刻（午前零時頃）まで見張るゆえ、その後を頼む」

吉之助が告げる。何度見ても印象的な割れ顎である。

「承知致しました。されば、某は先に仮眠をとらせていただきます」

学問の出来、不出来に拘わらず、一日でも先に入門すれば兄弟子ということになる。兄弟子の言うことには逆らえない。杉蔵は応じて広間に入った。書庫は東隣、書斎はさらに東ということになる。清原枝賢が暮らす居住空間は西にあった。

（彼奴は早々に書斎を探っているのであろうな。彼奴はおそらく多羅尾衆。徳川に仕える者か、あるいは羽柴か。よもや持ち出すことはあるまいの）

書斎の文机の上に漆塗の箱があった。おそらく、その箱に札が入っていると思われる。

（されど、もし、別の場所であったら、彼奴は清原の居間や寝所に向かおう。その

時、清原に気づかれれば探ることは難しくなる。されば、儂が先に清原の居間を探っておくか。寝ている場合ではないの)

杉蔵は文机を二つ並べて、その上に夜具をかけて、部屋にいるように装ったのちに、そっと広間を抜けて西に向かう。学問所と居住空間を繋ぐ縁側に仕切る戸がある。縁側には雨戸が閉められているので、そこから入るには雨戸を外さねばならない。

(確か戸の向こうに鈴がつけられていたの)

清原枝賢は生活を脅かされることを嫌う。また、家族といえども学問のことに口出しされることを嫌う。慎重でもあった。

(鈴を鳴らさずに戸を開けるのは至難の業じゃの)

杉蔵は戸に手をかけようとした。

「いずこに行く?」

背後から声をかけられた。吉之助である。

(露見したか。いかがする? ここでやるか。いや、敵が得物を持っていたら。持っていると思ったほうがよかろうの)

杉蔵は体の動きを止め、即座に振り向けるようにした。

「ちと、厠に」

「厠はそっちではなかろう」

明らかに夕餉後とは異なり、一音低い声であった。

「動くな。振り向きざまに投げようという魂胆であろう。見え見えじゃ」

案の定、見すかされていた。

(おそらく儂の監視をしていたわけではあるまい。ということは書斎にはなかったということじゃの。それゆえ清原の居間に向かおうとして儂を見つけたというところか。逸ったの。今少し様子を見ていれば、立場が逆だったのに)

後悔したがすでに後の祭りであった。

「なんのことでしょうか」

杉蔵はあくまでも白を切る。

「そちは神山の者であろう。この家に札を探しにきた」

やはり気づかれていた。

(とは申せ、顔を知られた上で正体を晒すわけにもいくまい)

忍びは影の存在。自ら名乗るわけにはいかない。

(此奴、ここで儂を斬る気か? 左様なことをすれば、此奴は疑われる。よもや清

原まで斬る気か？　いや、御所にまで知られる者を斬れば、此奴の雇い主にまで累が及ぶゆえ、それはないか）

いつ斬られるか判らない恐怖が迫り上がる。

（敵が持つのは忍び刀。短いとはいえ薙ぐのは困難。突きは躱されやすい。とすれば袈裟斬りじゃな）

背を向けながら、杉蔵は身構えた。

「誰ぞと勘違いをなされているようです。厠に行きたいのですが、構いませぬか」

「動くなと申しておる。動けば深傷を負うことになろう」

「それは困ります。儒学ができなくなる。して、某はなにをすればいいのですか」

杉蔵は逆転の様子を窺った。

「あくまでも白を切るのは、汝の勝手。ここは呉越同舟といこうではないか」

「それは、いかなことで？」

背筋に冷たいものを感じながら杉蔵は問う。

「汝には騒ぎを起こしてもらう。その隙に儂は家主の部屋を探る」

先に清原枝賢の弟子になった吉之助は札の所在を探り当てていたらしく、決行の日を探っていたようであった。

「そ、某は使い捨ての駒ということですか？　某の利点は？」

驚忍の術か、と質問しそうになり、杉蔵は言葉を改めた。

「札の文字が判る」

「なるほど。某はいかにすれば」

「その気になったか。汝はその戸を勢いよく開けて居間に飛び込んで家主を誘い出せ。その間に儂は寝所に入り、札を読む」

声が籠っていた。覆面をつけたようである。

「承知」

言うや否や、杉蔵は勢いよく戸を開けた。途端に数個の鈴が鳴る中、杉蔵は床を蹴って居間に向かう。

「まだ、は」

早い、とでも言おうとしたのか、吉之助は言いかけたまま杉蔵を追う。

杉蔵は縁側を駆け、居間に飛び込むや、襖を開け、寝所に転がり込んだ。清原枝賢は夫婦で夜の敷き物を並べて寝ていた。

「な、なっ」

物音とともに枕許に人が現れ、清原枝賢夫婦は驚愕している。

杉蔵は即座に文机の上の漆塗の箱を開け、胴の火で照らした。

札には〈ろ〉と記されていた。

そこへ吉之助が駆け付けた。

「其奴(そやつ)は賊でございます」

先を越された吉之助は慌てて清原枝賢に告げる。だが、その姿は覆面をしている。

誰がどう見ても、見た目が賊なのは吉之助であった。

「あの者こそ、札を奪いに来た賊です。これを」

杉蔵は札を清原枝賢に渡し、居間に転がった。

吉之助は清原枝賢から札を奪うか、杉蔵を追うか躊躇(ちゅうちょ)している。

その間に杉蔵は雨戸を蹴り倒して庭に出ると、一目散に屋敷を出た。

（彼奴のお陰で、思いのほか簡単に探れたの。されど、当分の間、変装しなければ都を歩くことはできぬな）

寒風が吹き抜けるが、杉蔵の心は温かかった。

おそらく吉之助、いわゆる梟雄(けりお)は清原枝賢から札を奪い取り、文字を読んだに違いない。こちらも枝賢に顔を見られているので変装が必要になるであろう。

二

杉蔵が清原屋敷を探っている頃、竹雄は於杏に変わり暦を司る陰陽頭の賀茂在昌のところに潜っていた。

賀茂家は素戔嗚尊を祖とし、延喜年間（九〇一〜九二三）の頃から暦・天文博士、を賜り、子孫はほぼ、そのいずれかの役を受けて朝廷に仕えてきた。陰陽の土御門家に対し、暦・天文の賀茂家と言われている。

だが、都によるイエズス会の布教により、賀茂家当主・在富の嫡男の在昌がキリスト教に入信してしまった。洗礼名をマノエルという。

伝統的な日本の暦・天文を司る陰陽頭の賀茂在富としては実子がキリシタンになったことは許せず、激昂のままに勘当した。

失意に暮れると思いきや、在昌は念願が叶ったりと、伊予を経由して豊後に赴き、宣教師の布教活動を手伝いつつ、西洋の天文学を学んでいた。

その後、在富が死去したので在昌は朝廷に呼び戻され、宮廷への奉仕を申しつけられるようになった。

賀茂屋敷は上京の勘解由小路にある。竹雄は同家の屋根裏に潜んでいた。

（於桑からの報せでは、石田佐吉なる羽柴の奉行が来るとのこと。用件は札に違いないと）

竹雄は賀茂在昌の居間の天井に幾つかの穴を開けていた。竹雄は逸る気持を抑えるのに必死だ。

辰ノ刻（午前八時頃）、石田佐吉は数人の供を連れて現れた。

石田佐吉は近江の坂田郡石田村の出身で、近くの観音寺で手習いをしていた時、新たな領主となった秀吉が鷹狩りの帰りに立ち寄って顔を合わせた。この時、佐吉は三献の茶を出してもてなして秀吉に気に入られた。

三献の茶とは、最初は微温い茶を茶碗いっぱいに。二杯目は、ほどよい温度の茶を茶碗の半分。三杯目は熱い茶を少々。これが、一番、喉の渇きがとれるとのこと。佐吉は算術にも明るく筆も立つので、秀吉は側から放さないという。身は細く、才槌頭で怜悧そうな顔をしていた。この年二十三歳になる。

二人は六畳間の居間で顔を合わせた。佐吉は下座に座している。

「こたびはお会いさせて戴いたことを感謝致します」

佐吉は恭しく挨拶をした。主の秀吉は信長の仇討ちをしたとはいえ、官位は従五位下の左近衛権少将で筑前守。在昌は従五位上なので高圧的には出られなかった。

「重畳」

「賀茂殿は信長公の無理難題を押し退けたとか。我が主は感服しております」

阿諛を口にしない男が慣れないことを言う。

「ああ、暦の件か。都の暦を関東(三島暦)にせんなどと、阿呆なこと抜かすさかい、天罰が当たったんやろな」

賀茂在昌は信長が好きではなかったようである。

信長はこの正月二十九日、賀茂在昌を安土に呼び寄せ、京暦と三島暦の正統性を対決させた。ただ、結果は出ず、二月三日から五日まで近衛前久邸や村井春長軒邸にて協議は続けられた。

業を煮やした信長は六月一日、京暦から三島暦への変更を要求した。この時、先に反対した近衛前久や薬師の曲直瀬道三などは排除しての再挑戦であった。

結論が出る前に信長は惟任光秀の襲撃を受けてこの世を去った。

「残念なことです。我が主は京暦のままでいいと申しております」

「左様か。麿は変えたほうがええと思うておる。南蛮暦にの」

「なんと!」

俊英と言われる佐吉にしても、賀茂家の陰陽頭が西洋暦を推すとは思っていなかったようである。

(左様なことはどうでもいいから、早う札の話をしろ)

竹雄はいらつきながら、二人の会話を聞いていた。

「今、都で使う京暦は、月の満ち欠けに合わせて作られておる。月初めは新月で暗く、毎月十五日は満月で明るい。ほな、今の京暦やと、一年は何日になる?」

「その年によって異なると思われます。大の月(三十日)と小の月(二十九日)が六度ずつゆえ、だいたい三百五十四日かと」

「左様。おまはん、これがなにか判るか」

賀茂在昌は文机の上にある地球儀を指して問う。

「確か地球を模した物と聞いております」

「よろし。麿らの住む地球は丸くて、御天道さんの周りを一年かけて廻っておる。ほやけど、一年は三百六十五日とだいたい三刻弱や」

賀茂在昌は左手を太陽に見立て、右手を地球に見立て、周回する形を示す。

「左様でござるか」

「今で言う大の月を一、三、五、七、八、十、十二月とし、他を小の月とするが、二月を二十八日と数える。先に申した端数のずれを四年に一度、二月を二十九日にして修正する。これを閏年と申すのや」

「日本では閏月を入れてますな」

「そや。そやさかい、一年が十三月になったり、梅が咲く温い正月を迎えたりする。閏月を入れる時期を決めるんは、御上から任じられた天文博士の考え次第というわけや。そやから毎年、一年の長さが違う。命日なども毎年、違う日に拝んでおるんや。間抜けな話やろ？」

賀茂在昌は蔑むように言う。

「深い話でございますな」

「まだや。おまはんも時計いうもんを知ってるやろう？　刻限を細かく示すものや。フロイス司祭は信長はんに献上してはる」

永禄十二年（一五六九）、信長はルイス・フロイスから時計を献上されているが、壊れたら直すことができないので維持することは難しいと、受け取らなかった。

「時計がいかに？」

「きっちり三刻、南蛮の刻割で六時間ならば問題はない。ほやけど、僅かにずれがある。南蛮の時間で五時間四十八分四十六秒。三刻に十一分十四秒足りん。判りやすく申せば、四半刻の三分の一ぐらいや。これを修正せなあかん」

「いかがするのです？」

「百年ごとに来る閏年から閏月を無くし、四百年目に来る閏年は数える」

「気の長い話でございますな」

「左様。これを今年、変更した。南蛮では暦が変わる」

日本の旧暦で九月十八日は西洋ではユリウス暦の十月四日。その翌日の九月十九日は、西洋でグレゴリウス暦となり、十月十五日に修正された。以後、これが続く。

「されば、なくなった十一日間はいかがするのですか」

「正された。今までの暦が間違っていただけのこと。無くなったんや」

「日本では考えられませんな」

佐吉はあまり興味なさそうである。

「そやの。そやさかい、信長はんが推した関東の暦も、他の者が譲らん京暦も、どっちでも同じこと。変えるならば、秋まで待って新たな南蛮の暦にしたらええと申したまでのこと。まあ都の者は変えたくないやろうが」

「そうですな。ところで、こたび、参らせていただいたのは、先に報せたとおり、札をお借りするためにござる」

佐吉の声が少し低くなった。

(ようやくか)

怠れた竹雄の体にも芯が通る。

「司祭様からの贈り物や、貸すとは言うとらんで」

「左様ですか。されば、拝見させていただきたい」

否とは言わさぬ口調で佐吉は頼む。

「ここで見るならよろし」

佐吉の勢いに押されてか、賀茂在昌は文机の引き出しの中から紙に包まれた物を出し、包装を解いた。

瞬時に竹雄は懐から遠眼鏡を取り出した。ただ、これは望遠鏡ではなく近眼用の眼鏡のこと。フランシスコ・ザビエルによって眼鏡は日本に伝えられている。

竹雄は賀茂在昌が座す真上の穴から、遠眼鏡を使って覗き込んだ。

(〈ゐ、、〉か。〈、〉が二つじゃな)

遠目の利く竹雄なので、十分に見ることができた。

「なるほど、写させていただきます」

佐吉は懐から筆を取り出し、紙に札の文字を写した。

用件をすましたので竹雄は賀茂屋敷を出た。

すると、塀の角に於桑がいた。

「なにゆえ、そちがここにおる？」

少々違和感を覚えながら竹雄は問う。

「石田が賀茂のところに行くことを、あんたに教えたのはわたしだからね」

周囲を気にしながらも於桑は、当たり前だといった表情で言う。

「儂では信用できぬのか」

「そんなことはないけど、とにかく油断はできない。あの石田って武士はまだ若いんだけど、羽柴家きっての切れ者と言われているからね。急襲を受けたり、札を盗み出させたりしないように、事前に忍びを放つぐらいのことはするからね」

「左様か。して、そちの役目は儂の後詰か？」

信用されていないのかと、竹雄はやや落胆しながら聞く。

「そんなところさ。それより、あんたが、早々に屋敷を出たってことは、札の文字を摑んだんだね」

於桑の妖しい目が輝く。

「ああ、摑んだ」

「教えてよ」

前のめりになって於桑は尋ねる。

「城に戻れば、石田が主に報告するゆえ、そちの耳にも届くのではないか」

「少しでも早く知りたい。判ってるだろう」

「於杏(おあん)への対抗か」

口の端を上げて竹雄が言う。

「仕方ないだろう。城に縛りつけられてるんだから。あんたが摑めた札の文字、わたしが石田のことを教えたからだよ」

於桑は不満そうに愚痴をもらす。

「そうだったの。札の文字は〈ゐ、、〉だった」

「へえ〈、〉が二つか。なにを意味してるんだろうね」

首を傾(かし)げた於桑は思い起こす。

「頭が〈ち〉、織田の次男が〈ろ〉、妹(お市)が〈ゑ〉、蒲生が〈た〉、高山が〈ゐ、〉清原が〈ろ、〉、賀茂が〈ゐ、、〉。地名にも名前にも、文章にもならない。まったく判らないね」

首を傾げる於桑の言葉に竹雄は頷いた。

「まあ、全部出揃えば、判るのであろうな。ところでそっちはどうなのじゃ、羽柴の札は？」

「警戒が厳しくてね。まあ、隙を見て探るよ」

言うや於桑は竹雄の前から立ち去った。くびれた腰とまるみのある尻の後ろ姿が艶やかな於桑であった。

ほどなく石田佐吉も賀茂屋敷を出た。

因みに賀茂家の者は代々、従二位以上の位を賜っているが、在昌はキリシタンということでか、この時は従五位上。死去する時に至っても、従四位下と位は低いままであった。旧体制を否定した以上、厚遇されなかったのか、あるいは秀吉に札を差し出さなかったので、冷遇されたのかもしれない。

三

堺にいる松吉は天王寺屋に張り付いているが、これまで大きな動きはなかった。

そこで、キリシタンが札を渡したとされる茶人の千宗易に的を絞ることにした。

千宗易は茶人であり、堺の有力な会合衆の一人である。その屋号は魚屋という。魚屋とは魚の商いをしているわけではなく、納屋（倉庫）貸業を本業としている。日本国中の船のみならず、海外からの船も入港するので品を一時保管する必要がある。納屋貸業は非常に儲かった。魚屋は大小路通沿いの今市町（現・宿院西一丁目）にある。

屋敷は一町四方ほどあり、海側に納屋がある。

通りは人で賑わっているので、目立ちにくい。木を隠すならば森の中の喩えに従い、松吉は白昼道々、裏庭から忍び込み、茂みから様子を窺った。

（大丈夫そうじゃの）

四半刻（約三十分）ほど様子を見るが、城のように監視の兵がうろついたりはしないので、気は楽である。松吉は縁側から空いている部屋に入り込み、即座に納戸に潜り、天井裏に上がった。

（あとは、一つずつ探るだけじゃ）

千宗易は常に茶事に係わっているわけではない。本業である納屋貸業に従事している。使用人は表の店と裏の納屋を往復し、宗易は帳簿や受け渡し書に目を通し、花押を記し、判子を押して裁決しているので空いている部屋が幾つかある。松吉はこれを順番に調べ、残りは宗易自身が座している居間だけというところまで来た。

（あの机と箪笥じゃの）

天井に小さく開けた穴から部屋を覗き、松吉は宗易が部屋から動くのを待った。

（それにしても、宗易はようも気難しい信長に気にいられたものじゃ）

それは感心する。皆は信長を恐れていたが、宗易は友人のように接していたという。独裁的な政治思想を持つ信長に対し、独自の茶道を目指す宗易とは何か波長が合致したのかもしれない。のちに千利休（せんのりきゅう）と改名して茶道の確立をする人物である。

仕事の最中、使用人の一人が部屋の外から声をかける。

「申し上げます。お客様がお見えになられました」

「左様か。離れの茶室にご案内致せ」

命じた宗易は帳簿を畳むと、身なりを正して部屋を出ていった。

（好機）

松吉は即座に宗易がいなくなった部屋に降り立ち、文机の引き出しを開ける。

（ない。が）

鍵が入っている。三尺（約九〇センチ）高の箪笥には鍵のかかるところがある。

松吉は鍵を箪笥の鍵穴に差し込んで廻した。引き出しを引くと桐の木箱が入れられている。蓋を開けた。

（あった！）

札には〈い〉と記されていた。

（かように簡単に見つかるならば、今少し早くきておればよかったの）

歓喜に浸る松吉であるが、気負ってきたので肩透かしを食った感がある。さらに別の思案が浮かぶ。

（宗易の客。身なりを正して離れの茶室に通す客。よもや天王寺屋ではあるまいか。そうだった場合、屏風に辿り着けるやもしれぬ）

まさに一石二鳥。松吉は札と鍵を元の位置に戻し、周囲を窺いながら部屋を出た。

離れの茶室は本宅から五間（約九メートル）ほど離れた北西の庭に建てられている。松吉は忍び足で近づいた。

茶室の屋根は萱葺（かやぶき）で土壁の草庵（そうあん）造り。北に勝手口があり、西に控えの間である四畳半の書院、その南に同じ間取りで次ノ間とする。

勝手口から東に茶道口と呼ばれる躙口（にじりぐち）があり、ここから中に入る。間取りは四畳半で、北に床の間、中央に囲炉裏（いろり）がある。師匠の武野紹鷗（たけのじょうおう）造りの名残（なご）りが色濃く残っていた。

茶室の屋根裏は狭いので、さすがに入るのは困難。松吉は縁の下に潜った。すると声が聞こえてくる。

「司祭はなんと仰せか」

声は躙口側からなので客のようである。

「布教に尽力していただければ、お返しは十分に。この世は持ちつ持たれつと」

反対側から聞こえるので宗易であろう。

(客はキリシタンか。儂らが接触した者か？　まだの者か)

松吉は耳に集中し、注意を深めた。

「羽柴筑前守は儂のことをいかに思うておられるか。信長と同じか？」

「羽柴殿は貴殿を疎ましくは思っておられぬ。今は一人でも味方が欲しい時。跪(ひざまず)けば家臣に加えられるものと存じます」

宗易は丁寧に勧める。

(武士でキリシタン。信長の敵であった者。離れの茶室を使うほどの相手。誰か)

想像を巡らせるが、松吉は思い浮かばなかった。

「跪くか。信長の家臣にの。まあ柴田も同じか」

「時勢を見るのは大事なこと。それに羽柴殿は人の心を摑むのが巧み。信長公よりも大きくなられますぞ。このまま世捨て人になるならば構いませぬが、武士として生きるならば、味方になるか、敵として羽柴殿に勝つしかありません」

「さもありなん。して、司祭は羽柴と柴田、いずれを支援する気か」

武士は世に出る気満々である。

（此奴は荒木か）

摂津・有岡（伊丹）城主の荒木村重は天正六年（一五七八）、石山本願寺や毛利輝元に与して信長に背いた。その後、信長に攻められ、村重は輝元に援軍を要請している間に城は落とされ、自身や家臣の妻子は虐殺された。村重は毛利氏に亡命し、尾道で隠遁しているという。村重は宗易の弟子であるが、キリシタンかどうかは定かではない。正室はダシと言われており、これが洗礼名という説があるのでキリスト教に深く係わったとされている。

「いずれにも加担しないものと思われます。されど、司祭は人伝に惟任日向守の肩を叩いたとか。これによって信長公は本能寺で亡くなられました。羽柴殿の麾下には何人もの信者がおられます。肩を叩けば死しても天国に行けると勇みましょう。また、柴田殿の麾下が離反することもあるのではないでしょうか」

「司祭が羽柴を勝たせると申しているようなものではないか」

「手前はなにも。聞いた話をお伝えしているに過ぎません」

　さすがに宗易は商人。災いが身に及ばないようにしている。

「そういうことにしておこう。ところで、以前、ローマに贈ったという安土の屏風。実は偽物で、本物は堺の商人が持っているという噂じゃが、真実なのか？」

　会話を聞き、松吉の体に衝撃が走った。

「噂にございましょう」

「左様か？　なんでも纏めておくと力ある者に奪われるゆえ分散し、屏風の代わりに引き換えの札を配ったとか」

「随分と面倒なことをなさいますな」

　宗易は恍けた口調で言う。

「危険を避けるためであろう。異国人とも渡り合うだけのことはある。海千山千の堺の商人じゃ」

「あなた様は、その商人をうまく使おうとする。敵いませんな。まあ、それでも柴田殿との戦の前に旗の色は決めておかれていたほうがいいかと思います。おそらく決めてはいるが、どのように接するかを悩まれているのやもしれませんが」

「さすが宗易殿。よき思案はあろうか」

武士は秀吉に臣下の礼を取る気のようである。

(此奴は誰なんじゃ、早う名を申せ)

松吉は苛立った。

「茶器などを贈られるのが一番かと存じます」

「そなたの得意分野じゃな。なにか、よき物を揃えてくれ。礼はする」

「承知致しました」

商談が成立したので、心持ち、宗易の声は満足そうに聞こえた。

本来、茶会は茶ののちに酒宴となるものであるが、客は本宅に留まらず、宗易の屋敷を出た。

松吉は塀の角から顔を見ようとしたが、後ろ姿しか見えなかった。

(しかも頭巾。剃髪しているのか)

ますます判らない。

(なに、まあそうか。武士ゆえの)

家臣と思しき者が二人、周囲を窺いながら脇を固めた。駕籠が用意されており、武士が中に乗り込むと、南へ移動した。十町ほども進むと見られているような違和感を覚えた。

（あの二人のほかに警護がいるのか。しかも我らのような者が。怪しいの）

松吉は疑念を深めながら、距離をとってついて行く。

中心地から半里（約二キロ）ほども進み、石津川を越えると田園地帯が広がる。

さらに十町ほども行くと茂みがあり、一行はそこに消えていった。

半刻ほどして松吉は近づいた。茂みの中に福応寺という名の寺があった。

（僧侶には見えなかったが。今、行くか。いや、監視の者がいた）

松吉は夜を待つことにした。

夕餉も終わり、そろそろ寝床に入ろうとする戌ノ下刻（午後九時頃）、松吉は山門を潜り、本堂に向かう。寺の敷地は約一町四方。この辺りでは大きいほうの寺である。寒風も強い時期なので庫裡など全て雨戸が閉められている。

松吉は縁の下に潜り、四つん這いになりながら人の温もりを探す。寝静まっているのかと思いきや、会話が聞こえてきた。

（寺で晩酌か。罰当たりな族じゃ。部屋には三人、いや四人か）

じっとしていても、人は多少動くもの。わずかな音で松吉は判断した。どうやら一人は最近、大坂に戻ったらしい。

「前公方様は帰京する気は十分にございます。あとは羽柴次第でしょう」

前公方は室町十五代将軍・足利義昭のこと。

(確か前将軍は信長に追われ、備後の鞆にいると聞く。此奴らなに者じゃ)

「義昭を呼べば、風下に立たねばならぬ。羽柴は容易に義昭を受け入れまい」

昼間聞いた、少し籠った年輩の声である。

「いや、そうでもありません。羽柴は前公方様の養子になりたいと申してきたようにございます」

幾分若い声である。

「彼奴は征夷大将軍になるつもりか？　百姓の子が将軍に」

年輩の声は蔑むように言う。

「簡単にはいかぬかと存じますが、羽柴が柴田に勝てば実現するやもしれません。いずれかの覇者が応じなければ、前公方様は一生、鞆暮らしになりますので」

「一度、都の水を飲んだらほかの水は飲めぬ。それにしても、義昭を否定した我らが、義昭を利用しようとしているとはの」

「それも六角家の再興のためです。利用できるものはなんでも利用致しましょう」

若い声が告げる。

(此奴ら六角の親子か)

松吉は驚きを隠せない。会話の様子から六角承禎・義治親子のようである。

六角氏は宇多源氏佐々木氏の流れで由緒正しい家柄である。鎌倉時代から守護として南近江を支配し、同じ近江の京極氏、浅井氏のみならず、将軍家や三好氏、細川氏らとも争い、応仁以来の政変に係わった。

信長が足利義昭を奉じて上洛した時から争い、観音寺城を失ったのちも遊撃戦を展開して徹底抗戦を行った。信長が本能寺にあった時、紀伊の鷺ノ森に退いた本願寺や越前、越中の一向衆を誘い、戦いを挑もうとしていた。負けじ魂は壮烈なものである。

六角氏の配下には多くの甲賀衆があり、多羅尾衆や神山衆も含まれているので、松吉らにとっては旧主でもあった。

「義昭のほうから羽柴に接触しておるのか」

「前公方様の許にいる内藤如安と申す者が、羽柴の黒田（孝高）、小西（行長）と連絡をとりあっております。この者たちは入信しているかどうか定かではございませんが、おそらくキリシタンだと思われます」

「内藤の父は確か松永弾正（久秀）の弟であったの。兄を討ったやもしれぬ者の息子を近くに置くとは、義昭に自尊の心はないのか」

承禎は蔑んだ。

「前公方様も生き残りに必死なのだと存じます」

「司祭には会ったか」

「高槻で会いました。高山と昵懇です。そういえば、羽柴が安土山図屏風に関する札を集めているそうで、高山は献上したそうです」

「安土山図屏風か。宗易も持っていそうだったの」

思い出したように承禎は言う。

「宗易殿にはなんと？」

「適当な茶器を見繕っておくように頼んでおいた。茶器よりも屏風の札のほうがいいかもしれぬの」

「札のこと、司祭は知らぬと仰せでした。誰かが配ったのでしょう」

「おそらくは堺の商人じゃ。宗易か天王寺屋か、あるいは新たな力を持った宗久（今井）であろうよ」

「今から我らが集めるのは難しいのではないですか」

「新左衛門尉、難しいか」

承禎が問う。

新左衛門尉とは三雲成持のこと。三雲氏は甲賀二十一家の荘内家の流れで、甲賀五十三家には三雲新蔵人が登場する。成持は六角氏の重臣である。

（堺で儂を遠目に見ていたのは三雲衆か。厄介じゃの）

松吉は顔をこわばらせた。

「難しいのは難しいと思います。確か多羅尾の者どもと神山の者どもが探っていると聞いております。此奴らを捕らえれば、聞き出すことができるやもしれません。また、一族の万之助、施薬院が徳川の伊賀越えに合力し、その後仕官しておりますので、なにか摑めましょう」

「左様か。されば捕らえよ」

「承知致しました。多羅尾は人数が多いので、神山の者がいいかと存じます」

自信ありげに三雲成持は言う。

（随分と見下してくれたの、されど、今度は我らが狙われるのか）

そう思った時、松吉は僅かに動き、音を出してしまった。

「なに奴？　出会え！　曲者じゃ！」

三雲成持が大音声で叫んだ。

（まずい！）

即座に松吉は縁の下から這い出ると、退散にかかる。

追手が二人だが、逃げ足には自信がある。また、闇が姿を消してくれる。石津川を越えると、追い掛けてくる者はいなかった。

四

都に戻った松吉は、即座に緊急招集をかけてもらい、仔細を報告した。

「六角がねえ。逃げ足は早いようだね。確か信長が武田を攻めた時、六角は甲斐にいたんだろう」

松吉を見ながら於桑が言う。

甲斐の恵林寺の住職、快川紹喜国師は逃げ込んだ六角親子を密かに逃がし、行き先を織田信忠に教えなかったので、寺は焼き討ちにあった。この時、山門の櫓に閉じ込められた紹喜は猛火の中で「安禅必ずしも山水を須ひず、心頭滅却すれば火も自ずから涼し」という辞世を残したという。

「そのお陰で我らが三雲衆に狙われるようになったのか」

竹雄が言うと杉蔵が続く。

「虎穴に入らずんば虎子を得ずではなくなり、我らが虎子になったのじゃ」

「随分とごつい虎子だこと。それで、どうするつもりだい？」

戯れ言を口にした於桑は、改めて藤祐に問う。

「我らの生業、危険はつきものじゃ。恐れるばかりでは先に進まぬ。我が身が可愛いならば、国に帰って荒地を耕すしかない」

「神山の地を田畑に変えるのは簡単にはいかぬ。それゆえ我らは危険に身を晒しているのであろう」

松吉が口許を曲げながら言うと、皆は頷いた。

「まあ、松吉が探ったお陰で九つの文字が判った。残りは三枚じゃ」

藤祐が前向きに告げると、於桑が嚙みつく。

「三枚とは言うけど、残りは羽柴と徳川、それに豊後の大友だろう。はっきり言って無理なんじゃないかい。羽柴の居間や寝所になんか警戒が厳しくて潜れないよ」

「白旗を上げるのか」

杉蔵が批難する。

「だったら、あんたがやってみなよ。いつでも代わるよ」

「やめよ。せっかく侍女として潜れているのじゃ。今から代われば、また最初からしきり直さねばならぬ。於桑は引き続き、羽柴を探れ」

　藤祐が仲裁する。

「あいよ。それにしても〈ち〉、〈ろ〉、〈‥ゑ〉、〈ゑ〉、〈た〉、〈ゐ、〉、〈ろ、〉、〈ゐ、〉、に〈い〉かい。さっぱりだね」

　皆は黙り込む。

「残りは三枚で屏風に辿り着くのかのう。そもそも世は惟任の再起を望んでいようか」

　竹雄は首を捻る。

「惟任を望んでいなくとも屏風があれば我らの能力が高く評価され、仕官して安穏と暮らせるんじゃないのかい」

　於桑が前向きなことを口にすると、杉蔵が続く。

「そうじゃ。屏風を手にすれば、多羅尾に並び、多羅尾に取って代われる」

「そのとおり。儂の予想では羽柴、徳川以外のもう一枚。おそらく豊後には渡っておるまい。大友は薩摩(さつま)の島津(しまづ)や肥前(ひぜん)の龍造寺(りゅうぞうじ)に押され、とても天下など狙える状態ではない。おそらく都周辺で、まだ我らが探っておらぬキリシタンか、羽柴、徳川に次ぐ武将に渡っているに違いない。それを探るしかない」

藤祐が新たな提案をすると、心もち皆の表情が明るくなった。藤祐は続ける。

「三雲以外にも我らを狙ってくる者がいるやもしれぬ。危ういとなったらすぐに諦め、身を隠せ。都に留まることはない。一旦、神山に戻って出直すのも悪くはない」

梅次のことを思い出しながら藤祐は注意する。

「その上で引き続き松吉は天王寺屋、於桑は羽柴、竹雄は徳川、於杏は信者に扮して南蛮寺を探れ」

「儂は？」

杉蔵が指示を求める。

「松吉の話にあった羽柴の家臣の黒田、小西。杉蔵はいずれかに」

と言いかけたところで於桑が割り込む。

「確か京極（高次）もキリシタンだったね」

「京極は信長横死ののち、殿（光秀）の呼び掛けに応じて羽柴の城を攻めたの。その後はいずこにおるのじゃ？」

「確か羽柴の敵となる柴田のところに逃げ込んだって聞いたよ。危険を分散させるならば、羽柴の下にいる者より、敵に贈ったほうが分散しやすいんじゃないかい」

「さもありなん。柴田が勝つこともないとはいえぬゆえな。北ノ庄か。以前、越前に行ったのは梅次であったの」

「儂が行くしかないのか。この時期、越前は雪深くなっていような」

目許を顰めて杉蔵が言う。

「そうしてもらおう。但し、数日、都におれ。三雲や多羅尾の様子を見て、我らに危うきがないならば、北ノ庄に行ってもらう。では、身を大事にの」

藤祐は指示を出して集会を終わらせた。

因みに京極高次の母はマリアという洗礼名を持っているが、高次の洗礼名は伝わっていない。但しイエズス会の『一六〇一年度日本年報』には正室である於初が入信したことが記され、翌年の年報では高次の入信が報告されている。母や妻の影響もあって、高次もキリシタンなのかもしれない。

三雲衆のことがあるので、藤祐は杉蔵に松吉の補佐を命じた。

二人が天王寺屋の近くを張って三日目のこと。十数人の家臣に守られた輿が店の前に到着し、一人の武士が下りて来た。地味な平服で灰色の頭巾を冠っている。背は五尺五寸（約一六五センチ）ほどと高いほうで、年齢は三十代半ばを超えたところ。左足が不自由なようで杖をついていた。

（あれは、羽柴の懐刀と呼ばれる黒田官兵衛（かんべえ）〈孝高〉か）

物乞いの姿で張っていた松吉は、一町ほど離れた道端で草鞋（わらじ）を売る杉蔵と視線を合わせた。松吉が屋敷に潜り、杉蔵が支援する合図でもあった。

黒田孝高が店の暖簾（のれん）を潜ったのを確認すると、松吉は立ち上がり、屋敷の裏側に移動しようとした。

（むっ）

通りの南北に三人ずつ、松吉らを挟み込むようにして睨んでいた。

（三雲衆やもしれぬ。中止じゃな）

杉蔵と目で確認し、松吉は北に向かって歩み出す。挟み撃ちにされた時に脱する方法は、どちらかを強く叩き、その間に逃げるのが鉄則である。

松吉は途中で黒田家の家臣と擦れ違い、その隙に腰に差す刀の柄を握り、鞘から抜き放った。途端に白刃が陽の光で煌（きら）めいた。

「下郎（げろう）、人の刀を」

刀を奪われた長身の武士は激怒し、奪い返そうとする。刹那（せつな）、松吉は斬り払う。切っ先が僅かに袖の下を裂いた。

「おのれ！」

激昂した長身の武士は脇差を抜いて袈裟がけに斬りかかる。松吉はこれを躱して北に退く。杉蔵は残った。

「逃がすな！」

黒田家の家臣は半数近くの七人が松吉を追う。

松吉は三雲衆と思しき者に接近し、斬りつける。三人はなんなく躱した。

通りには多くの人が往来している。松吉は間を縫うように駆ける。

「退け！　退け」

黒田家の家臣は大声で叫びながら松吉の後を追う。三雲衆は周囲に人がいるので手裏剣を投げたりはできない。黒田家の家臣の後をつける程度だ。

前方に米俵を乗せた馬を引いている者がいた。

「わん、わん、わん」

松吉は梅次に教えられた犬の鳴き真似をすると、馬が動揺しはじめた。

(好機)

刹那、松吉は結ばれている米俵の藁紐を切ると、馬に飛び乗った。

「はーっ！」

刀の峰で馬尻を叩き、疾駆させる。鞍はないが、幸い手綱はついているのでなんとか扱える。

「泥棒！　馬泥棒！」

馬の飼い主が叫びながら追うが、離れる一方である。

松吉は三雲衆も黒田家の家臣もふり切った。

杉蔵はその場にじっとしていた。松吉が危うければ加勢するつもりだったが、うまく逃げ失せたので、あえて参加しなかった。

（南にいた三雲衆も松吉を追ったか）

松吉らを見ていた三人の姿が見えなかった。

（これも驚忍の術の一つじゃな）

立場が逆転し、松吉が囮となって黒田家の家臣の半分と、三雲衆を遠ざけてくれた。この機会を逃すわけにはいかない。杉蔵は荷物をそのままにして天王寺屋の西側に廻り、周囲を窺いながら塀を越えた。

（千家では離れの茶室が密談で使われたと言っていたの）

杉蔵は離れの茶室に向かう。本宅から七間（約一二・七メートル）ほど離れた北西の庭に茶室は建てられていた。

萱葺で土壁の草庵造りは千家と同じ。東に躙口、北に亭主が入る入口がある。主人が控える間が一畳、茶を出す囲炉裏のある客間が三畳という造りになっている。

(縁の下では話を聞けても札の文字を見ることはできぬ。都合よく文字を読んでくれるとは限らぬ。亭主口から覗くしかあるまい)

杉蔵は北に廻り、戸に手をかけ、静かに開ける。そこは空なので、天王寺屋宗及は客間にいるようである。杉蔵は周囲を窺い、亭主の控えの間に入って戸を閉めた。

途端に客間から声が聞こえてくる。杉蔵は戸に耳を近づけた。

「なにゆえ、この札を儂に?」

黒田孝高の声である。

「然るお方から、黒田様にお渡し願いたいと言われましたもので。手前はただの仲介にございます。まあ我らの生業は左様なものでございましょう」

宗及は薄ら恍けた口調で言う。

「我が殿(秀吉)ではなく儂に?」

「はい。黒田様にでございます」

「それは儂に早く入信しろという催促かな」

「まあ、そんなところでございましょう。羽柴様はいかがですか」

　これで、誰が指示したのか杉蔵は理解した。

（やはり伴天連が。商人は仲介。黒田は札を手にしているのか）

　どんと胸を叩かれたような衝撃が走った。早く見たい衝動にかられる。

「我が殿は女好きゆえ、側室を持つことを禁止するキリスト教に入信は致すまい。されど、南蛮との交易は大事にしたいとの仰せでござる」

　冷静に黒田孝高は告げる。

「それにしても、この札が屏風の一枚にと。天下に繋がる一枚にか」

　黒田孝高はなにか思うところがあるらしい。

（ちらりと見れば、それですむ）

　杉蔵は戸の隙間に爪をかけ、様子見で一寸の十分の一（約三ミリ）ほど開けた。

　この時、杉蔵は見ることができないが、客間で囲炉裏にかかる釜から上がる湯気が僅かに揺れた。

「誰かそこにいるのか」

　宗及が問う。その声に釣られてか、茶室の外に人の気配がした。

（札に囚われて、周りへの注意を怠ったの。かくなる上は致し方なし）

杉蔵は懐から懐刀を出して戸を開けた。向かって右となる亭主の席に宗及、左の客の席に黒田孝高が座していた。左手に札を持っている。杉蔵との距離は約一間ほどであった。

懐刀の鞘には一間ほどの細い紐がついている。杉蔵は鞘を投げると、黒田孝高の左手首に当たった。その途端に札が落ちた。文字は〈つ〉であった。

杉蔵は即座に紐を引いて回収した。木の戸を閉めるや棒手裏剣を取り出して、これみよがしに〈つ〉と傷つけ、さらに東側の壁の左下に小さく〈つ〉と刻む。

（松吉、万が一の時は頼むぞ）

予め、松吉と話し合ってのことである。

覚悟を決めた杉蔵は怪力を生かし、表の戸を蹴り破り、その戸を手にした。

周囲には黒田家の家臣が数人。さらにその背後には三雲衆がいた。

（罠(わな)にかかったのは儂か）

後悔するが、すでに手後れかもしれない。

（手に余るの。忍びは戦人に非ずじゃが、戦わねば、この危機を脱することができぬのが現実。行くか）

これまで闘争心を煽(あお)り立てることは殆(ほとん)どなかったが、今は燃え上がらせないと生き延びることができない。杉蔵は血を滾らせた。

「うおおーっ！」

忍びらしからぬ雄叫びを上げ、杉蔵は戸を振り廻しながら北の塀に向かう。具足を身に纏った戦場での戦いと、瞬時に始まる喧嘩に近い闘いでは勝手が違うのか、黒田家の家臣は遠巻きにして討ち取ろうとするが、なかなか近付けなかった。

そのうちに一人が袈裟がけに斬りつけてきたが、戸を両断することができず、刃が食い込んだまま抜けなくなった。杉蔵は戸を横に振りながら相手を蹴り、刀を奪った。今度は刀を振る。

戸を振り廻されるよりも戦いやすくなったのか、黒田家の家臣は三人が接近して斬りつける。杉蔵は躱すことに専念するが、三人ともなると躱しきれず、刀で受けなければならなかった。そのたびに金属音が響き、火花が散った。

一人を受け、一人を躱し、攻撃に転じようとするが、すぐに別の敵が斬りかかってくるので防戦一方である。数回、刀で弾いた時、まん中辺りで折れてしまった。戸に食い込んだ時、刃毀れしていたのかもしれない。

「ちっ！」

舌打ちした杉蔵は折れた刀を正面の敵に投げつけ、さらに煙玉を地面に叩きつけた。途端に小さな爆発を起こし、周囲が煙に包まれた。

杉蔵は即座に塀の上に手をかけて逃げようとしたところ、右太股の裏側に激痛を感じた。

なんとか塀を越えることができたものの、裏道に転がった。太股の裏を触るとべっとり血が手についた。

(くそっ、裏の筋を斬られたか)

すぐさま起き上がって地を蹴るが、思うように走れない。杉蔵は西の海側に向かう。そこを背後から弓で射られ、矢が背に刺さった。

「ぐっ」

さらに痛みが加わり、動きが鈍る。矢を受けても杉蔵は逃げる。背後から黒田家の家臣が近づく。その敵の足に手裏剣が刺さった。黒田家の家臣は転がる。さらに杉蔵との間で、新たな煙玉が炸裂した。

「松吉か、遅いぞ」

地獄で仏に会ったような心境で、杉蔵は口の端を上げた。

松吉が立て続けに煙玉を投げると黒田家の家臣の足が止まった。

「肩を」

走り寄った松吉は杉蔵に肩を貸して一緒に入る。

「黒田が受け取った札の文字は〈つ〉じゃ」

杉蔵は息が漏れるように話す。矢は肺に刺さったようで口からも出血している。

「ようやった。手柄じゃ。もう少しじゃ、ふんばれ」

「儂はもう無理じゃ。そちは早う逃げよ。必ず屏風を手にするのじゃ」

言うや杉蔵は松吉を突き飛ばして立ち止まる。懐から火薬玉を出した。

「止めよ！」

松吉の声が響く中、杉蔵は火薬玉を顔の近くに上げ、懐刀の鵐目金具で強く叩いた。刹那、爆発し、杉蔵の顔は吹っ飛んだ。

「くっ、戯け」

松吉は目に涙を溜めながら、湊のほうに疾駆した。

その後を三雲衆が追う。松吉は都には向かわず、神山に帰郷せざるをえなかった。

杉蔵のことが伝えられ、藤祐はひとまず神山に戻ることを伝えた。

第六章　屏風の隠し場所

一

神山にある藤祐の屋敷は沈痛な空気に包まれていた。

藤祐のほか、松吉、竹雄、於桑、於杏が囲炉裏を囲んでいた。

「梅次に続いて二人目だね」

俯いたまま於桑がぼそりともらす。

「申すな。申したとて生き返るわけでもない」

杉蔵の最期の姿でも思い出したのか、松吉は悔しげに言う。

「そうだけど、このまま続けるつもりかい？　あとは羽柴と徳川だよ」

「羽柴はそちの役目であろう」

「あんな厳重に守られているのに、探れるわけないだろう。わたしに死ねと言ってるのかい？」

叱責するように松吉は言い放つ。

於桑は強く言い返す。

「羽柴、徳川から探り出すのは困難。判っている文字も、なんのことだか判らん。もう終いにしたほうがいいのではないか」

竹雄は失意に暮れている。

「梅次、杉蔵の死を無駄にするのか」

松吉はむきになると、竹雄も返す。

「これ以上の犠牲を出してまで探る必要があるのか」

「一度、受けた仕事じゃ。遂げなければ我らの明日はない」

「命あっての物種。下知した日向守様はもうおらぬではないか」

竹雄の言葉に、藤祐さえ反論できなかった。

（確かに。これ以上、皆の命を危険に晒すわけにはいかぬ。されど、このままでは誰も神山衆を雇うことはあるまい。多羅尾の犬になって暮らすか。いや）

藤祐も揺れていた。

「前から思っていたんだけど、これって言葉遊びのようなものじゃないのかな」

これまで黙っていた於杏が口を開く。

「言葉遊びってなんだい？」

於桑が挑むように問う。

「頭が〈ち〉、織田の次男が〈ろ〉、三男が〈‥ゑ〉、妹（お市）が〈ゑ〉、蒲生が〈た〉、高山が〈ゐ、〉清原が〈ろ、〉、賀茂が〈ゐ、、〉、千が〈い〉。黒田が〈つ〉。このままではどう順番を入れ替えても地名にも名前にも文章にもならない。だけど」

於杏は冷えた炭を摑み、板壁に「いろは四十八文字」を書いた。

いろはにほへと　（色は匂へど
ちりぬるを　（散りぬるを）
わかよたれそ　（我が世誰そ）
つねならむ　（常ならむ）
うゐのおくやま　（有為の奥山）
けふこえて　（今日越えて）
あさきゆめみし　（浅き夢見じ）

ゑひもせすん　（酔いもせず）

「札に書いてあった文字の上を読む。それだけではなく、二つの点は濁る。下の〈、〉は二度目の文字。〈ゐ〉は〈う〉だが三度目の〈う〉となる。〈い〉の上はないから最後の文字に繫がって〈ん〉となれば場所に繫がる……」

神山佐渡の〈ち〉は〈と〉。

織田信雄の〈ろ〉は〈い〉。

織田信孝の〈‥ゑ〉は〈し〉だが、二つの〈‥〉があるから濁って〈じ〉。

お市御寮人の〈ゑ〉は〈し〉。

蒲生賦秀の〈た〉は〈よ〉。

高山右近の〈ゐ、〉は〈う〉だが、下の〈、〉は二つ目の〈う〉。

清原枝賢の〈ろ、〉は二つ目の〈い〉。

賀茂在昌の〈ゐ、、〉は三つ目の〈う〉。

千宗易の〈い〉は〈ん〉。

黒田孝高の〈つ〉は〈そ〉。

「……これを並べると、〈と、い、じ、し、よ、う、い、う、ん、そ〉となる」

於杏は続ける。

「これを並び替えると、〈とういじ、しょうそいん〉となる。残りの二つが〈‥れ〉則ち〈だ〉、さらに、〈ゐ〉則ち〈う〉ならば、〈とうだいじ、しょうそういん〉となる」

「東大寺、正倉院か！」

皆は目を見開き、声を揃えた。

「でかしたぞ於杏」

藤祐は笑みで称賛する。於杏は嬉しそうに含羞んだ。

「やはり若い女子は発想が柔らかいの」

松吉も褒める。

「なんだい、たまたま閃いただけだろう」

於桑は唇を尖らせて拗ねる。

「東大寺は大和の奈良か。なにゆえ東大寺なんじゃ？　キリシタンとはまったく無縁ではないのか？」

松吉が首を捻る。

「大和を治めるのは筒井（順慶）か。筒井は殿の寄騎でありながら日和見をして山崎の戦いに参じなかった返り忠が者じゃな」

恨みをあらわに藤祐は吐き捨てる。

「まったく関係ないから、隠しやすかったのかもしれないね。わたしたちも、羽柴も徳川も、多羅尾や三雲の連中も気づかなかったんだから」

於桑が言うと松吉が疑問を呈する。

「問題は、キリシタンがいかようにして正倉院に隠せたかじゃ。正倉院は東大寺の宝物殿。古の御上が造らせたものであろう。神の末裔とされる御上が耶蘇教を信仰なされるわけもあるまい」

東大寺は聖武天皇が建立した寺で、正倉院の建立時期は不明であるが、いずれも朝廷の下で監理されていた。

「キリシタンが隠したのではなく、誰ぞを使って隠させたのであろう」

竹雄が答えると、於桑が聞く。

「誰だい?」

「位は高くないが、キリシタンの公家と言えば、清原と賀茂であろうの。それゆえ、大した力もないのに、札を貰っていたのではないか。あとで天下人に高値で売るつもりではないのか」

顔を顰めながら松吉が言う。

「されば、直に御上に献上したほうが高位につけるのではないのかい」

於桑が首を捻る。

「朝廷内での位よりも、耶蘇の教えのほうが大事なのであろう。信長も耶蘇を恐れるわけじゃの」

松吉は自分の言葉に頷いた。

「して、頭はいかがする気か？」

竹雄の問いに皆の視線が藤祐に集まった。

「ここまで判ったのじゃ。探るしかあるまい。いや、探る」

藤祐は力強く答えた。

「正倉院の扉を開くには朝廷の許可がいる。おそらく、今の羽柴ですら難しかろう」

松吉が説得口調で告げる。

「信長でさえ、蘭奢待を切り取るために、面倒な手続きをした。我らには左様な力はない。許可など取るつもりはない」

蘭奢待は香木のことで、信長は天正二年（一五七四）に切り取らせている。

「東大寺にも僧兵がいよう。これを監理するのは大和を治める筒井。これらを敵にせねばなるまい」

松吉は首を横に振る。

「場所までほぼ特定できたのじゃ。せめてこの目で確認せずば、梅次や杉蔵に申し訳が立たぬ」

「運よく正倉院に潜り、屏風を見つけたらどうする気だい？」

「殿を捜し、正倉院に屏風があることを御上に伝えてもらう」

これこそ本来の目的である。藤祐は強く主張する。

「見つからなかったら？」

「その時は、儂が殿に扮して御上に伝える。さすれば惟任日向守は征夷大将軍になれる」

藤祐はそう信じている。

「随分と勇ましいね。情にも厚い。忍びが情に流されたら終いなんじゃないのかい。御上は馬鹿じゃない。少し話せば別人だってことはすぐに判るよ。それにこたびのこと。ここまで判ったのならば、羽柴や徳川に売ったらどうだい。そのほうが手柄にできるんじゃないのかい」

値踏みするような目で藤祐を見ながら於桑は言う。

「惟任の復活。山崎の敗戦後、儂はその目的のためだけに生きてきた。他の武将に売る気はない。ましてや羽柴は我が殿の仇。ありえぬ」

「惟任の殿様の首は晒されたじゃないか。それに、この半年、音沙汰もない。死んだんだよ」

「あれは我が殿の首ではない」

藤祐は強く否定する。

「それは錯覚だよ。悲しいから、違って見えているだけだよ。それに、わたしたちは武士じゃない。忠義なんかいらないだろう」

「忠義の心はなくとも、約束を果たさねば我らは二度と仕事を得ることができぬ」

「死ねば一緒さ」

「嫌ならば、降りても構わぬぞ。されど、探りが終わるまで漏れては困るゆえ、紀依の監視の下、神山にいてもらう。儂は一人でもやる」

藤祐が宣言すると、皆はおし黙った。

「杉蔵の仇を討たねばならぬ」

最初に賛同したのは松吉だ。

「わたしも頭と行く」

解き明かした於杏も呼応した。

「年下の女子を行かせて昼寝もしていられぬな」

竹雄も首を縦に振る。

「年上の女子で悪かったね。半年、探ってきたんだ、褒美なしじゃ困るからね」

於桑も渋々頷き、改めて問う。

「奈良へはいつだい？」

「善は急げと申す。年の瀬が迫り、正月が近づけば寺は忙しくなる。その前にすませねばの。それに、我らが気づいたということは、敵が気づいても不思議ではない。今、神山を発ち、今宵、正倉院に入る」

「随分とせっかちだね。まあ、仕方がないか」

不承不承(ふしょうぶしょう)、於桑は応じた。

五人は装備を充実させ神山を発った。

二

信楽(しがらき)の神山(こうやま)から大和の奈良の東大寺までは直線距離で六里（約二四キロ）。伊賀街道を通っても半里増えるぐらいなので、忍びの足ならば二刻（約四時間）あれば余裕で到着できる。辺りが漸(ようや)く茜(あかね)色に染まっていた。

藤祐らが潜入を試みようとする東大寺の正倉院は、大仏殿の北西に位置する校倉(あぜくら)造りの高床(たかゆか)倉庫である。聖武天皇、光明(こうみよう)皇后所縁(ゆかり)の品やさまざまな美術工芸品が収蔵されている。

周囲を探ったところ、夕刻で警備の僧兵は十七人であった。

藤祐らは一町ほど東の茂みにいた。

「つけられている形跡は？」

配下を一人ずつ眺めて藤祐は問う。

「ない」

皆は一様に首を横に振る。

「重畳。あとは、夜になってから、いかほど人数が減るかじゃな」

神山衆は時が経つのを待った。

戌ノ下刻（午後九時頃）になった。下弦の月は雲で隠れているので闇である。時折吹く師走の強風は身を凍らせるが、緊張しているせいか、それほどの寒さは感じなかった。藤祐ら五人は忍び装束に身を固めていた。

「正面と裏の門に二人ずつ、四隅の角に二人ずつ、建物の入口に三人。全部で十五人。二人しか減らなかったの。まあ、それほど厳しい警戒はしておらぬ」

松吉が告げる。

「連絡を取り合うのが一刻おきゆえ、次は半刻後じゃ」

竹雄が調べたことを報告する。

「して、策は？」

於桑が問う。

「まずは四隅、次に正面と裏門の僧兵を眠らせる。斬る必要はなかろう。あとは建物の真ん前にいる者を眠らせれば、大手を振って中に入ることができる」

藤祐が策を披露すると於桑が相づちを打つ。

「筒井の兵はおらず、寺の者だけなので楽勝だね」

「気を抜くな。これ以上、犠牲を出してはならぬ。よいの」

梅次と杉蔵のことを思い浮かべながら藤祐は念を押し、改める。

「されば配置につき、寺の僧兵が連絡を確認し合ったのちに動く。風が強まった時、これに紛れて近づき、音を立てず、確実に眠らせよ」

下知を出すと皆は散った。

正倉院は南向きに建てられている。東西に約十八間半（約三三メートル）、南北に約五間一尺（約九・四メートル）、床下の柱の高さは約八尺三寸（約二・五メートル）という大きさである。

周囲には茂みがあるので隠れるのは簡単。裏門が藤祐、北東は於杏、北西は松吉、南東は於桑、南西は竹雄であった。

（警備は手薄。あの中に屏風がある。儂が屏風を手にすれば、殿は今隠れておられるが、必ず我らの前に出てこられよう。さすれば惟任家が再興でき、殿は征夷大将軍になられる。梅次も杉蔵も浮かばれよう）

藤祐は勇んだ。

半刻が過ぎて亥ノ刻（午後十時頃）になると、四隅の僧兵が一人ずつ右廻りに移動して、なにもないことを確認し、そのまま警備につく。正面と裏門、さらに建物の入口にいる僧兵はそのままである。人のいるところには篝火が焚かれ、僧兵たちは掌をかざし、暖をとっていた。

藤祐は北風が強く吹く瞬間を待っていると、篝火が一瞬消えかかるような風が吹いた。僧兵は風に背を向けて火を守ろうとする。

（今じゃ！）

実際には出せないので、藤祐は肚裡で声を発した。

最初に行動を起こしたのは松吉であった。僧兵の一人が目を閉じ、もう一人が風に背を向けた。その隙に松吉は七間（約一三メートル）ほど離れた茂みから飛び出し、五を数える間に背を向けた兵の首筋に眠薬を塗った吹き矢を放ち、もう一人の後頭部を刀の鞘ごと摑んで殴打した。殴られた兵はそのまま気絶し、吹き矢を受けた兵は朦朧としていたので、松吉は改めて頭を殴り気を失わせた。

藤祐も松吉が視界に入った瞬間に茂みを出ると、裏門よりも少し西に廻り、背後の兵を殴打し、正面の兵を打ち倒した。

於杏は痺れ薬を塗った吹き矢を放ち、兵の動きが鈍くなり、応援を呼ぼうとしたところを刀で殴打して気絶させた。

三人は敵を倒したことを目で確認すると、塀を越えて正倉院の敷地の中に入る。

十間先には高床式の建物が目にでき、さらに正門までが見えた。

二尺（約六〇センチ）はあろう柱は横十列で奥行きが四列並んでいる。三人は忍び足で近づき、柱に隠れながら南に進む。

藤祐は左右にいる松吉と於杏に目で合図をし、同時に柱から飛び出した。

「なっ」

いきなり黒い影が闇から出たので僧兵は揃って驚愕し声も出ない。藤祐と松吉は問答無用で殴り、気絶させた。於杏は吹き矢を放ったのちに打ち倒した。

竹雄と於桑もほぼ同時に僧兵を片づけた。さらに二人は左右から正門を守る僧兵に近づき、吹き矢を放ったのちに気を失わせた。

五人が揃った。

「儂と於杏が中に入る。そちたちは見張りを頼む。屏風を見つけたら合図をするゆえ、取りに来てくれ」

「わたしも入りたい。お宝の山なんだろう」

於桑が下知を拒む。

「余計な物に目を奪われている間に、敵に勘づかれるやもしれぬ。まずは当所（目的）を果たすことが第一。それに、欲をかくと身を滅ぼすぞ」

言うや藤祐は八尺三寸ある高床に飛び乗った。於杏には手を貸す。

「お宝を前に、指を咥えていなきゃなんないなんてね」

不満たらたらの於桑は手裏剣で柱を刺した。

「屏風ならば、狙われるのは羽柴や徳川だけになろうが、正倉院に所蔵されている物を奪えば、御上も敵に廻すことになる。死にたくなければ、こたびは諦めよ」

言うや藤祐は懐から針金を出し、扉の鍵穴に二本差し込んだ。上下に動かし、こねくり廻すと、百も数えぬうちにカチャリと鍵が外れる音がした。

「見張りをしっかりな」

念を押した藤祐は、監視の僧兵が持つ龕燈に改めて火を灯し、於杏とともに正倉院の中に入っていった。

「埃っぽいですね」

無口な於杏が言うのだから相当気になるらしい。

「確かに。頻繁に戸を開け閉めはすまいゆえにの」

覆面をしているのに感じるのだから、素の顔ではすぐに鼻の中が黒くなるに違いない。

中は所狭しと、さまざまな物が所蔵されていた。漆塗の物入れの赤漆文欟木御厨子、宝飾鏡の平螺鈿背円鏡、鳥毛立女屏風、御床や銀薫炉などなど……。

蘭奢待と記された箱もある。

「これは信長が切らせた香木ですね。嗅いでみたい。開けてみていいですか」

おとなしい於杏でさえ、興味を示す。

「ならぬ。開けて黴でも生やさせてみよ。殿の御名に瑕がつく。殿は堂々と信長を討たれたのじゃ。我らはその家臣。盗人でもなければ、破落戸でもない。安土山図屏風以外には触れるな」

藤祐は釘を刺して進む。

(確かにお宝ばかりじゃ。これらを売り払えば、小さな城一つぐらいは手に入れられるやもしれぬの)

誘惑に負けそうになるのも判る気がするが、藤祐の意思は固い。龕燈で一つ一つ見て廻った。

(ないの。もっと奥か)

安土山図屏風は新しい物なので、入口付近に置いてあるのかと思いきや、違うらしい。

(勘が外れたか)

藤祐は疑問を抱きながら奥に進む。鏡や刀、安土図ではない屏風が数多ある。

（よもや、違う場所なのか）

一番奥に達し、不安にかられた時、無造作に立て掛けられていた屏風が十二枚あった。

（これか!?）

両目を見開き、近づき、一枚目を裏返しにした。

「あった！」

目の前が、瞬時に明るくなったような気がした。藤祐は思わず歓喜の声を発した。本能寺の変のお膳立てを成功させて以来の喜びである。

「ようやく見つけたぞ。殿、見つけましたぞ。梅次、杉蔵」

目頭が熱くなるのは、ただ感傷に浸るだけではない。薄暗い正倉院の中で龕燈の灯に輝いて見える唯一無二の存在が、一際美しく見えているのかもしれない。

感動している時だった。外から犬笛のような高音が聞こえた。

よほどのことがなければ笛を吹くことはない。早く逃げなければならぬ状況である。瞬間に藤祐は緊張した。

「頭、敵のようです」

於杏の声も上擦っているように聞こえた。

(くそっ、せっかく獲物を手にしたというに)

悔しくてならないが、笛が鳴った以上、躊躇(ちゅうちょ)してはいられない。藤祐は手にした屏風を置くと出入り口に向かう。

於杏とともに左右に分かれ、壁に背を向けて外の様子を窺う。

(なっ!)

外には東大寺の僧兵のほか、大和を支配する筒井家の兵であろうか、鎧のほか弓、鉄砲を持つ武士を合わせて数十人はいた。

さらに出入り口から五間ほど離れた地には、龕燈に照らされた三人が倒れていた。体には矢が刺さっている。

(彼奴らは最期に儂らに報せてくれたのか……)

悔恨や憤りの熱いものが込み上がるが、感情のままに行動するわけにはいかない。

(あの様子では、この建物は囲まれているの。かような状況で屏風を持ち出すのは困難。いかに逃げるかじゃ。逃げられるか)

頭を巡らせるが、すぐにいい案が浮かばない。

「そこに隠れている二匹の鼠、出てこい。この女鼠はまだ生きておる。出てこなければ、とどめを刺す」

髭の濃い武士が鐺の石突きで於桑の背を突く。

「ぐっ！　出てきたら殺されるよ。わたしのことは構わないから逃げな」

掠れた声で於桑は言う。

「黙っておれ」

髭の武士は再び石突きで突き、さらに蹴り上げた。

（おのれ！）

忿恚で体が震えるが、藤祐らは絶体絶命の危機に立たされて身動きできない。

「いいのか、此奴を殺して一人ずつ始末するぞ」

再び声がかけられ、於桑の呻き声が聞こえる。

（いかがする？　出ていけば問答無用で殺される。このままでも。いや）

藤祐は閃いた。

「於杏、煙玉は？」

「三つ持ってます」

於杏の返事を聞いた藤祐は、外の兵に向かう。

「その女子と我らを解放しろ。さもなくば、この館（建物）を焼く」

龕燈の灯を見せつけながら藤祐は脅す。

「戯けめ。左様なことをすれば、汝らも焼け死ぬではないか」

「構わぬ。どうせ死ぬならば、そちたちも道連れじゃ。ここにある宝物も一緒に焼かれる。さすれば御上から汝らの主が叱責され、汝らは責を負って斬られよう。いかがする？」

藤祐の威嚇に兵たちは戸惑いを見せた。

「手前の屏風を手にしておけ。いつでも燃やせるように敵に見せよ」

指示すると、於杏は龕燈から灯のついた蠟燭を取り出し、屏風の一枚に翳した。

藤祐は敵の返事を待たずに正倉院から下りると、倒れている於桑に向かう。於桑には矢が刺さっていないが、刃の傷か、忍び装束は血に濡れていた。

周囲を見廻しながら、藤祐は於桑を肩に担いだ。

「莫迦だねえ。死に損ないを助けようとするなんて。忍びにあるまじきことだよ」

「武家になるのではないのか」

小声で答えながら、藤祐は兵たちに背を向けて正倉院のほうに歩み出す。

「逃げられると思うてか」

背後から声がかけられる。

「無論そのつもりじゃ」

止まることなく藤祐は歩を進める。

正倉院の出入り口の下に来ると、於杏が屏風を下の藤祐に手渡した。

藤祐は右肩には於桑を担ぎ、左手に屏風を持って裏門に進む。於杏は忍び刀に手をかけ、藤祐の後ろで警護するように敵を見張る。

三人が正倉院の下を通り、中ほどまで来た時であった。

「例の屏風（安土山図屏風）でなければ一枚ぐらい失っても構うまい。誰ぞに真似た屏風を描かせればよかろう」

「狩野（永徳）も長谷川（等伯）もおるしの」

背後から声が聞こえた。

「於杏、走れ」

藤祐が命じると同時に兵たちも声を発する。

「討ち取れ！」

言うや矢が放たれる。藤祐は屏風を楯に身を屈めて矢を防ぐ。矢が屏風に三本突き刺さった。

「国宝を蔑ろにしおって」

自分のことを棚に上げて再び走り出すが、於桑を担いでいるので鈍重である。向かう先の裏門にも十数人の敵がいて弓、鉄砲を構えていた。

「於杏、門ではなく壁に向かえ」

「承知」

於杏は真直ぐに進まず、煙玉を敵との間に投げ付けて破裂させ、煙が広まっている間に壁に向かって走る。

「放て！」

号令とともに数挺の鉄砲が轟く。藤祐は柱の陰に隠れて玉を避けた。

「わたしを置いていきな。頭一人なら逃げられるだろう」

藤祐の肩の上で於桑がもらす。

「黙っていろ」

言い放つや、藤祐は柱から飛び出して門に向かう。鉄砲は玉込めの最中なので弓弦が弾かれる。藤祐は屏風を楯にして矢を弾くと、今度は正面の兵が鉄砲を放つ。すかさず藤祐は於桑とともに地面に伏せたところ、裏門の兵に命中した。

「ぎゃっ」

二人の武士が倒れた。

「鉄砲はやめよ。同士打ちになる」

指揮役が命じると、鉄砲衆は後方に下がった。

（もはや、綺麗ごとは言っていられぬの）

藤祐は懐から小さな竹筒を出し、柱に向かって抛り投げた。すると蓋が外れ、中に入っていた荏胡麻の油が飛び散った。そこに火薬玉を投げ付けた。途端に爆発し、火が油に引火して柱が炎に包まれた。

「あの戯け、真実、火をつけよった。消せ！　早く消せ。宝物が焼けようぞ」

僧兵は顔を引き攣らせて火消しにかかる。

「すまん」

その隙に藤祐は於桑を左肩に担ぎ直し、右手で腰刀を抜いて裏門に向かう。鉄砲は放たないが、矢が数本身に迫る。これを左に躱し、一本を切り落とした。

弓の殺傷距離は短いものの、連続で放てるのは敵に廻すと厄介である。立て続けに矢が飛んでくる。躱すのが精一杯でとても前には進めない。

「ぎゃっ！」

右を見たところ、於杏が塀に上ったところを射られ、外側に落ちた。その刹那、炸裂音とともに舞った硝煙が爆発の灯りで目にできた。

「於杏！」

逃れられぬと知り、於杏は火薬玉で顔を破裂させたに違いない。

「痛っ」

於杏に気をとられていたところ、腰に矢が刺さった。思わず腰に手をあてたところ、於桑は藤祐を突き飛ばすように離れ、柱の陰に隠れた。

「次はわたしのようだ。もう助からない。頭、達者で」

於桑は柱の陰から手裏剣を投げ、煙玉で辺りを灰色に染める。

「早く。手裏剣も、煙玉も残り少ない」

目が逃げろと訴える。

「先に逝くよ」

言うや於桑は柱の陰で火薬を炸裂させ、突っ伏したまま動かなくなった。顔は柱の陰で見えないが、辺りに血が飛び散っている。

「於桑！　許せ」

死人を助けることはできない。棟梁として情けないが、せめて逃げおおせ、再度、目的を遂行するしかない。

(すまん。みな、すまん)

藤祐は煙玉を投げつけ、東に走る。矢が背後を襲うが、振り向かずに疾駆する。

そのうちの一本が左の肩に刺さった。

「ぐっ！」

痛がっている暇はない。矢が刺さったまま藤祐は走り、塀に飛び乗った。

「いっ」

再び、右太股の外側に矢が刺さった。

（くそっ）

足の矢をへし折った藤祐は塀を飛び下りる。道の南北には七、八人ずつがいる。

さらに弓を持つ兵が塀に上がって藤祐を狙う。

（上からはまずい）

藤祐は塀上の兵に棒手裏剣を投げて、塀の内側に倒したところ、前後から矢が放たれた。

「おっ」

藤祐は地に転がって躱すと一本が南の兵を射倒した。藤祐は北の兵の手前に煙玉を投げて煙を散らばせ、その間に手裏剣を投げて弓衆一人を負傷させた。刹那(せつな)、南の弓衆が放った矢が左の脇腹に刺さり、さらに動きが鈍くなった。

「彼奴はもう動けぬ。鑓で討ちとれ」

指揮役が命じると、南北から兵が二、三人ずつ出てきて鑓を突き出した。

(好機)

一本を右に躱し、一本を左手で抱え、持ち主を刀で斬った。刀を鞘に収め、鑓を手にした藤祐は敵の鑓を右に弾いて空いた腹を刺す。抜き取るや右に薙いで敵の胸を裂く。戦場ではないので具足をつけておらず、穂先が触れれば簡単に斬れた。

「個々で行くな。歩調を合わせて両側から行け」

下知に従い、兵は二人ずつが前後に並び、一斉に突きかかった。藤祐は北側の敵を弾いて躱せたものの、南の敵の鑓を右腕と右の脇腹に受けた。

「まだまだ」

満身創痍の藤祐は、鑓を振り廻して敵を寄せつけないようにするが、敵の包囲は狭まるばかり。出血が多く、いつまで立っていられるか判らない。

さらに新たな敵が加わり、鋭利な穂先が数本向けられた。

(もはやこれまでか。何人道連れにできるか)

覚悟を決め、鑓を低く構えた時だった。包囲の南北で続けて爆発音がした。火薬玉よりも大きく、元冠の元軍が使用した鉄炮のようなものであった。

「なんだ⁉」

僧兵や筒井家と思しき兵たちは火花と一緒に上がる土埃(つちぼこり)を見ておののき戸惑いを見せている。

（今じゃ）

藤祐は鐺を弾き、七間ほど先の茂みに転がり込んだ。

「逃がすな」

我に返った指揮役が慌てて命令を下すと、鐺を持つ兵が茂みの中に入ってくる。藤祐は潜みながら鐺を突き出して一人を突き倒した。そこへ再び鉄炮が二つ投げ込まれ、道で爆発を起こした。

「引け！」

敵が何人いるか判らないので、指揮役は退却させる。

（この隙に）

藤祐は鐺を杖にし、足を引き摺りながら東に移動する。東には行基(ぎょうき)堂や中寺院上之坊(かみのぼう)、神禅院(しんぜんいん)などがある。

（もう、いかん、これ以上は歩けぬ）

神禅院の手前まで来た時、藤祐は倒れた。そこへ二つの気配を感じた。

（どうやら、儂も終いのようじゃ。皆、仇討ちができず、申し訳ないの）

諦めた時、両脇から抱えられた。

「なっ、そういうことか」

顔を見た藤祐は安心して気を失った。

三

体が鉛のように重く動かない。動かそうとすると全身に激痛が走る。目を開けると小屋の中に寝かされていた。下には藁(わら)が敷かれているので快適ではあった。見ると体中、麻布が巻き付けられている。介抱されたようである。

人の気配がした。小屋の戸が僅かに開き、人が入ってきた。

「なるほど、そういうことか」

藤祐は下から見上げ、納得した。

「奈良の氏神は我が娘であったか」

声を発すると、藤祐の娘の於綸(おりん)は微笑(ほほえ)んだ。長身で日焼けした面長の顔だち、この年十九歳になる。

「某(それがし)もおります」

もう一人、入ってきた。十四歳になる嫡子の藤也であった。

「そちは我が許しも得ずに参じたのか」

「母者にございます。姉者を助けよと」

藤也は胸を張って答える。

「我が子に助けられるとはの。儂も焼きが廻ったか。されば七条河原の時もそなたか？」

「まあ、そういうことで」

於綸は笑みを作る。

「あれから、何日経った？」

「二日が過ぎました」

「皆は？」

藤祐の質問に於綸は首を横に振る。

「そうか」

力なく藤祐はもらした。改めて罪の意識にかられる。

「こう言ってはなんじゃが、今少し早く加勢できなかったか」

「父上が塀の中にいては焼け石に水。今少し入念に周囲を探るべきだったのでは」

「さもありなん」

娘に鋭く指摘され、藤祐は立つ瀬がない。

「安土山図屏風は？」

思い出したように尋ねた。

「筒井の手の者から羽柴殿に届けられました」

「左様か。儂らはつけられていたのか？」

「おそらく」

於綸は淡々と答えた。

「そなたらもか？」

この質問に於綸は口を開かなかった。

「儂らは多羅尾《たらお》（光太《みつもと》）に泳がされていたのか」

「もはや日向守はいないのに、戯《たわ》けた妄想に取り付かれていたゆえ、かようなことになった。我らに合力《ごうりき》（協力）していれば死人はでなかったと、棟梁は申しておりました」

「多羅尾め。殿の首も見ておらぬくせに」

悔しさをあらわに藤祐は吐く。

「筒井の到着が早かった。報せたのは多羅尾か？」

「東大寺の者だと思います」

「僧兵か」

なにか煮え切らぬものがあった。

「ここは？」

「柳生」

柳生の里は東大寺から四里（約一六キロ）ほど北東に位置している。すぐ東は伊賀で、一里半（約六キロ）ほど北東に行けば信楽に達する。

「儂などを庇って大事ないのか、柳生は？」

柳生の領主は柳生石舟斎宗厳で、石舟斎は松永久秀を通じて信長の麾下だったこともある。石舟斎は上泉信綱から伝授された新陰流に独自の工夫を加えて柳生新陰流を打ち立て、兵法者として高く評価されていた。

「動向を窺っているようです」

「さもありなん。して、多羅尾の棟梁は、そなたが儂を助けたことを存じているのか」

藤祐の問いに於綸は頷いた。

「して、儂をどうするつもりか」

実の父親を殺れるのかと、藤祐は娘を見上げた。

「動けるようになりましたら、どこへでも行かれませ。されど、一度、然るお方に会ってほしいと仰せでした」

「然るお方とは？」

「判りません」

目は泳いでいないので真実のようである。

「多羅尾は儂を恨んでおらぬのか」

「本能寺の変の成功をお膳立てしたことですか？　忍びは主の下知を忠実に果たすもの。親子、兄弟でも斬られねば恨みを買うことはありますまい。されど、伊兵衛殿が父上を捜しているとのこと。棟梁は止めさせたようですが」

「伊兵衛か。彼奴も儂に劣らず頑固じゃのう」

一心不乱に目的を追う姿は、どこか共感できるところがある。藤祐は口の端を上げた。

「すぐに追いたいようですが、それどころではないようです」

十二月十一日、秀吉は柴田勝家の甥・勝豊が城主を務める近江の長浜城を攻略し、二十日には美濃の岐阜城を開城させている。信孝に仕える伊兵衛は藤祐を追っている状況ではなくなっていた。

「左様か。されば儂は回復に力を注ぐことができそうじゃの」

藤祐は目を閉じた。

（皆のため、殿のため、儂のためにも、なんとしても屏風を奪い返してやる）

藤祐の生きる目的であった。


年が明けて多少、動けるようになった藤祐は柳生石舟斎に礼を言って帰郷した。

囲炉裏の横で藁を編む妻の紀依に詫びた。

「心配をかけたの」

「なんの、お前様はそう簡単には死なぬ。心配などしておらぬ」

杖をつき、傷だらけの藤祐に対し、紀依流の激励の言葉をかける。

「そうか。されば気を使わずにすむ」

いつもの場所に腰を下ろしながら藤祐は告げる。心配していないと言いつつも、於綸と藤也を差し向ける紀依の気遣いには感謝している。

「皆のことは残念でした。されど、奈良にまで辿り着く力は大したもの。多羅尾や羽柴、徳川をも凌いだのです。自信を持ちなされ」

紀依は寛大に労った。

「我が力ではないがの」

於杏の愛らしい顔を思い出しながら言う。

「悔いても詮無きこと」

「そなたの実家はあざといの。まあ、兄弟ゆえ争いを避け、互いに探ったことを交換し、儂らを監視して危うきことは儂らにやらせ、漁夫の利を得た。儂らは功を焦り、逸った。鼠のように空廻りをするばかりで、最後は追い詰められた」

回顧しながら、反省の念が禁じえない。

「窮鼠猫を噛むの喩えもある。こののちはいかに?」

「多羅尾の本家が、儂に然るお方に会えと申しておる。そなたは判るか」

「さあ、神山の痩せた地を耕す女子にはとんと」

知っている口ぶりである。

「まったく多羅尾の女子は、隠し事が多くて困る」

「秘のある女子は、不思議な美しさがあるというじゃない」

「そなたには勝てぬ……」

と言いかけたところで、藤祐は思い出した。

（やはり筒井の到着は早すぎる。もう半刻ぐらいの余裕があったはず。誰かが手引きをしたのやもしれぬ。誰じゃ）

藤祐は仲間の背信を疑った。

（松吉と竹雄の背には矢が刺さり倒れていた。於杏は塀の外で自ら顔を吹き飛ばした。於桑は柱の陰で爆破して血が飛び散った。とすれば松吉と竹雄のいずれかが背き、生きているということか）

俄には信じられない。

（いずれにしても体が万全でなければの）

藤祐は体調の回復に専念することにした。


二ヵ月ほどが過ぎると、傷も癒え、動けるようになった。

春とは名ばかりで底冷えの続く天正十一年（一五八三）二月上旬、藤祐は頭を丸め、黒い僧衣を身に纏い、自分たちが襲われた伏見近くの小栗栖の藪を訪れた。

夏ではないので緑の葉は少ないものの、それでも藪と言われるだけあって生い茂っている。昼間でも薄暗かった。

さらに入って少ししたところに小さな祠が築かれていた。

(殿のものであろうか。とすれば、この辺りの落ち武者狩りをした族か。あるいは殿のご家臣か。真実、亡くなられたのであろうか)

あまりにも見窄らしいので、虚しくなる。

伏見のほうに歩いていくと、少し開けたところに畑がある。人の好さそうな農民が草むしりをしていた。

(彼奴も落ち武者狩りに参じたのであろうか)

事実ならば怒りが湧くが、戦は好人物でも狂気に変える。そうやって落ち武者から田畑や家を守らなければ生きていけないのも農民であった。

僧姿の藤祐が通ると、農民は作業を止め、立ち上がって礼をしてくる。藤祐は編笠をかぶったまま両手を合わせて立ち去った。

その後、藤祐は光秀が居城とした近江の坂本城址や丹波の亀山城、百韻を読んだ山城の愛宕山に上ったが、光秀らしき人物と擦れ違うことはなかった。

(まこと、殿はお亡くなりになられたのであろうか)

藤祐は失意に暮れる。

(いかがするか。ほかの地で働く神山衆を集めて屏風の奪還に勤しむか。いや、仕事が得られているならば、あえて貧乏籤を引かせるわけにはいかぬ。儂一人でやるしかないの。その前に確かめておかねばならぬな）

探り（捜査）に行き詰まったら最初に立ち返ること。藤祐は都に向かった。

四

吉田山には誰もいない。鳥や小動物がいる程度。昼間の麓には吉田神社への参拝客がいるぐらいで、屏風に繋がるものなどはない。

皆で戯れ事を言い合っていた頃が懐かしい。

（屏風は羽柴の手にある。羽柴が柴田との戦いに勝利して畿内を制し、屏風を御上に献上すれば信長以上の地位につけよう）

信長は関白、太政大臣、征夷大将軍のいずれか好きな地位についてくれと朝廷から要請された。いわゆる三職推任である。

（屏風の置き場はおそらく山崎の城であろう。ここに忍び込んで奪い取るのは困難。戦に勝利したのちは公家を通じて御所に運び込まれる。奪い取るとすれば城を出たのちしかあるまい。あるいは御所の中ですり替える。献上した物は偽物と訴えれば、

羽柴が然るべき地位にいても剝奪される。されど、御所に忍び込むのは山崎に忍び込む以上に困難。彼奴らがいるゆえの)

御所には天皇の忍びと言われる八瀬童子がいる。鬼の子孫とも言われる八瀬童子が守る御所に手を出して生き残った者はいないという伝説の忍びである。

(とすれば、やはり途中で奪うしかないか。儂一人では難しいの)

都は秀吉の支配下にある。至るところに秀吉が雇った忍びが目を光らせているであろう。急襲は小軍勢でもなければ成功させるのは困難であった。

藤祐は僧姿のまま歩き、最初に探った南蛮寺で足を止めた。僧衣を纏ったまま礼拝堂に入るわけにはいかない。

(南蛮寺か。そういえば、伴天連は誰の差し金で札を渡して歩いたのかのう。普通に思案すれば、おそらくは天王寺屋らで、信長の後を継ぐ候補が判らなかったゆえ均等に賭けた。己の手は汚さずに。されど、いつ? いつかは探らなかったの)

これぱかりは失態である。

(殿は本能寺の変後、坂本の居間にあったと仰せであった。討たれたあとということか。左様に短い期間で配りきるとは伴天連の繫がりは大したものじゃ。信長も、我が殿も恐れるわけじゃの。それを操るのが堺の商人か。銭の力は恐ろしいの)

あくまでも藤祐の想像だが、これまでの経緯から真実に近いと思っている。

(羽柴の側近に足軽として仕え、こっそり盗み出すのはいかがか？　屏風ゆえ、うまく剝がせば、さして、かさ張るまい。一枚は半間〈約九〇センチ〉の紙筒にできる。切ればさらに小さくできる。一枚画ではないので価値は下がるやもしれぬが、売り物ではないので構うまい。とにかく本物だということが大事。修復できる者は何人でもいるゆえ大事ない。なるほど、儂一人で行うのは、その方法が一番やもしれぬ。あとは誰の家中に潜り込むかじゃな。羽柴の弟あたりが適任か)

藤祐が秀吉の弟の小一郎長秀（のちの秀長）を思い浮かべた時であった。

午後の祈りを終えたのか、礼拝堂から十数人の信者が出てきた。老若男女、武士や町人、農民もいた。

(あれは！)

信者に紛れていたのは、正倉院で死んだはずの於桑であった。

(我らを売ったのは彼奴であったか)

瞬時に全身の毛が逆立ち、血が滾る。

(火薬玉の爆破、柱の陰で見えなかった。飛び散った血は偽物であったのか)

礼拝堂を出た於桑は涼しい顔をしている。紫と臙脂の小袖を重ね着し、頭には被衣をかぶっていた。忍びではなく武家屋敷に仕える侍女の格好であった。

南蛮寺を出た於桑は蛸薬師通を西に向かった。藤祐は五間半（約一〇メートル）ほどの間隔を空けて後を追う。通りには適当に人がいるので同じ方角に歩いていたとしても不思議ではなかった。

一町ほども歩いていると、於桑は早歩きを始めた。

（勘づいたか）

藤祐は歩速を変えずに進むので二人の距離は少し開いた。さらに一町ほど進むと、於桑は南の空き地に折れた。藤祐も追う。そこは枯れ草が茂る本能寺跡であった。

空き地の中央辺りに於桑はいた。

「どうやら、気づいたみたいだね、頭」

「敵に内応し、仲間を売ったそちに頭と呼ばれる筋合いはない」

「そうかい。まず、羽柴にわたしをつけたのは、あんただよ。それに、松吉らは誘ったけど断ったから、黒田の配下に殺られたんだよ」

視線を逸らして於桑は言う。

「正倉院に現れた武士は黒田の手の者か。どうりで到着が早いと思った。そちが手引きしたのか」

「わたしはずっと監視されていたんだよ。逆らえば殺される」

「それで仲間を裏切ったのか。松吉が賀茂家を張っていた時、そちが現れたと松吉から聞いた。その時に気づくべきであった」

怒りを堪えながら藤祐は声を絞り出す。

「そうだね。その時に手を引けば、梅次以外は死なずにすんだ。あんたのせいだよ」

「そうやもしれぬ。されど、このままにはしておれぬ」

「もはや惟任日向守はいない。あんたも筑前守様に仕えたらどうだい？　口を利いてやるよ」

言いながら於桑は両手を廻し、袖の中から棒手裏剣を出して手にした。

両者の距離は七間（約一三メートル）ほど。

「わたしを殺るのかい？　元通りの体にはほど遠いんじゃないのかい」

「さあの。それに惟任日向守は死んでいない」

藤祐は杖を左手に持ち替えて、棒手裏剣を手にした。さらに左手で顎の紐を解き、編笠をとった。

「そんな……あんたは神山佐渡ではなく惟任日向守？」

老け顔の化粧をした藤祐を見た於桑は狼狽えた。

刹那、藤祐は手裏剣を投げた。一拍遅れて於桑も。藤祐が放った手裏剣は於桑の胸に刺さった。於桑の手裏剣は藤祐が杖で弾いた。

藤祐は歩き、二間（約三・六メートル）ほどのところで立ち止まった。於桑は口から血を流し、苦しそうである。

「火薬玉はあるか？」

「あるけど……、頼みがある。か、髪を実家に届けておくれ。破裂させる前の綺麗な髪を」

懐から火薬玉を出しながら於桑が懇願する。

「そちには騙されておるゆえ、その手には乗らぬ。巻き添えはご免じゃ。於杏の髪は届けてやれなかった。そちだけ贔屓はできぬ。悪いが独りで逝ってくれ」

告げた藤祐は後退する。

「ふん、人でなしめ。あんたもきっと地獄に落ちるよ。先に逝って鬼と待っているから、心してきな」

言うや於桑は棒手裏剣の裏で火薬玉を炸裂させ、妖艶な顔を吹き飛ばした。

（別の者を探らせておけば、かようなことになっていなかったやもしれぬ。確かに

此奴を死なせたのは儂じゃな。すまぬ。事がすんだら黄泉(そっち)で詫びよう）

死去した於桑に両手を合わせ、藤祐は肚裡で謝罪した。

「罪の意識に苛(さいな)まれている、か」

女子の声が背後からかけられた。

「見ていたのか。坊主が仏（死体）に手を合わせるのは普通じゃ」

女子は藤祐の隣に来た。娘の於綸である。

「この女子は昔から、男を二股にかけて、いいとこ取りをしていたと母者に聞いた。己の利のため、背くことも厭(いと)わない。いずれ、こうなったのでは？」

冷めた口調で於綸は言う。

「時は乱世、親子兄弟で殺し合う世じゃ。己の欲のために動くのは当然のこと。此奴は早くに両親を亡くしたんじゃ。他人を利用しなければ生きていけなかったのも事実。此奴の性根を知って使ったんじゃ。全て儂の失態よ」

合掌を終えた藤祐は懐刀を出し、汚れた於桑の髪を切った。

「随分と慈悲深いことで」

「坊主ゆえの。於杏の髪は届けてやれなかった。背信したとはいえ、神山の者じゃ。髪ぐらい故郷に戻してやろう」

髪を懐紙に包み、懐にしまった。

「して、そちの役目は？」

「然るお方の許にお連れせよとの下知が出されました」

「左様か。まだ儂に使い道があるということか」

満更でもなかった。

「その化粧は、然るお方に会われるまではなさいますな」

「そうしよう。刺客にでも襲われれば迷惑ゆえの」

藤祐は顔を隠すように編笠をかぶり、本能寺跡を立ち去った。

繚乱の桜が鮮やかに咲きほこり、人々の目を和ませる頃、藤祐は多羅尾光孝に伴われ、遠江の浜松城を訪れた。

浜松城は徳川家康が今川家から独立したのちに奪い取った城である。かつては飯尾氏が支配していた曳馬城のあった地に新たに普請し直して巨大に造り替えた城である。

（この城に潜り込むのは困難じゃの）

城を見上げながら藤祐は思う。頑強な石垣と深い水堀に守られていた。

藤祐は多羅尾光孝とともに、本丸の中庭に控えさせられた。

（日向守様は武士の扱いをしてくれたが、徳川家では武士ではないようじゃの）

地面に控えながら藤祐は屈辱を嚙みしめた。

「殿のお成りじゃ」

服部正成が声をかけた。藤祐は縁の下で頭を下げる。そこへ家康がゆっくりとした足取りで近づき、停止した。

「申し上げます。これなるは、我が義兄にあたります神山佐渡にございます」

多羅尾光孝が進言した。

「ご尊顔を拝し恐悦至極に存じます。甲賀神山の神山佐渡藤祐にございます」

藤祐は武士として挨拶をした。

「重畳。面を上げよ」

縁側で立ったまま家康は鷹揚に告げる。

藤祐は儀礼に基づき、視線を真下から一尺（約三〇センチ）先に移した。直視を許されるまで、これを何度か繰り返すものである。三度目が終わった時である。

「直視を許す」

声をかけられても相手の目は見ない。ふくよかな顎の辺りに焦点を当てた。

「おおっ！」

藤祐の顔を見た家康らは感嘆をもらした。

「今少し老けさせれば、まさに惟任日向守じゃな」

家康も感心している。

「神山佐渡は化者（化粧）術に長けておりますれば、惟任日向守に扮することは易きことかと存じます」

「左様か。多羅尾から、これまでのことは聞いた。奈良の正倉院に辿り着いたとは、なかなか見所がある。して、神山佐渡とやら、そちはこののち、いかがする気か？」

「羽柴に掠め盗られた安土山図屏風、奪い返す所存にございます」

「そち一人でか？　無駄なことは止めよ」

家康は狸のような顔を横に振る。

「畏れながら、徳川様も屏風を欲しておったとか。奪われて悔しくないのですか」

「一時、筑前めに預けておけばよい。さすれば屏風は安全。今、織田家中は割れておる。そう遠くないうちに戦となろう。さすれば、いずれが勝利しても無傷ではおれまい。その間に儂は力を蓄えおく」

その後、弱ったほうを叩くとも言いたげな家康である。

「仮に筑前めが勝利した時、そちが我が許におれば、屏風に対抗できる」

「それはいかなことにございましょう」

藤祐には家康の意図が判らなかった。

「日向守の首は見つかっておるまい。晒された首は別人のものとか」

「仰せのとおりにございます。某も目に致しましたが別人にございます」

「左様。探らせておるが、生死のほどは定かではない。仮に生きていたとして、世に出てくる間、そちが日向守の身替わりをすればよい」

「なんと！」

思いもよらぬことなので、藤祐は目を見張る。

「それほど似ておるのじゃ。これを利用せぬ手はない。筑前めは日向守を討って仇討ちを果たしたと豪語しておるが、そこにそちが姿を現せば腰を抜かすであろう。その戯(たわ)けた面(つら)が目に浮かぶ」

家康は豊かな頬を上げて笑みを作る。ただ、団栗(どんぐり)のような目は笑っていない。

「どうじゃ、儂の配下で復讐(ふくしゅう)をしてみぬか」

予想もできぬ申し出に藤祐は戸惑った。

「有り難きお話かと存じます。万が一、日向守様が世に出られた時、そのお立場と、某の扱いはいかなことになりましょう」

「日向守次第じゃが、まあ蔑ろにはすまい。されど、暴君とは申せ、主君を討った日向守じゃ、天下人になることはあるまい。山崎の参集を見ても判ろう。主殺しに人は集まらぬ。そちの扱いじゃが、好きに致せ。日向守に仕えたくば、日向守の許に行くもよし。このまま我が配下に治まるならば、それもよし」

藤祐一人ぐらいはどうでもいい、ということであろう。

「承知致しました。徳川様にお仕えさせていただきます」

藤祐は、両手をついて頭を下げた。

「よかろう。ただ、儂がいいと申すまで、日向守の名を名乗らず、素顔も晒すな」

「影としてなにをしろと？」

「さしあたっては、僧侶の形で諸国を巡れ。日向守の旧臣に会い、故あって日向守は人前に出ることは叶わぬが、生きていると告げ、筑前に味方せぬように説いて廻れ、味方は一人でも多いほうがいいゆえの」

「承知致しました」

悪くない。藤祐は素直に応じた。

「名じゃが、そうじゃな、光明とでも名乗っておけ」

「有り難き仕合わせに存じます。これよりは光明として行動致します」

藤祐は改めて頭を下げ、従属を誓った。

（殿、これで構いませぬか。世に出てくることをお待ち致します）

家康が去るまで頭を下げる中、藤祐は誓いを新たにした。

その後、家康は新たに獲得した甲斐、信濃の支配を強めるため甲府に向かった。

藤祐が惟任旧臣を訪ねている中の四月二十一日、羽柴秀吉は近江の賤ヶ岳で柴田勝家軍を破り、二十四日、勝家を北ノ庄城で自刃させた。妻となったお市御寮人も勝家とともに死を選んだ。お市御寮人から札を托された茶々は秀吉に敗残の身を委ね、織田信雄あるいは信長の弟、織田信包の庇護を受けることになった。

柴田勝家に与した織田信孝は降伏するも、信雄から切腹を命じられ、尾張の野間内海・大御堂寺内の安養院で自刃した。

織田信孝に仕えていた多羅尾伊兵衛は、自刃前の信孝に本能寺の変の真相を報告し、その後の消息は不明となった。

秀吉は安土山図屏風を正親町天皇に披露し、関白ならびに太政大臣に任じられ、豊臣秀吉が誕生した。

第七章　本物か偽物か

一

天正十八年（一五九〇）八月九日、豊臣秀吉は陸奥の会津黒川城に入城し、奥羽諸将の領域を定め、ここに日本は統一された。本能寺の変から僅か八年という短い期間の偉業であった。

その年の冬から翌年にかけて奥羽で一揆が勃発したものの、秀吉は素早く鎮圧させた。国内問題が片づくと、予てからの構想どおり、明への出陣を宣言した。手始めに朝鮮に出兵し、これを配下に収めて明国に侵攻しようというものである。

そのため、関東の江戸に移封したての徳川家康は都の聚楽第に呼び出された。藤祐も伴うことを求められたので、僧侶の形をして従った。

聚楽第は天皇の御所から七町半（約八〇〇メートル）ほど西の上京に、都の政庁として築かれた平城である。

東は大宮大路、西は千本通、南は出水通（近衛大路）、北は一条通の広い敷地の中に築かれた平城で、その周囲には深さは五間（約九メートル）、幅は十四間（約二五メートル）から広いところでは二十二間（約四〇メートル）にもなる堀が備えられていた。

精巧に積み上げられた石垣の上に十数もの櫓が築かれ、平城といえども敵を寄せつけぬ堅さがあった。その奥には豪華絢爛な天守閣が聳えている。白と黒で色彩づけた大坂の要塞とは違う贅を尽くした華美な城。まるでお伽話に出てくる竜宮城のようであった。

家康であっても大手門を潜ると騎乗は許されず、徒となる。秀吉の家臣の増田長盛に案内され、本丸御殿の中に入った。こちらも贅を極めていた。外廊下は鏡のように顔が映るほど丁寧に磨きあげられ、壁には金粉銀粉が埋めこまれている。檜柱の柔らかい色に続き、漆で輝く柱が並ぶ。内廊下は畳で芳しい藺草の香りを嗅ぐことができた。

藤祐は控えの部屋で待たされた。六畳間であるが、襖にも金や銀をあしらった絵が描かれ、天井には色とりどりの花が咲いていた。蒼い光沢を放つ畳の縁は高麗縁や繧繝縁を使用していた。

(これは御所を上廻るのではあるまいか)

藤祐は御所の中を見たことはないが、そう思わせるほど眩く見えた。

一刻ほど待たされて藤祐は呼ばれた。謁見の間と呼ばれる五十畳ほどの部屋にいくと、遥か遠いところに秀吉はいた。上座には十枚ほどの畳が重ねられ、その上に煌びやかな衣装を身に纏った小男がちょこんと座している。

家康は部屋の中ほどに腰を下ろしていた。

藤祐は敷居を跨いですぐのところに平伏した。

「これなるは、天台宗の僧侶にて光明と申します」

家康が紹介する。

「御尊顔を拝し恐悦至極に存じます」

藤祐は平伏したまま挨拶をする。

「面を上げて顔を見せよ。権大納言(家康)殿が然る人物に似ておると申すでな。わざわざ呼ばせたのじゃ」

関白・太政大臣に言われれば拒むわけにはいかない。藤祐は目を伏せたまま顔を上げた。

「ははは、こりゃ愉快。御坊は主殺しの惟任日向守に似ておるの」

かん高い声で秀吉は笑い、はしゃぐ。

よほど近しい関係でなければ、無位無冠の者が殿上人を直に見ることはできない。高くなった畳の上で、戯けているのがなんとなく視界に入る。

（糞猿、彼奴のせいで我が殿が亡くなられたのじゃな。結果、於桑も）

仇に蔑まれ、藤祐の血が沸く。

「そういえば、逆賊日向守には良く似た影武者がいたとか。御坊の出自は？」

「拙僧は武蔵の河越の地侍の子に生まれ、早くに親を戦で亡くし、食いっぱぐれましたので、仏の道に入りました」

「左様か。武士になりたいとは思わぬのか」

人のものを欲しがる秀吉は諸大名の家臣を引き抜いて弱体化を図ろうとしてきた。家康からは石川数正、毛利輝元からは小早川隆景と安国寺恵瓊、大友宗麟からは立花親成、島津龍伯（義久）からは伊集院幸侃（忠棟）、惟住（丹羽）長秀からは長束正家などなど。さらに伊達政宗からは片倉景綱、上杉景勝からは直江兼続、佐竹義宣からは東義久を引き抜こうとしたが、こちらは失敗している。秀吉は好敵手でもある家康のお抱え僧を手に入れたくなったのかもしれない。

「争い事は無縁の世界で生きてまいりました。こののちも左様にしたいと思っております」

「なんのために経を唱える？」

「真の安らぎを得るため。それがいかなることなのか、未熟な拙僧には判りませぬ。一生得られぬことなのかもしれません。また、未熟な拙僧が経を唱えることによって、誰かが少しでも安らぐことができるならば、よい行いができたのではないでしょうか」

秀吉を直視せず、視線を落としたまま、淡々と答えた。

「余も安らげるか」

「天下万民の上に立たれるお方ゆえ、なかなか難しいのではないでしょうか。あるいは、全てを捨てて隠居なされた時にならば、可能かと」

「さもありなん。まだまだ捨てるわけにはいかぬ。世辞を申さぬところはよいの。さすが権大納言殿お抱えの坊主じゃ。阿諛を申さぬゆえ、そちにも褒美をやろう」

言うと秀吉は立ち上がった。

「ついてまいれ」

家康も立ち上がりながら告げる。藤祐は頷いた。

（猿めは人の肚を読む天才とか。儂をいかな目で見ていたのかの。儂を生き延びた日向守様だと思っていたか、あるいは、口にしたとおり影武者だと認識したか、はたまた、ただの僧侶だと見たか）

秀吉の目を直接見ることができなかったのは残念である。

（家康殿はいかな目で猿めを見ていたのか。お前は山崎の戦いで日向守様を仕留め損なったのだと戯れて嘲笑ったか）

こちらも見ることができなくて未練が残る。

そんなことを考えながら秀吉を先頭にその近習、家康に続き、藤祐は天守閣の階段を上った。

四層の最上階に達すると、陽の光も然ることながら、眩さを覚えた。安土城を真似てか、黒漆の柱には龍や麒麟、壁には金碧画で中国古代の三皇、五帝、孔子の門下生などの賢人が描かれていた。まさに天下を誇るものである。

さらに、屏風が置かれていた。

（これは!?）

金雲に輝く屏風に浮かぶ五層七重の天主閣。蒼い琵琶湖に竹生島も描かれている。

（紛れもない安土山図屏風じゃ）

見た瞬間、稲妻にでも打たれたような衝撃が全身に走った。

「いかがか」

「何度見ても美しい屏風にございますなあ」

家康は感心して見せるが、価値が判らなそうな口調で告げる。

「そうであろう。なんでも逆賊日向が横流しをした本物じゃ。奈良の正倉院に隠しておったものを、持ってこさせたのじゃ。これは天下人が所有する屏風よ」

自分にこそ相応しいと秀吉は薄い胸を張る。

（かような面をしておるのか）

秀吉の行動が大袈裟で、両手を大きく広げてうろちょろしたり、振り返り、膝を屈伸させたりするので、顔が視界に入った。日焼けした顔は皺だらけで頬が細い。

（信長は禿げ鼠と言ったらしいが、確かに的を射ておるの）

滑稽な容貌であるが、金壺眼が異様に映り、気味悪さを感じた。

「どうじゃ、御坊」

秀吉の顔を見ていたせいか、急に質問された。

「あまりの眩しさに目が眩みそうです」

「権大納言殿に建ててもらう寺に飾りたくなったか」

「とんでもない。物欲を捨てることが、我らの追い求めるところにございます」

「そうか？　正倉院からこの屏風を盗みだそうとした戯けがいたそうな。坊主が欲することもあるのではないか」

秀吉は怪しい目を藤祐に向ける。

（此奴、我が素性を知っておるのか）

豊臣家にも多羅尾衆は仕えているので、正体が露見していても不思議ではない。

「左様な僧がいるかもしれませんが、拙僧の望むところではありません。まあ、雨風が当たらぬところで経を唱えられれば、有り難いと思っております」

「つまらんの。安国寺（恵瓊）などは僧衣を着ているが、武士に戻って喜んでおるがの」

安国寺恵瓊は一族が毛利氏に滅ぼされたのち、都などで修行を積み、毛利家の外交僧を務めていたところを秀吉に引き抜かれ、伊予で二万三千石を与えられて大名に列していた。

引き抜きができず、秀吉は残念がっていた。

「今度は聚楽第の屏風を描かせねばならんな」

気をとりなおして秀吉は言う。

「是非、その節は拝見させていただきたいものです」

家康は阿諛を口にする。笑みを湛(たた)えているが、団栗のような目は笑っていなかった。

その後、雑談をしたのちに、家康は秀吉の前から下がった。藤祐も続く。背中に視線が刺さる気がした。

聚楽第の大手門が近づいたので、藤祐が輿(こし)に乗る家康の横に侍(はべ)ると、僅かに戸が開けられた。

「本物か？」

勿論、安土山図屏風のことである。

「ご安心ください。（秀吉は）偽物を摑まされたようです。鮮やかすぎます。実物は今少しくすんでおりました」

聚楽第の敷地の中で秀吉と口に出せないのはつらいところ。それでも、答えた藤祐とともに家康も安堵した表情をしていた。さらに家康は口の端を上げた。

「実物を探す気か」

藤祐は頷いた。

「当てはあるのか」

「正倉院ですり替えたのならば、水の如き男。その前ならば、堺の商人たちかと存じます」

水の如き男とは黒田如水（孝高）のこと。

「彼の男は豊前であったか。遠いの」

黒田如水は豊前で六郡を与えられ、家を嫡男の長政に譲っていた。

「はい。まずは、近場から先に手をつけようかと思います」

話しているうちに、聚楽第の大手門を潜り抜けた。

「じきに異国攻めの拠点が肥前にできる。殆どの大名は、その地に陣屋を築き、渡海に備える。無論、儂も黒田もの。中津のほうは多羅尾に探らせよう。上方も手薄になるゆえ、好きに探るがよい。但し、必ず探り出せ」

「承知致しました」

「人手は？」

「多少、当てがありますれば、応援は無用に」

頷いた家康は輿の戸を閉めた。

（さて、まずは描いた者を確認せんとな）

家康の輿に頭を下げた藤祐は北に向きを変更した。

二

聚楽第の少し北東、御所と相国寺の間に狩野邸がある。狩野家は都の絵師で、『洛中洛外図屏風』をはじめ数々の有名な屏風を生み出してきた。『安土山図屏風』もその一つ。同屏風を描いた狩野永徳は、残念ながら秀吉が天下統一を果たした天正十八年(一五九〇)に死去している。跡は嫡子の光信が継いでいた。

屋敷は一町四方の敷地の中に建てられており、さすがに時代を代表する絵師だけあって、武家にも劣らず立派な門を構えていた。

門前を掃く従人に、家康の遣いで来たと告げると、すんなり屋敷の中に招かれた。

(江戸二百五十数万石、秀吉に勝ったことのある男の力は伊達ではないの)

改めて家康の力に納得すると同時に感心した。

六畳間に通された。襖には長寿を願ってか松と鶴が描かれている。力強くも繊細な筆遣いが見る者を飽きさせない。

(安土山図屏風とは、筆遣いが違うような)

誇るように描く城と、自然の風景なので、違うと言えば違うのは当然である。

暫しのち主の狩野光信が姿を見せた。

「お待たせ致した」

狩野光信は下座に腰を下ろす。面長で神経質そうな顔をしていた。二十七歳、若き狩野家の当主であり、狩野派の代表でもある。光信は父永徳とともに安土山や聚楽第の壁画を描いている。永徳は力強さ、嫡子の光信は華麗さが特長の絵師と言われている。のちに『四季花木図襖』などを残す絵師である。

「いやいや、突然押し掛けて申し訳ござらぬ。主の遣いでまいった次第」

「左様でござるか。なんなりと申されよ」

鷹揚に光信は言う。

「聚楽第の天守閣に飾られている『安土山図屛風』、ご覧になられたことがございますか」

問うと一瞬、光信は眉を顰めた。

「ございます」

「されば、話が早い。あの屛風はお父上、永徳殿が描かれた物にござるか」

「だと思いますが、なにか？」

答えた光信は、また一瞬、唇を一文字にした。

(唇を一文字にするのは、人が嘘をつく時によくすること。やはり偽物か)

藤祐は確信しはじめた。

「光信殿は、あの屏風をお父上と一緒に描かれたのですか」

「いや、一緒などとは烏滸がましい。小間使いをしただけにございます」

光信は否定する。

(『安土山図屏風』は御上が欲しがる名作じゃ。普通ならば、自分も参加したと誇示するであろう。それをせぬということは、見た目鮮やかな作でも、名人から見れば駄作、あるいは偽物であるから係わりないと言いたいに違いない)

ますます藤祐は己の考えに自信を持った。

「通常、屏風の後ろに名を描かれますな。ありましたか?」

「そこまでは確認しませんでした。なにせ関白殿下が手にした屏風です。偽物であるはずがない。違いますか」

光信は強く主張する。名がないと言えば、秀吉を否定することになるのでできない。お前もそうであろう、と聞き返す。

「光信殿の申すとおりです。されど、以前、拙僧は御所にあった『花鳥図押絵貼屏風』を拝見させていただいた。拙僧は屏風について、それほど造詣が深くはござらぬが、それでも同じ人が描いたとは思えぬ筆遣いだと思いました」

勿論、はったりである。狩野永徳が描いたということを聞いただけで、実際に藤祐は『花鳥図押絵貼屏風』を見たことはない。

「『花鳥図押絵貼屏風』は父の若き頃の作。また、空想の唐獅子と現存した安土城では筆遣いも自ずと変わってまいりましょう」

秀吉を恐れ、光信は必死に言い訳をする。

「左様でございましたか。よき意見を聞かせていただきました。また、なにか判ればお教えください」

すでに秀吉は藤祐の正体に気づいている可能性が高い。適当なところで退くことにした。

（偉大な父を持った跡継ぎは大変じゃの。父を超えねばと必死なのであろう。踏襲では満足できぬのか。まあ、儂には関係ない。問題は屏風。やはり秀吉の持つ屏風は偽物じゃ。されば、誰が描いたのか？　自ら申し出るわけもない。今一人、探ってみるか）

藤祐は狩野屋敷を出ると北西に向かい、かつて松永久秀が住んでいたという地の北に立つ地で足を止めた。狩野光信の弟・孝信の屋敷である。

素性を明かすと、光信邸同様すんなり入れてくれた。

部屋に通された。襖には松と孔雀が描かれていた。

(力強い松は父の手法。柔らかな曲線の孔雀は兄譲りか)

そんなことを思っていると、孝信が姿を見せた。

「お待たせ致した」

腰を下ろしながら挨拶をする。若い。二十一歳になる孝信である。面長は兄と同じだが、温和そうであった。のちに『桐鳳凰図屏風』を残す絵師である。

「いえいえ、こちらこそ、お忙しいところをお邪魔させていただき申し訳ござらぬ。さて、拙僧が来た理由は……」

藤祐は光信と同じことを尋ねた。

「手前は兄とは違い、まだ幼く、『安土山図屏風』に携わることはできませんでした。非常に残念に思っております」

視線を落として言う。本心かもしれない。

「ご覧になられたことは？」

「聚楽第で兄とともに」

「いかがでござったか？」

藤祐は肚を覗き込むように問う。

「手前ごときが批評するなど烏滸がましい。非の打ちどころのない作です」

孝信は兄と同じようなことを口にする。

「ほう、兄君とは違う意見でございますか」

「兄はなんと？」

そんなはずはない、と孝信は疑念を持つようになり、不安そうな表情になる。

「お父上の作ではないのではと、疑いを持たれておりましたが」

「よもや、兄が左様な話をするはずがない」

孝信は強く否定する。

「されば、兄上に聞かれてはいかがか？　拙僧はこれでお暇させていただく」

焚き付けた藤祐は孝信の屋敷を後にした。

(これで真実が聞けそうか)

藤祐は茂みに入って僧衣を脱いだ。下には膝が出る灰色の小袖を着ていた。すかさず臑には脚絆をつけ、顔に泥を塗り、頭に手拭いを巻き、胸元を開けると、人足に見える。僧衣は木の根元に隠して茂みを出ると、狩野本家の屋敷に向かった。

向かいの屋敷の角で様子を探っていると、案の定、孝信が従者を一人連れて本家の屋敷の中に入っていった。

(当たりじゃな)

北叟笑んだ藤祐は周囲を窺いながら、屋敷の中に入り、縁の下に潜り込んだ。先程案内された部屋に違いないと、藤祐は移動する。武家の屋敷ではないので、鳴子などは設置されておらず楽であった。

床の上では人の気配がする。すぐにもう一人が入ってきた。

「どうした？　かような昼間に」

兄光信の声である。

「今しがた徳川権大納言の遣いで光明という僧侶が、某の許にまいりました」

弟孝信の声である。

(読みどおりじゃ)

藤祐は昂揚しながら、聞き耳を立てた。

「儂のところにもじゃ。して、なにを申した？」

「聚楽第にある『安土山図屛風』は偽物であると、兄上が申していたとか」

「埒もない。左様なこと、儂が申すはずはなかろう。そちに鎌をかけたのじゃ」

光信は強く否定する。

「某もそう思いますが、手違いがあってはならぬと思って来た次第」

「よいことじゃ。意思は合わせておかぬとな」

兄の言葉に孝信は頷いた。

「それにしても、なにゆえ今さら『安土山図屏風』が偽物などと申すのでしょう」

「判らぬ。噂では、殿下は近々唐入り（朝鮮出兵）を宣言するとか。多くの兵が異国に渡るのであろう。徳川殿は駿河から江戸に移ったばかり。異国に行く余裕はあるまい。『安土山図屏風』は異国に贈らず、惟任日向守が持っているという噂がある。聚楽第の屏風が偽物ならば日向守はまだ生きていて、皆が渡海したのちに蜂起するとでも申し、徳川は異国との戦をさせぬつもりではなかろうか。全国には殿下に潰された大名や国人衆が数多いるゆえ真実味がある」

「なるほど、一理ありますな。まことと生きているのでしょうか。晒された首は偽物と言われております」

二人の話は興味深いが、まだ核心に触れていない。催促したい気分である。

「生きておれば、とっくに姿を見せていよう。殿下と戦える機会は何度もあったはず」

「留守を狙うつもりかも。そういえば、あの光明という坊主などはいかがですか？兄上は日向守に会ったことがあるのではないですか」

「そのこと。確かに似ているような気がするが、生きていれば、もっと老けていよう。山崎の戦いから九年が経つぞ」

光信の言葉を聞き、もうそんなに経つかと、改めて気づかされた。

「そうですな。ところで、聚楽第の屏風、未来永劫、本物だと言い続けるのですか」

孝信は声を潜めて問う。

(やはり、偽物か！)

喜びのあまり、叫びたい心境である。

「これ、声が大きい。天下人が本物だと申すのじゃ。偽物であっても本物であろう。ゆえに、なにがあっても本物で通すしかない。次の天下人が偽物というまではの」

「されど、以前は本物と申していたと言及されたらいかがしますか」

「天下人には逆らえぬと申せば、次の天下人も納得しよう」

「次の天下人が等伯を重視したらいかがします」

長谷川等伯は狩野派の競争相手である。

「彼奴は能登の出で、都の人脈はあまりない。焦ることはなかろう」

「そうでした。されど、今、等伯の許に平助がいるそうにございます」

「あの恩知らずめ。面倒な物を残して、当家に後ろ足で砂をかけよった。いずれ痛い目に遭うであろう。さすれば等伯にも累が及ぶやもしれぬ。我らは高見の見物をしておればよい」

その後、二人は長谷川派の絵を批判しはじめた。というのも、この年の八月六日、秀吉の愛児の鶴松が僅か三歳でこの世を去った。秀吉は菩提寺の祥雲寺（智積院）を建立し、その障壁画を狩野派に描かせようとしたが、永徳が死去し、狩野派内部の混乱もあり、長谷川等伯一門が製作することになったからである。

批判する二人であるが、狩野派の絵を取り入れた長谷川派の絵を、のちに取り入れることになる。

絵そのものに興味のない藤祐は狩野本家の屋敷を出た。

（面倒な物とは『安土山図屏風』の偽物のことであろう。平助なる者が偽物を描いたのか。平助とはいかな男か）

核心に近づけると藤祐の心は弾んだ。

三

（まずは等伯に会わねば平助の所在も判らぬな）

藤祐は長谷川等伯の屋敷に向かった。等伯の屋敷は上京の北西に位置する大徳寺(だいとくじ)の近くにあるという。町人に尋ねると同寺の北に屋敷があることが判った。

御所近くの賑やかな狩野本家の屋敷とは違い、等伯の屋敷は樹木に囲まれた静かな佇(たたず)まいであった。

藤祐は狩野家の時と同様に僧衣を身に纏い、屋敷を訪ねた。

正門で従者に告げると、中に通してくれた。やはり家康の名前は絶大である。

部屋に案内された。鶴や百舌(もず)の水墨画の襖であった。鳥の目がいきいきとしていた。今にも飛び立ちそうな気がする。

ほどなくして長谷川等伯が現れた。絵師は痩せ形なのか、等伯も同じで剃った髭跡が濃い。鼻が大きいのが目立った。

「お待たせ致した。なにせ多忙なもので」

邪魔をされて迷惑そうである。

長谷川等伯は能登の七尾で生まれ、若い頃は仏画や肖像画を描いていた。三十三歳の時に上洛し、狩野派などに絵を学び、牧谿や雪舟の水墨画も取り入れ自分の絵を築き、狩野派を脅かす存在になった。秀吉や千利休などにも重用されている。等伯はこの年五十三歳。絢爛多彩な色合いが特長であった。

「お忙しいところ、ご無礼致す。なにせ、主は気になると居ても立ってもいられぬ質なもので」

前置きをした藤祐は改まる。

「ところで、聚楽第の天守閣に飾られている『安土山図屏風』のこと、ご覧になったことはござるか」

「一応」

不快そうに唇を結んだ。

「長谷川殿の目から見て、いかように映りましたか」

「なにか試されておられるのか」

さらに不機嫌になった。

「左様なつもりはござらぬ。素直な感想を聞きたいとのことなので」

「よき作だと思います。我が趣きとは違うので、その程度です」

「なるほど。本物だと思いますか」

藤祐はさらに聞く。

「違うのですか」

本当か、といった表情で等伯は問う。

「そういう噂がござる。本物はどこにあるのか判らぬが、聚楽第の屏風は貴家に出入りしている平助という者が描いたとか」

「ほう、面白きことを申される。平助がのう。あるやもしれませんな。平助は狩野派から独立して自が一派を立てんとする野望がある。当家の門を叩いたのもその一環。聚楽第の屏風が平助だとすれば、修練の一つとして模倣したのやもしれぬ。誰に頼まれたのかは判りませんが」

等伯は自分の言葉に納得したように何度も頷いた。

(繋がってきたぞ。真相は目の前じゃ)

興奮で体温が上がる。藤祐は目を見開いた。

「その平助という方は何処に?」

昂揚しながら問う。

「自が屋敷にいるはず。といっても小屋のようなもの。ここから十町ほど北の西賀茂にござる。そう多くの家があるわけではないので、すぐに判るはず」

「忝い。祥雲寺の障壁、楽しみにしております」

礼を告げた藤祐は長谷川屋敷を後にした。

喜び勇んで歩くと健脚が露呈し、怪しまれるので藤祐は抑えながら歩を進めた。

（むっ⁉）

長谷川屋敷を出てすぐ、背後に人の気配を感じた。

（儂をつける者？　儂と同じように屏風の真相を探る者。徳川ではないとすれば、豊臣の者か？　その必要があろうか。あるいは、探らせぬよう儂を始末せんとすることか。今のところは一人か。随分と儂も軽く見られておるの）

少々腹立たしさを覚えながらも警戒し、藤祐は足を運んだ。

洛中から遠ざかるほどに道は細くなり、周囲は畑や茂みばかり。都の華やかさはなくなり、のどかな風景が広がる。

十町ほど進み、西賀茂と呼ばれる地に来た。

（ここか）

道の西側の茂みの中に人が通ったように草が倒れているところがあった。

（茂みの中に人の気配はないの）

藤祐は警戒しながらも茂みの中に足を踏み入れた。五間ほども進むと山小屋のような家があった。

(これで絵師の仕事ができるのか。仕事は別のところで行うのかのう)

疑問にかられながら、藤祐は戸の前に来た。焦げ茶色の戸は閉まっている。物音はしない。人の気配は家の中からは感じられなかった。

「失礼致す。拙僧は……」

藤祐は挨拶をするが、応答はない。

(眠っているのか。留守か。一応、確認するか)

藤祐は改めて声をかけたのちに、戸を一度叩いたが返答はない。戸に錠はかかっていない。中の閂(かんぬき)が防犯のようであった。

「平助殿、失礼致す」

万が一のことを想定し、藤祐は引き戸を右に引くと開けた。閂はかかっていない。

(いるのか？　いるなら返事ぐらい致せ)

文句の一つも言ってやりたい心境である。

他の戸は閉められているので家の中は薄暗い。手前と奥に六畳ほどの板張りの部屋がある。手前が作業部屋で、奥を寝室として使っているのであろう。平助と思しき人物は横たわっていた。

「平助殿、寝ているのか。入らせてもらうぞ」

中に入った瞬間、藤祐は愕然とした。

「なんと！」

薄暗くてよく判らなかったが、寝ているとばかり思っていた平助は口と胸から血を流して倒れていたのだ。

藤祐は周囲を警戒しながら平助に近づき、首に指を当てたが脈はない。

（まだ温かい。殺されてから半刻と経っておらぬ。とすれば、儂が長谷川屋敷に向かおうとした頃、殺されたのか。儂が等伯を探ろうとしたから。等伯を探れば平助に辿り着くことを知って口を封じたのか。誰が？）

眉間に皺を寄せて藤祐は思案する。

（普通に思案すれば豊臣の者であろう。聚楽第の屏風を本物としておくために。されど、それならば、回り諄いことをせず、儂を始末すればすむこと。儂を狙わぬのはなにゆえか？　徳川と接しているせいか。いや、たかが忍び一人に左様な気遣いは必要あるまい。あるいは、唐入り前に波風を立てたくないとか。とすれば、これは儂への警告か）

藤祐は平助の手を胸の上で組ませ、手を合わせて家を出た。

姿は見えないが、視線は感じる。先ほどから藤祐を尾けている忍びだ。殺意はないので、監視なのであろう。

（我が命を狙ってきているわけでもない。煩わしいが、構わぬか）

抛っておくことにした。

一応、長谷川屋敷で平助のことを伝え、藤祐は徳川家の屋敷に戻った。聚楽第の南の正面、下立売通の南に位置している。西隣の織田信雄と東隣の宇喜多秀家の屋敷に挟まれていた。

「……でございます」

藤祐は仔細を家康の懐刀の本多正信に報告した。

本多正信は鷹匠上がりの一向衆で、三河の一向一揆が勃発した時は一揆側に加担して家康の許を一度離れている。本能寺の変後あたりで帰参し、家康の側で謀を企てている。蝦蟇のように目が離れ、顎が細い不気味な顔をしているものの、「君臣の間、相遇うこと水魚のごとし」と言われるほど、家康との関係は良好であった。

「それは残念。心当たりは？」

「屏風を追っていたのは多羅尾衆。三男の光久らだと思われます」

「当家にも多羅尾の者はおったの。して、こののちは？」

淡々と本多正信は問う。

「偽物を描かせたのは堺の商人。原点に返り、堺を当たるつもりです」

「左様か。一つ助言しよう。近く殿下は関白を甥の秀次殿に譲られる。さすれば聚楽第も屏風も新関白の秀次殿のものになる。どうするかは、そち次第。手が足りねば多羅尾の者どもも加えさせるが」

「ご助言忝うござる。某一人で十分にございます。されば」

妻の一族の手を借りるのは意地でもできない。藤祐は断って下がった。

（そうか関白を譲るのか。秀吉は本気で異国に渡るつもりか。いや、待て。あの本多佐渡守が、儂を思って助言するはずもない。家康は異国に渡るつもりはない。問題を起こして秀吉を渡海させなければ、家康も日本にいられる。そういうことか）

本多正信の意図が理解できた。

藤祐は屏風を捜しながら、新たな策を練らねばならなかった。

四

天正十九年（一五九一）十二月十八日、秀吉は関白を辞して自らを太閤と称した。二十八日、秀次は関白に任じられた。

年明けの一月五日、秀吉は諸将に朝鮮出兵を命じ、加藤清正ら九州の大名には肥前の名護屋の築城を急がせた。

諸将は三月の上旬から渡海をはじめ、秀吉も四月二十五日には名護屋に着陣。諸将もこれに倣ったので、聚楽第や大坂は留守居ばかりとなり、閑散としている。関白の秀次は都を離れるわけにはいかないので在京していた。

月末、夜は暗い。藤祐は久々に忍び装束になった。

（懐かしいの。腕は鈍っておるまい）

この数ヵ月、鈍った体を叩き直すべく、自身の姓に因み、御所から一里半ほど北に聳える神山で鍛えあげたので、十年前の本能寺の変の頃と体の切れは変わらなかった。

聚楽第には以前、家康とともに登城したことがあるので、勝手は知っている。諸将が名護屋にいるので警備も手薄である。

　堀の橋の下にへばりつきながら進んで渡る。石垣は隙間が多いので指や足のつま先を入れやすく登るのも楽だ。壁は狭間に手足をかけて登る。瞬く間に城内に忍び込めた。

（容易きこと。まずは天守閣じゃな）

　本丸御殿と天守閣の間に渡り廊下がある。藤祐は渡り廊下の屋根に上がり、一階の格子窓の戸を持ち上げ、三寸四方の格子を細いしころで切っていく。しころは携帯用の鋸である。二本の上下を切れば体が入る。四半刻の半分（約十五分）ほどで切り、中に入る。格子の切り口に米糊を塗って元に戻し、木屑は拭き取った。

（無警戒じゃな。秀吉をはじめ殆どの大名は遠い名護屋におるゆえ気をぬいておるのか。それとも、今や豊臣に背く者はいないと、高を括っているのか。慢心は身を滅ぼすぞ。儂も用心せぬと）

　藤祐は周囲を窺いながら階段を上る。夜中に上階に行くなどとは誰も思っていないのか、警戒されていない。一応、各階に見張りはいるが、みな、居眠りをしていた。

（主君が秀吉ではなくなったゆえ怠けているのか。あるいは、此奴らは最初から秀

次の家臣で、緩みっぱなしなのか。それゆえ長久手の戦いで寡勢の徳川に敗れたのか）

過ぐる天正十二年（一五八四）、秀次は小牧長久手の戦いが行われた時、家康の本拠の三河を突く中入りの総大将を命じられたが、朝飼を食っているところを攻撃され、総崩れとなって敗退したことがある。この戦いで豊臣（羽柴）方は二千数百の兵とともに池田勝入（恒興）、元助親子、森長可らの武将を失った。

（お陰で楽に最上階に行ける）

『安土山図屛風』は畳んで横にして漆塗の箱の中に入れられていた。

（この偽物のお陰で何人もの配下が死んだのじゃ）

怒りがこみ上げて、藤祐は切り裂きたい衝動にかられた。

（それでは我が恨みを晴らすだけで、前には進まぬ。徳川に飯を食わせてもらっておるのじゃ。恩は果たさねばの）

藤祐は屛風の一番右隻の裏に小さく『平』という文字を矢立て（携帯用の筆記用具）で書いた。

（これでよし。あとは、飾りの関白か）

屛風を元に戻した藤祐は天守閣の階段を下り、本丸御殿に向かった。

渡り廊下は鍵形になっている。曲がり角から覗くと本丸御殿の扉の前に二人の警備がいた。距離は五間ほど。座ってはいるが、眠ってはいない。

（眠かろう。眠らせてやる）

藤祐は吹き矢を吹いて二人を順番に眠らせた。

戸を開けると二人いたので、こちらも吹き矢で眠らせた。納戸を見つけたので、中に入り、天井裏から秀次を捜す。梁の上を歩きながら一部屋ずつ確認していくと、秀次を発見した。隣には側室が寝ていた。

（起きて騒がれては迷惑。また、情けない姿を側室に見られれば、生かしてはおくまい）

藤祐は天井裏から側室の首筋に吹き矢を放ち、少しして部屋に降り立った。僅かに床の間の近くにある油皿の灯が揺れた。

（間抜けな面をして寝ていること。儂が刺客であれば命を失っておるぞ）

つり目で鼻が大きい。口を開けて眠っていた。

秀次は秀吉の姉・ともの長男として生まれ、この年二十五歳になる。秀吉が信長に仕えなければ、一生、尾張で田畑を耕していたに違いない。刀鑓などの武道は不得意だが、和歌に優れ、古今集などに精通し、公家の評判はよかった。

藤祐が油皿の灯を消すと部屋は真っ暗になった。藤祐は白い小袖の胸ぐらを摑んで引き起こし、背後に廻った。

「むぐっ」

秀次はなにか、しゃべろうとしたが、藤祐は背後から左手で口を押さえ、右手で刃を首筋に当てた。

「騒ぐな。騒げば、一気に汝の首筋を搔き切る。死にたくなくば従え」

耳許で告げる。覆面ごしでも伝わり、秀次は震えながら頷いた。

「天守閣の最上階に『安土山図屛風』があろう。あれは偽物じゃ」

藤祐は左手を放して言う。

「な、なにゆえ？」

恐る恐る秀次は問う。

「秀吉は惟任日向守を討ててはいなかった。それゆえ偽物を摑まされたのじゃ。その証拠に屛風の裏を見よ。『平』という字が書いてある。先日、殺された平助が描いたものじゃ。平助は狩野派から独立を試み、長谷川の許に通っていた族じゃ。堺の商人に銭を貰い、『安土山図屛風』の偽物を描いたのじゃ」

「なにゆえ左様なことを」

「『安土山図屏風』は天下人が所有するものだからじゃ。本物は大坂城にある。この意味が判るか？」

問うと秀次は首を横に振る。

「秀吉は汝に天下を渡すつもりはないのじゃ。まだまだ女子は抱けるであろうが子種がない。おそらく先に死んだ鶴松も秀吉の子ではあるまい。通夜参籠をしたと聞くぞ」

通夜参籠は身分を問わず、全国各地で重宝された。跡継ぎを必要とする武家や公家をはじめ、農地の耕作者を欲する村人までが、それぞれのしきたりに従って行われた。日の入りとともに男女数人が寺に籠り、子作りに励む。暗闇であっても顔を見られたくない女子などは目隠しをして参じたという。

藤祐の言葉に秀次は返答しなかった。

「いずれ、再び通夜参籠がなされよう。さすればまた側室が子を産む。その子を秀吉が認めれば秀吉の子となる。男子なれば跡継ぎじゃ。屏風を返せと申すであろう。屏風を返せば汝は用済みとなる。返さなければ、太閤の兵がこの城を囲む。それゆえ偽物で十分ということじゃ。屏風を確認し、次に備えよ。儂はそれを告げに来ただけじゃ。少々荒っぽい手を使ったが、儂は汝の敵ではない。陰ながら応援しておる。励むがよい」

異質な激励をした藤祐は秀次の後頭部に当て身を喰らわせて気絶させた。

(これで家康への義理は果たした。傀儡とはいえ関白を打ちのめしたのじゃ。儂への追及もされよう。しばらく都を離れるか)

天井の梁の上を這いながら、藤祐は思案した。

聚楽第を出た藤祐は東に歩を向けた。

翌日、秀次は屏風を確認し、裏に「平」の小さな文字を確認して激怒した。

「畏れながら墨が濃いので、最近書かれたものにございます」

周囲は宥めるが秀次は聞かない。

「されば、賊が関白の居る聚楽第の天守閣に登り、落書きしたと申すのか? さすれば、そのほうらは職務を怠ったことになり、全員切腹させねばならぬがいかがか?」

新関白の言葉に周囲は閉口した。

秀次にとって目の前にある『安土山図屏風』が本物であるかどうかは、どうでもいいこと。藤祐が言ったとおり、秀吉の側室が子を産んだ時、屏風を返せと言うかどうかにかかっている。返せと言われた時にどうするか。それを悩んでいた。
寝所に曲者の侵入を受けたことは屈辱であり、不名誉なことなので口外できない。そこで秀次は身辺警護の意味もあり、多羅尾光太の美しい娘の夏夜を側室にした。娘が関白の側室となり、多羅尾家の格が上がり、当主の光太は天にも昇る状態だという。

秀次の不安は現実のものとなった。その年の晩秋、淀ノ方（茶々）が懐妊した。九月九日、弟の秀勝が朝鮮の巨済島で病死したという報せに続いてのことなので、落胆は隠せない。関白として甥か姪が生まれることは喜ぶべきことであるが、男子誕生ならば自身の地位を脅かす存在になるので憂えるばかりであった。

まだ、男子と決まったわけでもないのに、秀吉は即座に大坂城を子に譲ると称し、隠居城を都と大坂の中間地の伏見に築くように命じた。

翌文禄二年（一五九三）八月三日、大坂城で男子の産声が上がった。嬰児は拾（のちの秀頼）と名づけられ、秀吉は飛んで帰り、以降、名護屋に行くことはなかった。

誰しも自分の子は可愛いもの。秀吉は淀ノ方が産んだ子を我が子だと信じている。秀吉は後継者の地位を譲るべく二年後の文禄四年（一五九五）の夏、手始めに秀次に対し、『安土山図屏風』を返せと要求してきた。

「偽物など無用じゃ」

秀次は素直に『安土山図屏風』を返却した。

「これは偽物。屏風の裏に『平』という文字がござる」

奉行の石田三成が指摘すると、秀吉は激怒して秀次から所領と関白職を剝奪し、謀叛の疑いをかけて紀伊の高野山に追放した。

七月十五日、秀次は濡れ衣を着せられたまま高野山で自刃した。

秀吉は秀次の切腹だけでは飽き足らず、聚楽第を破却して秀次の痕跡を消滅させ、さらに八月二日、三条河原において秀次の妻子三十数人を斬首させた。その中には多羅尾夏夜もいた。秀次の血は一滴たりとも残さぬという徹底ぶりである。

(秀次には申し訳ないが、彼奴は鈍い。於拾が誕生した時に関白を返上する旨を秀吉に伝えておけば、殺められることもなかったろうに。権力欲に負けたのじゃ)

藤祐に罪悪感はなかった。

秀次事件に連座した多羅尾家は所領を没収された。ただ、多羅尾光孝が家康に仕えていたので、当主の光太は家康から僅かながら月俸二百口を与えられた。また、三男の光久も家康に仕えることになり、これを機に光雅と改名した。

なんの罪もない娘を殺された光太は、秀吉への憎しみを強くした。

（多羅尾の娘は不憫であったの。されど、忍びの娘が天下人の側室などになって浮かれておるからいけないのじゃ。忍びならば、秀次が高野山に追放された時、夜陰に乗じて逃がすこともできたであろう。妙な自尊の心のために命を落としたのじゃ。忍びは忍びらしく、いかな悪態をつかれても、生き延びる術を行うべきであった。あの娘は親に殺されたも同じじゃ）

藤祐には罪の意識はなかった。

於拾の誕生と秀次の謀叛のお陰で秀吉には朝鮮出兵の興味が薄まった。これにより、家康の渡海もなくなり、家康は満足の体であった。

この間、藤祐は秀次の刺客から逃れるため江戸に身を置いていた。秀次が死に、ほとぼりが冷めたので藤祐は再び上洛した。

五

（華やかじゃの）

往来にいる人の数は江戸、駿河、尾張などを超えて遥かに多く、服装も他の地に比べて鮮やかな色彩を飾っていた。路上には珍しい品を並べる店が数多連なり、庶民の屋敷でも屋根には瓦を並べている。

二年ぶりに三条大橋を渡った藤祐は、賑やかさに圧倒された。

都を離れてから藤祐はずっと考えていたことがある。

（やはり利休の死は怪しい）

千利休は言わずと知れた信長の御茶頭でこれは秀吉にも引き継がれた。利休は堺の商人で、諸将とも親しく、惟任光秀とも昵懇であった。また、絵師の長谷川等伯とも懇意にしていた。

（絵、商人、秀吉、日向守様、繋がるのではないか）

都に入った藤祐は長谷川等伯の屋敷に向かった。

「今、大徳寺に行っております」

留守居の従者に言われたので、南の大徳寺に向かう。

大徳寺は紫野にある臨済宗大徳寺派の総本山である。山号は龍宝山で正中二年（一三二五）に創立された。有名なところでは一休宗純を輩出したことにより、侘び茶の村田珠光などの昵懇な者たちが参禅したので東山文化の交流の場所となった。その流れで茶人で商人の武野紹鷗や千利休なども顔を出すようになった。信長の葬儀は同寺で秀吉が行った。

樹木に囲まれた本殿に行き、庭を掃く十四、五歳の沙弥に尋ねた。

「拙僧は光明と申す。こちらに長谷川等伯殿が参禅されていると聞いたが」

「先ほどまでおられましたが、住職（住持職）様と出ていかれました」

「等伯殿は住職と昵懇なのか」

問うと沙弥は頷いた。

（この寺で信長の葬儀を行い、利休が切腹する契機を作った）

過ぐる天正十七年（一五八九）、利休は寄進し、大徳寺の山門の二階部分を金毛閣に造り替えた。

大徳寺側は感謝の意思として利休の木像を安置させてほしいと提案すると、利休は戸惑いながらも受け入れた。

その二年後のこと。

「参詣する誰もが潜る山門の上に、雪駄履きの像を立てるとは何事か、余も通るのだぞ」

秀吉は激怒し、ほかの確執とも相まって利休を自刃させた。

（なにゆえ二年もの間が空いたのか。それに、木像は利休が作らせたものではなか

ろう。その住職もキナ臭いの)

藤祐は住職に疑問を持った。

「住職はどちらの出自か」

「確か堺の出と伺っております」

「なに!」

あまりに藤祐が大声を出すので、沙弥は目を大きく見開いて驚いた。

「堺の商人か」

「はい。天王寺屋と窺っております」

聞いた瞬間、藤祐は稲妻かなにかに打たれたように、全身が痺れた。

(繋がった。そうか、そういうことか)

藤祐は悟った。だが、まだ疑問も残る。

「住職と話がしたい。寺で待たせてもらっても構わぬか」

半ば強引に言い、藤祐は草鞋を脱ぎ、縁側に腰掛けた。

二刻ほどして陽が落ちかけた頃、住職が戻ってきた。黒い僧衣に金色の法衣、背は中ほどで丸顔、目が据わっている。

「拙僧に用とか」

縁側に上がった住職は鷹揚に問う。

「拙僧は徳川家で世話になっている光明と申す」

「住職の江月宗玩（こうげつそうがん）です。まあ、ここではなんですので中にお入りください」

江月宗玩は大徳寺百五十六世の住職である。

徳川の名を出したので、ぞんざいに扱うことができなくなったようである。奥の一室に通された。灯がなければ顔が判らぬほど暗くなってきた。

沙弥が灯をつけたので明るくなった。そこへ江月宗玩が現れた。部屋は二人きりで、沙弥が廊下に控えていた。

「お手数はかけぬつもり、ちと聞きたいことがあってまいった次第。貴僧は堺の天王寺屋の出自とか」

「いかにも。店は兄が継いでござる。田を分けるのと同様、堺で暖簾（のれん）を分けるのは阿呆のすること。余った次男以下が商人をやるには、兄の従者として働くか、別の地に行くしかない。あるいは職替えをするしか」

「なるほど。確かお父上が亡くなったのは利休殿と同じ年でござったの」

天王寺屋は、当主の宗及（そうぎゅう）が天正十九年（一五九一）に死去し、嫡男の宗凡（そうぼん）が継いでいた。

「左様。仲の良い二人でござった」

「真実、二人は仲良しでござったか。お父上と利休殿は共に信長公ならびに太閤殿下の御茶頭を務めておられた。されど、太閤殿下はお父上に距離を置かれ、利休殿を近づけられた。九州の武将には利休殿に相談しろとも申したとか。お父上は利休殿を疎んじられていたのではござらぬか」

薩摩の島津氏の侵攻に圧され、秀吉を頼ってきた豊後の大友宗麟に対し、弟の秀長は「公儀のことは某に、内々のことは宗易（利休）に相談なされよ」と伝えたことは、つとに有名である。

「さあ、武家のことは拙僧にはとんと判りません。同じ人ではござらぬゆえ、茶のこと、商売の考え方が違っても不思議ではござるまい。それで仲違いしていては堺の商人は務まらぬと父は申しておりました。遠い昔の話ですが」

「左様でござるか。拙僧はこう考える。江月殿が大徳寺におられるのに、天王寺屋は金毛閣を造る余裕がなかった。対して利休殿はいとも簡単に造ってのけた。茶器を高値で売り付けていたので、余るほど銭を持っていた。天王寺屋としてはこれ以上ない屈辱。そこで木像を作ることを提案し、渋々受けさせた。山門の上に上げれば殿下が下を通ることが明白なので、必ず怒ると踏んで」

「それでは当寺が叱責されかねぬではござらぬか」

「殿下の側には、利休殿を疎んじられておる方々がいる。その筆頭は奉行の石田治部少輔（三成）殿。大和大納言（秀長）様がお亡くなりになられたので、邪魔者を排除した。殿下に報告したのは治部少輔殿やもしれぬが契機を作ったのは天王寺屋。いや江月殿。木像を作ってから二年もの月日が経ったあとというのは解せぬこと。おそらくお父上の体の容態が悪くなったので急がれたのでござろう」

「光明殿は妄想が得意か。なるほど、拙僧や天王寺屋を悪者にせんとすれば、左様な話になりますな。されど、拙僧や天王寺屋に利休殿を亡きものにせんとする理由がない。共に扱う品が違うので、利を奪い合うことはござらぬ」

「確かに。それゆえ別の理由があるはず。例えば『安土山図屏風』とか」

藤祐の問いに江月の唇が一瞬、一文字になった。

「屏風がなにか？」

「『安土山図屏風』は南蛮に贈られたが、それは偽物。惟任日向守殿と堺の商人が結託して狩野家から独立せんとしていた平助なる者に描かせた。ゆえに本物は別のところにある」

「仔細は存ぜぬが、太閤殿下から先の関白へ、その後また殿下の許に戻ったと聞いてござるが」

違うのか、と恍けた口調である。

「それも偽物。裏に『平』という文字が書かれていたとか。平助が書いたものであろう。ゆえに本物は別のところに存在する」

「屏風は大坂では？」

「この寺でござろう。それゆえ利休殿は金毛閣を築き、代わりに屏風を受けとろうとした。寺は、いや貴僧は惜しくなり、治部少輔殿を嗾けた。勿論、屏風のことは言わずに」

「邪推ですな。もしこの寺にあるならば、庫裡から厠の中まで好きなだけ探すがよかろう。案内させますぞ」

強気な口調だが、目にはどことなく後ろめたさがある。

「陽は落ち申した。明るい時にお願い致す」

広い寺を夜探すのは難しい。藤祐は日を改めることにした。

本堂の外に出た藤祐は、茂みに身を潜めた。寺内にあるならば、別の場所に移すであろうと判断してのこと。

（儂の推測は間違っておるまい。それにしても、天下は秀吉のものとなり、異国にまで乗り出しておる。堺の商人たちは、なにゆえ本物を秀吉に贈らぬのじゃ。織田のごとく長続きはせぬと思うておるのか。豊臣に代われるとすれば徳川しかあるまい。ほかにあるのか？　御上に献上するのであれば、とっくにしていよう）

藤祐は家康以外の天下人を思い浮かばなかった。

（まずい！）

様子を窺っていた時、背後に人の気配を感じた。しかも複数である。

と思って振り返った時である。矢が左肩に刺さった。

（ぐっ）

激痛が走り、呻きそうになったが堪えた。

（寺で刃傷沙汰に及ぶとはの。相当な恨みがあるか、背に腹は代えられぬか）

矢を肩から抜き取り、藤祐は樹の陰に身を隠した。だが、敵は左右から廻り込んでくる。

（まずいの。僧姿ゆえ、杖と懐刀が一振り。手裏剣が数本。煙玉が二つ。火薬玉が一つ。敵は数人。手に余るの。強がりを言わずに応援を得ておけばよかったな）

後悔しても既に後の祭りだ。

月末に近いので夜は暗い。二本目の矢が放たれた。藤祐はかろうじて躱すが、左右から手裏剣が飛んでくる。右をよけ、左を杖で弾いた。そこへまた矢が射られた。耳元を掠めて風切り音が耳朶に響く。これに気を取られた時、手裏剣が右の太股に刺さった。藤祐は即座に抜く。

（此奴ら多羅尾衆か。徳川ではあるまい。豊臣に仕えていた奴ら。関白の側室になった娘の仇討ちか）

　覆面をかぶっているので顔は判らないが、藤祐は察した。

「待て」

　言い訳は通用しない。言葉で攪乱し、隙を作って逃げようとしたが、相手は聞く耳を持っておらず、口を開いた瞬間に矢が大気を引き裂き、手裏剣が藤祐に集中する。

　多羅尾衆は包囲を詰めながら、次々に手裏剣を投げ、矢を放ってくる。反撃をする余裕などない。致命傷を負わずに躱すだけで精一杯である。

（このままでは的になるばかり）

　藤祐は回転しながら煙玉を出し、手裏剣の力が弱い左の敵の足許に投げた。途端に炸裂して周囲に煙を撒き散らした。藤祐は杖を突き出しながら煙の中に入ると、杖は弾かれ左の太股の外側を斬られた。

(此奴、煙の中でも見えるのか。それとも儂が衰えたのか)

足を斬られて動きが鈍くなったところを背後から袈裟がけに斬られた。

「ぐっ」

さすがに呻きをもらした。

(儂もここで終いか。屏風を見ることもできずに)

藤祐は最後の力を振り絞って杖を振り廻すが、掠りもしない。正面の敵に気をとられていると、背中を再び斬られた。

「うぐっ」

顔を顰めた時、正面の敵が体当たりするように突いてきた。逃げられない。

「仲間の仇」

女の声であった。

「そちは？」

声を発した時、刀は腹を貫通して背に抜けた。

(奈良では助けられたが、ここでは仕留められたか。娘に始末されては仕方がない)

相手が愛娘の於綸ならば諦めもつく。

（於綸は多羅尾の五男〈光廣〉の配下であるが、今や多羅尾は徳川の麾下となった。於綸は儂の娘か紀依の娘かの選択に迫られ、紀依を選んだのであろう。まあ、かようなものか。最後は父親として忍びらしくせねば）

於綸が藤祐の胴から刃を抜くと同時に血が滝のように流れた。

藤祐はうつ伏せに倒れながら、懐から火薬玉を出し、懐刀も出した。

「達者での」

言うや藤祐は顔の近くに煙玉を置き、懐刀の柄尻で強く叩き破裂させた。途端に煙が周囲に広がった。さらに火薬玉を出し、改めて炸裂させた。

「確認しろ」

この集団の頭目が於綸に命じる。

「なんだ」

爆発音を聞きつけ、大徳寺の僧侶が出てきた。

「くそ。とどめを刺せ」

命じられた於綸は煙の中で藤祐の体を背中から串刺しにした。

「退け」

頭目の命令に従い、多羅尾衆は散った。

最終章　屏風の行方

慶長八年（一六〇三）二月十二日、家康は征夷大将軍の宣旨を受けた。さらに二年後には三男の秀忠に将軍職を譲り、徳川家が同職を世襲することを天下に示したものの、安土山図屏風は依然として豊臣家が所有しており、そのせいか、まだまだ徳川家を真の公儀と見ていない大名が多々いるのも事実。

藤祐は家康の言うままに東奔西走する日々が続いた。

慶長十九年（一六一四）十一月十八日、大御所となった家康は大坂城天守閣から二里（約八キロ）ほど南の住吉に本陣を置き、二十万ともいえる大軍で大坂城を包囲した。

家康は淀ノ方と名乗るようになった茶々に安土山図屏風を差し出すように迫ったが、一蹴されている。

六十七歳になった藤祐は堺にいた。もはや老けた化粧をする必要はない。誰が見ても老人であるが、体は矍鑠として、走ることもできた。

藤祐が天王寺屋に入って行くと、話は通っているので、すぐに奥に通された。

庭に面した六畳間には堺の豪商の今井宗薫と大徳寺百五十六世の江月宗玩がいた。

「これは、お揃いで」

藤祐は二人に笑みを向けて声をかけ、上座にある敷物の上に腰を下ろした。

天王寺屋は宗及の後を継いだ嫡子の宗凡が慶長十七年（一六一二）に死去したので、今は宗凡の妻が店主の代理として舵取りをし、宗凡の弟の江月宗玩が相談に乗っている形をとっていた。

また今井宗薫は父宗久の後を継ぎ、秀吉死去後は家康に近侍し、松平忠輝と伊達政宗の娘五郎八姫の婚約に尽力した堺の豪商の一人である。

「佐渡殿も息災でなにより」

二人も藤祐に笑みを返す。藤祐を光明とは呼ばなかった。

大徳寺の茂みで藤祐は於綸に腹を刺されたが、左の脇腹だったので内臓を傷つけることはなかった。串刺しにしたのも右の脇腹だった。またも藤祐は娘に命を救われたことになる。それでも背中や足を斬られ、矢も肩に刺さる重傷を負った。

藤祐を助けたのは江月宗玩であった。

「淀ノ方さんも、難儀なことで」

大坂は目と鼻の先で、かなりの戦費を徳川、豊臣両陣営に負担させられているのに、どこか他人事のように言う今井宗薫である。丸顔で脂ぎっていた。

「屏風ですむんなら、安く上がったんちゃいます？　まったく女子はんというのは、男以上に自尊の心が高い。お陰で家が傾きかけとる」

豪商の血を引くだけあって、江月宗玩も算が立つ。商人の出らしく、大徳寺の中とは違った言葉遣いをしていた。

「太閤殿下（秀吉）が築きし難攻不落の城。簡単に落ちますかな」

難しいと藤祐は考える。

「佐渡殿が、ここにいるということは、秘策があるんちゃいますか」

「口にしたら、秘策ではなくなります」

藤祐はお茶を濁した。

「ところで、以前、まだ、太閤殿下がご存命の頃、大御所様と聚楽第の天守閣の最上階で、安土山図屏風を目にさせていただきました。秀次殿亡きあとは大坂に運ばれたと聞いております。ゆえに、大坂城にあるのは偽物でしょう」

「ほう、真実(まこと)に？」

今井宗薫は多少なりとも驚いた表情をする。

「その話はせんはずですが」

江月宗玩が藤祐を助けた時にした約束である。

「そうですが、こたびの戦の契機にもなりましたので」

「もうええんちゃいます。公儀と女子はんでは戦になりまへんやろ」

今井宗薫は口許を歪める。

「ほな、拙僧が悪者(わるもん)になるやないか」

「いやいや、悪者は利休殿や宗及殿、宗久殿ら先に亡くなられた方々でしょう。わざわざ苦労して探させ、見つけさせれば、それが本物だと錯覚するように仕向けた」

藤祐も笑みを作る。

「江月殿や宗薫殿は幾らで天下が手に入る本物の『安土山図屏風』を売りなさいますか」

「はて、誰に売りましょう」

今井宗薫が恍(とぼ)ける。

「大御所はんは、幾らで買いなさるやろ」

江月宗玩は家康に売り付ける考えらしい。

「大御所はんもいい歳。そう長くはありまへんやろ。今の公方（秀忠）さんは頼りない。その点、伊達（政宗）さんは若いのに歴戦の兵。耶蘇教も大事にしてはるそうで」

今井宗薫は南蛮との交易を盛んにしているのでキリスト教には思い入れがあるようだった。

「伊達領では、たいそう金が掘れるそうですな」

江月宗玩も乗る。

大坂で睨み合いが続く中、今井宗薫たちは皮算用を楽しむのであった。

大坂の冬・夏両陣において、多羅尾光久は家康の本陣に、山口光廣（多羅尾光孝）は徳川家臣の永井直勝の寄騎として従軍した。

大坂夏の陣ののち、本物の『安土山図屏風』は家康に献上された。その代わり、今井宗薫は朱印船を多く出港させる許可を得た。大徳寺も厚遇を受け、のちに二十四塔頭、六十寮舎と子庵を持つようになり、末寺は全国で二百八十余を数えるほどに栄えた。

お陰で藤祐の顔も立ち、二度と命を狙われることはなくなった。

（光秀さま、これでよろしいでしょうか）

藤祐は惟任光秀の顔を思い浮かべた。

戦後も依然として惟任光秀は世に姿を見せることはなかった。

光明と名乗った僧侶は、のちに南光坊天海と呼ばれたが、藤祐と同一人物かどうかは定かではない。

淀ノ方が渡さなかった平助作の『安土山図屏風』は大坂城とともに灰燼に帰した。

江戸城天守閣に収められた本物とされる『安土山図屏風』は、明暦三年（一六五七）の大火災によって消失してしまったという。

あるいは、堺のどこか、ローマのどこかで眠っているかもしれない。

（了）

●参考文献（各出版機関・出版者名省略、敬称略）

【史料】

『大日本史料』東京大学史料編纂所編纂、『群書類従』塙保己一編、『續群書類従』塙保己一編・太田藤四郎補、『續々群書類従』塙保己一・国書刊行会編、『史籍雑纂』国書刊行会編纂、『新訂　寛政重修諸家譜』高柳光寿・岡山泰四・斎木一馬編、『當代記　駿府記』続群書類従完成会、『舜旧記』鎌田純一・藤本元啓校訂、『三藐院記』近衛通隆・名和修・橋本政宣校訂、『義演准后日記』弥永貞三・鈴木茂男・酒井信彦ほか校訂、『慶長日件録』山本武夫校訂、『改定　史籍集覧』近藤圭造・近藤瓶城編、『多聞院日記』辻善之助編、『晴右記　晴豊記』『家忠日記』以上、竹内理三編、『言經卿記』東京大学史料編纂所編纂、『系図纂要』岩澤愿彦監修、『諸家伝』『地下家伝』以上、『信長記』小瀬甫庵撰・神郡周校注、『武家事紀』山鹿素行著、『綿考輯録』細川護貞監修、『イエズス会士日本通信』『イエズス会日本年報』以上、村上直次郎訳・柳谷武夫編、『十六・七世紀イエズス会日本報告集』松田毅一監訳、『フロイス日本史』松田毅一・川崎桃太訳、『日本巡察記』アレシャンドロ・ヴァリニャーノ著・松田毅一ほか訳、『和州諸将軍伝』奈良県史料刊行会編、

『増訂　織田信長文書の研究』奥野高廣著、『公卿補任』黒板勝美・国史大系編修会編、『信長公記』奥野高広・岩沢愿彦校注、『太閤史料集』『信長公記』以上、桑田忠親校注、『家康史料集』小野信二校注、『明智軍記』二木謙一校注、『定本　名将言行録』岡谷繁実著、『茶道古典全集』千宗室総監修、『常山紀談』菊池真一編、『改正　三河後風土記』桑田忠親監修、『伊賀旧考　伊乱記』伊賀古文献刊行会編纂、『忍術伝書　正忍記』藤一水子正武著・中島篤巳解読・解説

【研究書・概説書】

『戦国　武心伝』『激震　織田信長』『俊英　明智光秀』『驀進　豊臣秀吉』『忍者と忍術』『本能寺の変』以上、学習研究社編、『信長謀殺の謎』『真説　本能寺』『だれが信長を殺したのか』『織田信長』以上、桐野作人著、『明智光秀』柴裕之編著、『日本戦史』参謀本部編、『足利義昭』奥野高広著、『明智光秀』高柳光寿著、『近世公家社会の研究』橋本政宣著、『織田政権の研究』藤木久志編、『織田信長家臣人名辞典』高木昭作監修・谷口克広著、『検証　本能寺の変』『秀吉戦記』『信長の親衛隊』『織田信長合戦全録』『信長軍の司令官』『信長と消えた家臣たち』『殿様と家臣』以上、谷口克広著、『信長と十字架』『信長権力と朝廷』以上、立花京子著、

『真説　本能寺の変』安部龍太郎・谷口克広ほか共著、『ルイス・フロイスが見た異聞・織田信長』時空旅人編集部編、『千利休のすべて』米原正義編、『明智光秀のすべて』二木謙一編、『豊臣秀吉のすべて』桑田忠親編、『明智光秀』桑田忠親著、『日本城郭大系』児玉幸多ほか監修・平井聖ほか編、『戦国合戦大事典』戦国合戦史研究会編、『信長の戦国軍事学』藤本正行著、『信長は謀略で殺されたのか』『偽書「武功夜話」の研究』以上、藤本正行・鈴木眞哉著、『鉄砲と日本人』『天下人の条件』『鉄砲隊と騎馬軍団』『戦国鉄砲・傭兵隊』『刀と首取り』『戦国15大合戦の真相』『〈負け組〉の戦国史』『戦国史の怪しい人たち』『戦国合戦の虚実』『謎とき日本合戦史』以上、鈴木眞哉著、『謎とき本能寺の変』『本能寺の変の群像』『明智光秀伝』以上、藤田達生著、『明智光秀　史料で読む戦国史』藤田達生・福島克彦編、『明智光秀の生涯』諏訪勝則著、『明智光秀　残虐と謀略』橋場日月著、『明智光秀と本能寺の変』渡邊大門著、『考証　明智光秀』渡邊大門編、『織田・徳川同盟と王権』小林正信著、『本能寺の変　山崎の戦』高柳光壽著、『明智光秀』永井寛著、『戦国・織豊期の武家と天皇』池享著、『家康傳』中村孝也著、『明智物語』関西大学中世文学研究会編、『細川幽斎伝』平湯晃著、『第六天魔王と信長』藤巻一保著、『茶道全集』創元社編、『織田信長総合事典』岡田正人編著、『「本能寺の変」本当の謎』円堂晃著、『丹波人物志』松井拳堂著、『明智光秀』『明智光秀・秀満』以上、小和田哲男著、『信長家臣明智光秀』金子拓著、『京都・一五四七年』今谷明著、『天皇制と八瀬童子』池田昭著、『忍法　その秘伝と実例』『忍術　その歴史と忍者』以上、奥瀬平七郎著、『考証　忍者物語』田村栄太郎著、『図解　忍者』山北篤著、『戦国　忍びの作法』山田雄司監修、『忍者の歴史』『忍者はすごかった』以上、山田雄司著、『〈甲賀忍者〉の実像』藤田和敏著、『そろそろ本当の忍者の話をしよう』山田雄司監修・佐藤強志著、『完本　万川集海』『完本　忍秘伝』以上、中島篤巳訳註、『忍者の生活』山口正之著、『う〜こんどのと歩く　高山右近ガイドブック』五野井隆史監修・女子パウロ会編、『忍びたちの本能寺』近衛龍春著

【地方史】
『岐阜県史』『滋賀県史』『三重県史』『京都府史』『大阪府史』『兵庫県史』『福井県史』『京都の歴史』『福知山市史』『新修亀岡市史』『伊賀市史』『甲賀郡志』
各府県市町村史編さん委員会・史刊行会・史談会・教育会編集・発行ほか

【雑誌・論文等】

『歴史研究』五四五「明智一族の謎」、四八四「忍者の謎」
『歴史読本』七二七「細川幽斎と明智光秀」、七六二「信長と26人の子供たち」
『歴史読本』臨時増刊「決定版『忍者』のすべて」
『別冊歴史読本』「忍びの者132人データファイル」「伊賀・甲賀 忍びの謎」
「伊賀・甲賀 忍びのすべて」「戦国風雲 忍びの里」
『歴史読本』スペシャル「忍の達人 影の奥義書」

光文社文庫

文庫書下ろし／長編歴史小説

信長の遺影　安土山図屛風を追え！

著者　近衛龍春

2024年5月20日　初版1刷発行

発行者　三宅貴久
印刷　新藤慶昌堂
製本　ナショナル製本

発行所　株式会社 光文社
〒112-8011　東京都文京区音羽1-16-6
電話　(03)5395-8147　編集部
8116　書籍販売部
8125　制作部

落丁本·乱丁本は制作部にご連絡くだされば、お取替えいたします。
ISBN978-4-334-10318-7　Printed in Japan

組版　萩原印刷